夜を生き延びろ

ライリー・セイガー
鈴木　恵 訳

集英社文庫

目次

主な登場人物

チャーリー……………………映画オタクの女子大学生
ジョシュ……………………正体不明の男
マディ………………………チャーリーの親友
ロビー………………………チャーリーの恋人
ノーマばあ…………………チャーリーの祖母
マージ………………………ダイナーのウェイトレス
アンジェラ・ダンリーヴィ……キャンパス・キラー第一の犠牲者
テイラー・モリソン…………キャンパス・キラー第二の犠牲者

夜を生き延びろ

闇の中のあのすばらしい人々に

シートベルトを締めてちょうだい。今夜は大揺れするから。

《イヴの総て》

フェイドイン。

駐車場。

深夜。

どこともつかぬ場所。

物語は終わりから始まる。フィルム・ノワールの傑作と同じように。ウィリアム・ホールデンがプールで死んでいる《サンセット大通り》や、フレッド・マクマレイが最後の告白を始める《深夜の告白》と同じで、ぐるりと円を描く。首に巻きつく縛り首のロープさながら。

見えるのは一台の車と一軒のダイナー。車がスピードをあげるにつれて、ルームミラーの中で駐車場のネオンサインが小さくなっていく。乗っているのはふたり——助手席に座る若い娘と、ハンドルを握る男。どちらもフロントガラス越しに不確かな前方を見つめている。ふたりは何者なのか。それはわからない。

どこへ向かっているのかも。

どのようにしてここに、現在のこの時刻に到(いた)ったのかも――一九九一年十一月十九日火曜日の、深夜零時直前に。

だが、チャーリーは知っている。なぜ自分たちがこうして不確かな新しい一日を迎えようとしているのか。映画フィルムのようにひと齣(こま)ずつ展開していくこの状況がどのようにして起きたのか。よく知っている。

なぜならこれは映画ではないからだ。

いまここで起きていることだからだ。

助手席に乗っているのは彼女なのだ。

ハンドルを握っている男は人殺しなのだ。

チャーリーはいま、この種の映画を数えきれないほど見てきた者として、はっきりと悟る。

ふたりのうちどちらかひとりしか、生きて夜明けを見られないことを。

午後九時

寮の室内――昼間

残るという選択肢はない。

だからこそ、チャーリーは見ず知らずの男の車に乗ることに同意したのだ。

怪しいと思ったらすぐに逃げ出す。ロビーにも自分自身にも、そう約束していた。近頃は、いくら警戒してもしすぎるということはない。

マディがあんな目に遭ったあとなのだから。

チャーリーは逃げ出すことを想定して、どんな状況であれば逃げるべきかを頭の中ですでにリストアップしている。車がべこべこだったり、窓が色付きガラスだったりした場合。理由のいかんを問わず、ほかにも人が乗っていた場合。彼が早く出発したくてうずうずしているように見えたり、逆に、あまり急いでいないように見えた場合。ほんのわずかでも不安を感じたら、すぐさま寮に逃げもどってくる。チャーリーはロビーにも自分にも、埋葬されてもうふた月にもなるというのにいまだにときどき話しかけてしまうマディにも、そう誓っている。

でも、そんなことになるとは思えない。彼はいい人に見える。気さくな人に。マディたちがされたようなことをするタイプの男には断じて見えない。

それに、彼は見ず知らずの男ではない。厳密には。一度会っている。学生会館にある同乗者募集掲示板の前で。帰省したい学生たちと、そういう学生を同乗させてガソリン代を割り勘にしたい学生たちの貼ったビラで埋まった大きな壁。そこにチャーリーが自分のビラ――丁寧に印刷して、几帳面に切り込みを入れたタブの一枚一枚に電話番号を記したもの――をちょうど貼りおえたとき、横に彼が現われたのだ。

「ヤングスタウンに行くの？」彼はそう言って視線をチャーリーからビラへ、ビラからチャーリーへと移した。

答える前にチャーリーはためらった。マディの事件以降の習慣。知らない人とむやみに関わろうとしなくなった。相手の意図がわかるまでは。この男は雑談をしているだけかもしれない。でなければわたしをナンパしようとしているか。それはありそうにないけれど、まったく可能性がないわけでもないと。チャーリー自身もそんなふうにしてロビーと出会ったのだから。罪悪感と悲しみに引き裂かれる前は、チャーリーだってかわいかったのだ。

「そう」とチャーリーはようやく答え、男の視線が掲示板に戻ると、この男も自分と同じ理由でそこにいるのだと結論した。「あなたもヤングスタウンに行くの？」

「アクロン」と彼は答えた。

それを聞いてチャーリーは姿勢を正した。ヤングスタウンではないものの、かなり近い。

途中でヤングスタウンに立ちよれる。

「同乗者？　それとも運転手？」とチャーリーは訊いた。

「運転手。ガソリン代を折半してくれる相手を見つけたいと思ってさ」

「わたし、その相手になれるかも」とチャーリーは言い、彼の眼を自分に向けさせて、自分が数時間を車内で一緒に過ごしたいタイプの相手かどうか、判断する機会をあたえた。自分がどんな雰囲気を漂わせているかはわかっていた。彼のような男に〝もっと笑顔で〟と言われてしまいそうな――言われても相手を殴ったりしない女に見えたらの話だが――ぴりぴりした気むずかしさだ。不幸と陰気さが雨雲のように頭上に垂れこめている。

チャーリーも彼をしげしげと見た。普通の学生よりいくらか年上のように見えるが、それは体格のせいかもしれない。彼は大きかった。背が高く、広い胸板と、がっちりした顎をしている。ジーンズをはいてオリファント大学のスエットシャツを着ている姿は、まるで四〇年代のキャンパス・コメディのヒーローのようだ。でなければ、八〇年代のキャンパス・コメディの悪役か。

きっとロビーと同じ院生なのだろうとチャーリーは推測した。学生生活に味をしめて、絶対に大学を出ていきたくないと決意した人々のひとりだろうと。でも、彼はきちんとした髪をしていた。自分自身の髪はぼさぼさのまま放置していても、その点には気づいた。それに笑顔もすてきだった。にっこりと笑って彼は言った。「そうだね。いつ出発する予定？」

チャーリーは自分のビラを指さした。ど真ん中に大きな字でこう書いてあった。

至急

彼はビラの下側のタブを一枚破り取った。そこにできた隙間から歯の抜けたあとを連想して、チャーリーはぞっとした。

彼は破り取ったタブを財布に入れた。「考えてみるよ」

返事が来るとは思っていなかった。十一月中旬の、それも平日なのだ。十日後には感謝祭が来る。いまキャンパスを離れようとする学生はいない。わたしだけだ。彼女はそう思っていた。

ところがその晩、電話が鳴り、回線のむこうからかすかに聞き憶えのある声が聞こえてきた。「ハイ、ジョシュだ。同乗者募集掲示板の」

寮のベッドに腰かけて、かつてはマディの私物であふれていたのに今はがらんとして生気を失っている部屋の反対側をながめていたチャーリーは、思わずこう答えていた。「ハイ、同乗者募集掲示板のジョシュ」

「ハイ――」とジョシュは言い淀(よど)んだ。手にした紙きれを見て、自分が電話している相手の名前を確かめたのだろう。「――チャーリー。あした出発できることになったと伝えたくてね。ただし時間が遅いんだ。九時。よければ、助手席にきみの名を書いた空席があるけど」

「そこに座る」

それでおしまいだった。

そのあしたが今日になり、チャーリーはいま、二度と戻ってくることはないはずの寮の部屋を、最後にもう一度見わたしている。ゆっくりと視線を動かして、この三年間自分がわが家としてきた場所を隅から隅まで記憶にとどめている。散らかったふたつの机。枕の積み重なった二台のベッド。最初のクリスマスにマディが張りわたしたままの電飾がちかちかと点滅している。

黄金色の秋の午後の日射しが窓から射しこんできて、すべてをセピア色に輝かせ、チャーリーの心に喜びと悲しみを同時に掻(か)きたてる。ノスタルジーを。あの甘やかな痛みを。

背後から誰かが室内にはいってくる。

マディだ。

香水の香りがする。シャネルの五番。

「なんたるゴミため(ホワット・ア・ダンプ)」マディは言う。

愁いを帯びた笑みがチャーリーの口元に浮かぶ。「わたし、あんたを――」

「**チャーリー**」

寮の室内――夜

　あけっぱなしの戸口から聞こえてきたロビーの声で、指をぱちりと鳴らしたように魔法が解ける。一瞬にして部屋はその魔力を失う。机の上のものは消え、ベッドはむきだしのマットレスだけになる。電飾は残っているが、プラグは抜かれている。もう何か月も前からそのままだ。窓には暖かい日射しではなく、寒々しい闇が見える。

　マディはとうのむかしに消えている。香水の残り香すらない。

「もう九時だよ」とロビーは言う。「急がないと」

　チャーリーは部屋の中央にたたずんだまま、まだしばらく呆然としている。心の眼に映る映像から厳しい現実に戻るのは、なんと奇妙で、なんと神経にさわることか。この部屋にもはや幸せはない。いまはそれがわかる。ここは白い壁をしたただの箱であり、悲劇的事件のせいで苦々しいものになった思い出しか残っていない。

　ロビーは戸口からチャーリーを見ている。いま何が起きたのか彼は知っている。

　彼女の脳内映画だ。

ロビーがそれを決していやがらないということ、そこがチャーリーからすれば彼の好きな点のひとつだ。ロビーは彼女の過去を知り、彼女の取りつかれているものを知っていながら、すべてを受け容れてくれている。

「今日は薬をのんだ?」

チャーリーはごくりと唾を呑みこんでうなずく。「うん」

「荷造りはすんだ?」まるで週末のあいだ出かけるだけで、永久にいなくなるはずはないという口調だ。

「すんだと思う。大変だった」

チャーリーはほぼ一日がかりで私物をふたつの山に分けた。持っていくものと置いていくものに。持っていくものはひどく少なかった。衣類をすべて詰めこんだスーツケースがふたつに、思い出の品々と大好きな映画のビデオテープの詰まった箱がひとつ。あとは別の箱に入れて部屋の中央にきちんとまとめておいた。彼女が二度と戻ってこないと判明したときに、それを処分する管理人の仕事を少しでも楽にするためだ。

「必要ならもっと時間をかけてかまわないんだよ」とロビーが言った。「今夜出発しなくちゃいけないわけじゃないんだから。週末まで待ってくれたら、ぼくが乗せていってあげられるんだからさ」

それはわかっている。でも、チャーリーにしてみれば、待つというのは――たとえあと数日であっても――残るのと同じくらいありえないことなのだ。

「いまさら取り消せないと思う」

チャーリーは自分のコートをつかむ。まあ、本当はマディのコートなのだが。マディの私物がすべて運び出されたあと、お祖母さんのお下がりのコートが忘れられたままになっていた。それをチャーリーがマディのベッドの下から見つけて、もらってしまったのだ。古風な五〇年代のコートで、ふだんは人混みに紛れさせてくれるようなものを好むチャーリーにしては珍しく派手だ。真っ赤なウールのコートで、蝶の羽のような形の大きな襟がついていて、顎のところまでボタンをかけるとそれが合わさるようになっている。

ロビーがスーツケースをふたつとも持ってくれたので、チャーリーは箱と、ハンドバッグがわりにしている〈ジャンスポーツ〉のバックパックを持つ。ドアに鍵はかけない。そんな必要があるだろうか。出発する前に最後にやったのは、ドアに取りつけられたホワイトボードに水性マーカーで書いてあった名前を消すことだ。

チャーリー＋マディ

手のひらにインクの汚れが残る。

ふたりは音を立てずにすばやく部屋をあとにし、フロアのほかの娘たちには気づかれない。みんな廊下の奥のラウンジに集まっている。テレビからロザンヌ・バーのきいきい声につづいて、録音された笑い声が聞こえてくる。寮のみんなのテレビ好きがチャーリーには理解できないが――映画のほうがはるかに面白いのに、なぜテレビなど見るのか？――でも、今夜はそれがありがたい。別れの挨拶は省略するつもりだからだ。以前はフロアに仲のいい娘がたくさんいたけれど、その関係はマディが死んだときにすべて終わっている。黙って姿を消すのがいちばんだ。いまここにいたと思ったら、もういなくなっているのが。マディと同じように。

「これはきみにとってはいいことなんだ」エレベーターで一階におりるあいだにロビーは言う。その声は虚ろで、逆のことを考えているのがまるわかりだ。「しばらく離れてれば、また元気になるさ」

大学を出ていくつもりだという話をチャーリーが伝えてからの三日間、ロビーはそれがふたりの仲にとって意味するものを穏やかに否定しつづけている。でも、いくらおたがいの気持ちは変わらないと約束しようと、いくらロビーがクリスマス休暇にヤングスタウンを訪ねる計画をあわただしく立てようと、チャーリーにはわかっている。

ふたりの関係はこれで終わるのだ。

おたがいが別の道を行くという別れではないし、ましてや、《風と共に去りぬ》のレット・バトラーみたいな〝はっきり言って、ぼくの知ったことじゃない〟という別れでもないが。でも、なんらかの別れが避けられないことははっきりしている。チャーリーは六百五十キロ離れたふたつむこうの州へ行ってしまうのだし。ロビーのほうはオリファントに残り、マディが初めてロビーに会ったあとに口にした言いまわしを借りれば、〝おいしい男〟でありつづける。ロビー・ウィルソンはキャンパスの数学オタクにして、リチャード・ギアばりの顎とブラッド・ピットなみの腹筋を持つ、水泳のアシスタント・コーチなのだ。早くもチャーリーの後釜を狙う女の子たちに取り囲まれている。いずれは誰かがその座を射とめるだろう。

それがここを離れるために支払わなければならない代償なら、やむをえない。チャーリーとしては、いつかそれを後悔するはめにならないことを願うだけだ。

寮の外――夜

エレベーターをおりると、寮のロビーには誰もいない。うっすらと雪をかぶった中庭にも人影はなく、ふたりは駐車場のほうへ歩きだす。冬が到来したというのに、上階の窓にはあいているものもあり、耳になじんだキャンパス生活の物音が漏れてくる。笑い声。備品の電子レンジのてんであてにならないビープ音。寮の規則に違反するような音量でかかっている音楽。その曲をチャーリーは知っている。スージー&ザ・バンシーズ。〈キス・ゼム・フォー・ミー〉

マディはその曲が大好きだった。

中庭を出て歩道ぎわまで行くと、ロビーはチャーリーのスーツケースを街灯の横におろす。指定された待ち合わせ場所だ。

「たぶんここだな」と彼は言う。

チャーリーはこれまで何度も繰りかえした会話の新たなバリエーションに備える。本当に帰っちゃう必要があるの？　せめて学期が終わるまで辛抱してみたら？

彼女の答えは毎回同じだ。ええ、帰らなくちゃならないの。むり、期末試験まではとてもいられない。マディが死んだばかりのころは、そういうシナリオもありかなと思ったけれど。いまはちがう。

いまは心の底から確信している。自分は荷物をまとめてここから出ていく必要があると。チャーリーは授業に出席するのをやめ、友達と話すのをやめ、以前の生活をほぼすべてにわたってやめた。自分という存在のブレーキを絶えず踏んできた。いまはふたたび動きだすときだ。たとえそれが実際には逃亡にすぎないとしても。

ありがたいことにロビーは、この期におよんでチャーリーを引きとめようとはしない。根負けさせてしまったのだろうか。いまはもうさよならを言うしかないと。

ロビーは体を寄せてキスをし、チャーリーを抱きしめる。彼の腕に抱かれると、帰るという決断をしたことに激しい罪悪感を覚える。その決断はまったく別の、もうひとつの罪悪感から生まれたもので、自責のマトリョーシカ人形みたいなものだ。まだだめにしていない唯一のものまでだめにしようとしているという、罪悪感を包む罪悪感。

「ごめんね」とチャーリーは言い、声が詰まっているのに驚いて唾を呑みこむ。「ひどいよね」

「きみのほうがもっとつらかったんだ」とロビーは言う。「こうするしかない理由はわかる。もっと早くわかってあげるべきだった。いまのぼくの願いは、ここを離れてる時間がまさにきみの必要としてるものになって、春学期になったらまたぼくのところへ戻ってきてくれることだけだよ」

大きな茶色の眼で見おろされて、チャーリーはまたしても罪悪感に襲われる。バンビの眼——マディはそう名づけていた。ひどくつぶらで悲しげなので、ロビーに初めて会ったときチャーリーはすっかり魅了されてしまった。

その最初の出会いはさぞ月並みなものだったのではないかと思う。まるで典型的なロマンチック・コメディの一場面のようだった気がする。場所は図書館、チャーリーはダイエット・コークと中間試験のストレスでぼろぼろの二年生、ロビーは座る場所を探しているだけのとんでもなくハンサムな一年目の院生。ロビーはチャーリーのいるテーブルを選んだ。四人がゆったり座れるテーブルなのだが、チャーリーがひとりで占領して、前に本をずらりと広げていた。

「もうひとり座れる?」ロビーが言った。

チャーリーは読んでいたポーリン・ケイルの映画評論集から顔をあげ、その眼を見たとたん、こちこちになった。「え、ええ」

でも、場所を空けようとはしなかった。というより、ぴくりとも動かなかった。見つめているだけだった。あまりに見つめているので、ロビーは自分の頬をなでてこう言った。「ぼくの顔に何かついてる?」

チャーリーは笑い、ロビーは腰をおろした。ふたりはおしゃべりを始めた。中間試験について。大学生活について。生活一般について。彼女はロビーが元はオリファントの学部生で、大学に残って勉強をつづける道を選び、数学の教授になろうとしていることを知った。ロビーはチャーリーが両親に連れられて《E.T.》を三度見にいき、三度とも家に帰るまでわんわん泣いたことを知った。

　ふたりは図書館が閉まるまでしゃべりつづけた。そのあとさらにキャンパスの外にある深夜営業のダイナーでしゃべりつづけた。午前二時にチャーリーの寮までぶらぶらと帰ってきたときにも、まだしゃべっていた。そしてそのとき、ロビーがこう言ったのだ。「実を言うと、ぼくは座る場所を探してたんじゃないんだ。きみに話しかける口実が欲しかっただけなんだよ」

「どうして？」

「きみは特別だからさ。それは見た瞬間にわかったよ」

　それでチャーリーはころりとやられてしまった。ロビーの外見はもちろん好きだったし、ロビーがそれに気づいていないらしいところも好きだった。彼のユーモアも好きだったし、映画にはまるで関心がない点も好きだった。それはチャーリーにしてみれば清々しいほど新鮮だった。映画関係の講座にたいてい棲息している《ゴッドファーザー》かぶれのガキっぽい連中とは大ちがいだった。

　しばらくは、ふたりのあいだはうまくいっていた。すばらしかったと言ってもいい。ところがそこでマディが死んで、チャーリーは変わってしまい、いまはもう、あの晩図書館にいた女の子に戻ることはできない。

ロビーは腕時計を見て時間を告げる。九時五分。ジョシュは遅れている。それは不安の領域のどこに位置づければいいのだろう。

「一緒に待っててくれなくてもいいよ」チャーリーは言う。

「待っていたいんだ」ロビーは答える。

チャーリーもそれを望むべきだということはわかっている。別れの前はできるだけ長く一緒にいたいと思うのが普通だろう。でも、チャーリーからすれば、見ず知らずの男の前であわただしくさよならを言うのは避けたいと思うほうが普通なのだ。ふたりだけの悲しく静かな別れを望むほうが。《カサブランカ》の最後でバーグマンを飛行機に乗せるボガートや、《追憶》でロバート・レッドフォードの髪をなでるバーブラ・ストライサンドのように。

「寒いからさ。アパートに帰りなよ」とチャーリーは言う。「あしたは朝から授業があるんでしょ」

「だいじょうぶ?」

チャーリーはうなずく。「わたしはだいじょうぶ。ほんと」

「家に着いたら電話して」とロビーは言う。「どんなに遅くてもかまわないから。それと、途中からも電話して。公衆電話を見かけたら。無事だと知らせて」

「ニュージャージーからオハイオへ行くんだよ? 危険なんて、退屈で死ぬことぐらいだってば」

「そういう意味じゃなくて」

それはチャーリーにもわかっている。おたがいに同じことを考えているのだから。言葉にしてしまったらこの別れが台なしになってしまうので口にしないだけで。

マディは殺されたのだ。

見ず知らずの男に。

そいつはまだつかまっていない。どこかにいる。同じことをしようと待ちかまえているかもしれない。おたがいにそう考えているのだ。

「電話するようにする」とチャーリーは言う。「約束する」

「その電話をああいう映画みたいにやってごらんよ」とロビーは言う。「ぼくにさんざん見せたあの〝フィルムなんとか〟ってやつみたいに」

「フィルム・ノワール？」チャーリーは呆（あき）れて首を振る。一年もつきあって、ロビーに何も教えられなかったのだろうか？

「そう、それのふり。きみは意思に反してとらえられていて、助けを求めるには、心配するボーイフレンドに暗号で伝えるしかない」

「どんな暗号？」とチャーリーもその遊びにつきあい、ロビーがこういう別れを選んでくれたことに感謝する。

悲しい別れではなく、

映画的な別れを。

「〝ちょいと遠まわりしている〟」

口調からするとボガートのまねのようだが、チャーリーの耳にはむしろジェイムズ・スチュアートのように聞こえる。

「じゃ、すべて順調だったら？」

「〝順風満帆さ、スイートハート〟」

こんどは本当にボガートのように聞こえ、それを聞いたチャーリーの胸がずきりと痛む。

「愛してるよ」と彼女は言う。

「わかってる」

ロビーがあえて《スター・ウォーズ》のハン・ソロの台詞(せりふ)で返したのか、それともたまたまだったのかは、判断がつかない。が、どちらでもかまわない。というのもいま、ロビーは改めて彼女にキスをして、最後にもう一度彼女を抱きしめ、さよならを実際に、どんな映画よりも悲痛な形で伝えてくれているのだから。胸の痛みがふくれあがり、故郷までの道中ずっとつづきそうな激痛に変わる。

「きみはいまでも特別だよ、チャーリー。それを憶えておいてほしいんだ」

そう言い残してロビーは帰っていき、チャーリーだけになる。箱とふたつのスーツケースとともに、ひとりぼっちで歩道の縁に立っていると、ようやくこれは現実なのだという気がしてくる。

わたしは実行してるんだ。

本当に出ていくんだ。

数時間後には家に帰りついて、おそらくノーマばあと一緒に映画を見ながら、元の自分への道を戻りはじめていることだろう。

バックパックをあけて、その底で九月以来つねにカチャカチャと音を立てているオレンジ色のボトルを引っぱり出す。中身はこれまたオレンジ色の小さな錠剤だ。それをのむたびにチャーリーは〈エム&エムズ〉のチョコレートを連想した。のんでいたときは。

薬のことではロビーに嘘をついた。実はもう三日間のんでいない。処方してくれた精神科医は、その錠剤をのんでいれば脳内映画は見ないと請け合ってくれた。たしかにそのとおりではあったが、眠くなるうえに落ちつきがなくなった。体はその両極端のあいだを絶えず行ったり来たりし、結果として眠れない夜と朦朧とした昼が何週間もつづいた。オレンジ色の錠剤はチャーリーをヴァンパイアに変えたのだ。

それに対抗するため、医者はチャーリーに眠りを助ける小さな白い錠剤も処方してくれた。そちらはもっとひどかった。

あまりにひどいので、そっちはもう捨ててしまっていた。

こんどはオレンジ色の錠剤にも別れを告げるときだ。どんな色の錠剤にももううんざりだ。

チャーリーは歩道からおり、数メートル先のアスファルトに切りこまれた雨水枡まで歩いていく。そこに錠剤を空け、それらが鉄格子に跳ねかえっては下の闇に落ちていくのを、心地よい満足の疼きを覚えながら見つめる。ボトルはそばのゴミ缶行きになる。

箱とスーツケースのところへ戻りながら、チャーリーは赤いコートの前を掻き合わせる。

十一月のその夜はまさに冬の一歩手前だ。空は晴れていて星は明るいものの、空気は刺すように冷たく、チャーリーは身震いする。それともその身震いの原因は、殺人犯が野放しになっているというのに自分がひとりぼっちで外に立っているせいだろうか。

たとえ自分からはその危険に気づかなかったとしても、横の街灯に貼られた反・性暴力団体〈夜を取りもどせ(テイク・バック・ザ・ナイト)〉のビラを見たら、かならず思い出したはずだ。それらのビラもマディの事件に対する直接の反応のひとつだった。蠟燭(ろうそく)を灯しての追悼集会も、ゲストによる講演も、パンフレットと善意に身を固めてキャンパスに押しよせてきた心理療法士たちもそうだ。

チャーリーはそのすべてを避け、ひとりで悲しむことを選んだ。その結果、この二か月にわたりキャンパスをおおってきた恐怖感も経験しそこねていた。ほとんどの時間を自室に閉じこもって過ごしていたため、おびえる理由がなかったのだ。

だが、いまは首筋がぞくぞくする。ビラに記されているルールは助けにならない。目下のチャーリーはその大半に背いている。

夜にひとりで出歩かないこと。

かならずふたり組で歩くこと。

かならず誰かに行く先を伝えること。

見知らぬ人間を信用しないこと。

最後のひとつでチャーリーは迷う。いくらちがうと考えたくても、ジョシュはやはり見知らぬ人間なのだから。でもまあ、それはジョシュがここに現われればの話だ。腕時計をしていないので、チャーリーは時刻がわからない。が、もう九時十五分近いのではないかと思う。ジョシュがすぐに来てくれなければ、寮に戻るほかなくなる。すでにそうしているべきだったのだ。いや、〈夜を取りもどせ〉のビラによれば、ここにいること自体がそもそもまちがいなのだ。スーツケースと箱とともにひとりで歩道に立っているなんて、わたしはここから出ていくところで、いなくなっても数日間は誰にも気づかれない人間です、と宣伝しているようなものだ。

だが、出ていきたいという欲求が恐怖をはるかに上まわり、チャーリーはその場を動かずに駐車場の入口を見つめる。まもなく、水平にならんだ光が見えてくる。

ヘッドライトだ。

それがするすると駐車場にはいってくると、大きな弧を描いて曲がり、チャーリーをまともに照らし出す。まぶしさに眼を細めて歩道のほうを向くと、うっすらと雪をかぶった背後の草地まで自分の影が幽霊のように伸びている。一秒後、車が歩道ぎわに停まり、運転席のドアがあいてジョシュがおりてくる。

「チャーリー、やあ」そう言いながら、ジョシュは初めてのデートみたいにはにかんだ笑みを見せる。

「どうも」

「夜のドライブになっちゃってごめん。どうしようもなくてね」

「平気」

この二か月でチャーリーはすっかり闇に慣れていた。たいていの夜は、薬のおかげもあって夜明けまでぱっちり眼を覚ましていて、寮の部屋はそのとき彼女がビデオで見ている映画の光でぼんやり照らされているだけだった。

「さあ、きみの馬車が待ってるぜ」とジョシュは言い、車の屋根をぽんぽんとたたいてみせる。「リムジンとはいかないけど、行きたいところへは連れてってくれる」

チャーリーはその車をじっくりと観察する。スレートグレーのポンティアック・グランダム。少なくとも彼女の眼には、ポンコツとはほど遠いものに見える。車体は洗ったばかり。目立った引っかき傷やへこみもない。窓も色付きガラスではない。フロントシートがよく見える。うれしいことに誰も乗っていない。父親が生きていたら運転していてもおかしくないような車。実用的で、たぶん信頼もおける。目立たないことを旨として造られた車だ。

ジョシュはチャーリーの足元の箱とふたつのスーツケースに眼をやる。「そんなにたくさん持っていくとは思わなかったな。しばらく行ってるつもりなの？」

「できれば早めに帰ってきたいけどね」とチャーリーは言う。本心ではないけれど、心のどこかではそう望んでいるのかもしれない。望んで当然ではないだろうか。春学期には戻ってこようとする努力ぐらい、ロビーのためにするべきではないだろうか。自分のためにもするべきではないだろうか。

こんなことをしているのはマディが理由だとしても、マディはきっと賛成してくれないはずだ。

〝あんた、ばかになってるよ、ダーリン〟キャンパスを去るという計画を聞いたら、マディはきっとそう言ったはずだ。

「全部はいる？」チャーリーは言う。

「余裕だよ」そう言いながらジョシュはてきぱきとスーツケースを持って車の後ろにまわり、トランクを解錠する。

チャーリーは段ボール箱を抱えあげ、口をあけたトランクのほうへ運んでいく。彼女がトランクに近づく前にジョシュがさっと割りこんできて箱を取りあげ、チャーリーをバックパックだけにしてその場に残す。

「おれにやらせてくれ」ジョシュは言う。

腕が急に軽くなり、チャーリーはそれから数秒間ジョシュが彼女の荷物をトランクに収めるのを見ている。その短時間のあいだに、ジョシュの立ちかたに奇妙な点があるのに気づく。車の真後ろからすべてを詰めこむのではなく、斜め後ろに立ったまま、広い背中でチャーリーの視界をさえぎり、トランクの中が見えないようにしている。ほかにも何かがはいっているかのように。何かチャーリーに見られたくないものが。

たぶんなんでもないのだろう。

なんでもないのはわかっている。

人はときに奇妙なことをするものだ。自分は脳内で映画を見るし、ジョシュはおかしなやりかたでトランクにものを入れる。それだけのことだ。

だがそこで、ジョシュはトランクをばたんと閉めてふり返り、チャーリーはほかにもおかしな点に気づいてしまう。チャーリーからすれば、トランクにものを入れるやりかた以上におかしな点に。

ジョシュは掲示板の前で出会ったときと同じ服装をしている。

まったく同じ服装を。

同じジーンズ。同じスエットシャツ。髪型まで同じ。まあ、ここは大学なのだから、みんなそんな服装をしてはいる。いわばオリファントの制服みたいなものだ。でも、ジョシュにはどこかなじんでいない。なんとなく彼のいつもの服装ではないように見える。どこか〈セントラル・キャスティング〉から派遣されてきたみたいに見える。雇われエキストラみたいに。〝平凡な大学生その2〟とか。

ジョシュはまた微笑み、チャーリーはその笑みがまさに完璧なのに気づく。不安になるほどまばゆい、古き良き時代の二枚目俳優の笑み。セクシーにも見えるし、不吉にも見える。どちらなのか判断がつかない。

「準備完了」とジョシュは言う。「じゃあ、ここともおさらばしてもいいかな?」

チャーリーはすぐには答えない。これは危険の徴(しるし)ではないかという思いに気を取られている。トランクも。服装も。まさしく警戒すべきものではないか。こういうものを見たら、ただちに身をひるがえして寮に戻ると心に誓ったのではなかったか。

いまならまだ遅くはない。気が変わったから、トランクにしまったものを出してちょうだい、そう簡単にジョシュに伝えられる。それなのにチャーリーは、そんなに疑るのはよしなさいと自分に言い聞かせる。これはジョシュのせいではない。彼の着ているもののせいでも、トランクにものを入れるやりかたのせいでもない。自分のせいなのだ。土壇場になって突然、出ていくのを思いとどまる理由を探しはじめただけなのだ。

　思いとどまる理由はたしかにある。学業は修めるべきだし、自分は専攻を愛してもいる。それに、単純な話だけれど、思いとどまればロビーを幸せにしてあげられる。

　でも、自分は幸せになるだろうか？
ならないだろう、とチャーリーは思う。

　幸せなふりをすることはできる、ロビーのために。最後まで演技をしとおすことはできる。九月からずっとそうしてきたのだ。それにもしかすると――もしかするとだが――頭上をおおっていた暗雲がついに晴れて、もう一度普通の大学生に戻れるなんてことだってあるかもしれない。というか、普通に近い大学生に。ほかのみんなとまったく同じにはなれないことぐらい自分でも承知している。自分にはつねに風変わりな雰囲気があったし、これからもあるだろう。でも、それはかまわない。

　かまわないと言えないのは、少なくともチャーリーからすれば、自分が惨めになる場所に居つづけることだ。苦痛に満ちた深い喪失を日々思い知らされる場所に。ここにいたらつらい記憶にさいなまれて罪悪感がいつまでも消えず、一週間どころか一日たりとも、いや一時間たりとも、安らかに過ごせない。**マディを置いていくべきではなかった。あの男を阻止す**

べきだった。マディを救うべきだった。絶えずそう考えてしまう。
チャーリーは辛抱強く答えを待っているジョシュを見る。
「いいよ。いつでも出かけよう」そう答える。

グランダムの車内――夜

チャーリーが運転の練習をしたのは、のちに両親が事故死することになる車だった。

運転を教えてくれたのは父親で、その忍耐心は高校の駐車場でタイヤがスピンするたび擦りきれていった。父親はマニュアル車で運転を憶えるべきだと言い張った。〝そうすればどんなものでも運転できるようになる〟と言うのだ。

だが、チャーリーはマニュアル・シフトに手を焼いた。母親の車とちがってペダルがふたつではなく三つあるし、厄介なステップも踏まなくてはならない。彼女が知りもしないし、永久にマスターできる気もしないダンス。

左足をクラッチに。

右足をブレーキに。

ニュートラル。始動。アクセル。

まるまる半日練習したあげく、やっとのことでチャーリーは、エンストもしなければ父親に冷や汗を掻かせるような乱暴なギアチェンジをすることもなく、駐車場を一周だけまわることができた。さらに二週間練習してようやく、葡萄茶色のシボレー・サイテーションのハンドルを握っていても、心からくつろいでいられるようになった。いったんそうなると、あとは簡単だった。三点ターンも、縦列駐車も、父親が建設会社に勤める知人から借りてきたコーンのあいだをジグザグに通りぬけるスラロームも。

運転免許試験には一発で合格した。親友のジェイミーのほうは、三回挑戦してやっと合格したというのに。試験のあと、チャーリーと父親はお祝いにアイスクリームを食べにいった。彼女が運転し、父親は助手席からなおもアドバイスをつづけた。

「制限速度より十キロ以上は絶対に出すなよ。それぐらいなら警官もうるさく言わない」

「十キロを超えたら?」スピード狂になるようなふりをしてチャーリーは父親を挑発した。するとと父親は、チャーリーが十代のあいだにおなじみになったあの〝なんだと?〟という顔をした。「その新品の免許証を取りあげられたいのか?」

「やだ」

「なら制限速度を守れ」

チャーリーがギアを二速に切り替えると、父親も気持ちを切り替えたようだった。シートにもたれて視線をフロントガラスから助手席の窓へとさまよわせ、こう言った。

「母さんはおれがおまえにこんなことを言ったなんて知ったら激怒するだろうが、現実の人生じゃ、スピード違反を避けられないこともある。ぶっ飛ばすしかない局面てのがあるもんだ」

ジョシュは車をぶっ飛ばしたりはせず、法定速度の時速七十キロを守ってキャンパスを離れていくが、それでもチャーリーはほっとする。二か月の停滞のあとようやく動きだしたのだから。もちろん、だからといって、起きたことが変わるわけではない。チャーリーが果たした役割は決して変わらない。でもチャーリーは、このささやかな移動が受容と許しへの長い道のりの第一歩になってくれることを願っている。だから、明るく照らされたオリファント大学の看板の前を通過して外に出たときには、温かい抱擁にも似た安堵感にすなおに身をまかせる。

それともそれはたんに、ダッシュボードの羽根板つき送風口から吹き出してくる温風のせいだろうか。寒さのなかに長らく立っていたあとだけに、チャーリーはその暖かさにほっとし、車の内側も外側同様にきれいだという事実に安心する。ロビーの車とはちがって床に泥は落ちていないし、フロントシートにマクドナルドの包み紙が散らかってもいない。清潔なにおいまでする。たぶんフルサービスの洗車場から直行してきたのだ。お尻の下の布張りシートから洗浄剤の残り香が立ちのぼってくる。それに混じって、かならずしも芳しいとは言いがたい強烈な松の香りも漂ってくる。ルームミラーからぶらさがる木の形の芳香剤のにおいだ。大学と平行に走る大通りへと曲がるとき、その芳香剤が揺れてチャーリーのほうへ松のにおいを振りまく。その強烈なにおいにチャーリーは顔をしかめる。

ジョシュがそれに気づく。気づいて当然だ。グランダムは決してコンパクトな車ではないものの、フロントシートに座るとおたがいにかなり接近することになる。ふたりを隔てるのは中央のコンソールだけで、コンソールの中からは小銭のかちゃかちゃいう音と、プラスチックの軽くぶつかりあう音が聞こえてくる。ジョシュが左手でハンドルを握り、右手でギアを変えると、腕がチャーリーの腕から数センチのところまで来る。

「すまないね、その芳香剤」とジョシュは言う。「ちょっと、ま、強いんだ。いやならはずしてもいいよ」

「だいじょうぶ」とチャーリーは言うが、いまひとつ自信はない。普通なら松のにおいは大好きだ。子供のころはよく、切ったばかりのクリスマスツリーに顔を近づけては、胸いっぱいに松の香りを吸いこんだものだ。でも、これはちがう。これは自然を装った化学薬品だ。窓を細くあけたくなる。「そのうち慣れると思う」

ジョシュはその答えに満足したらしく、前方を見つめながらうなずく。「計算してみたんだけど、途中休憩を計算に入れないで、六時間ぐらいかかると思う」

それはもう、似たような帰省の旅を何度も経験しているチャーリーにはわかっている。州間高速道八十号線まで、模型店や歯医者や旅行代理店のならぶ一般道を三十分走る。ハイウエイに乗ってさらに三十分でデラウェア峡谷を渡り、ペンシルヴェニア州にはいる。それからポコノ山地が現われ、そのあとは数時間にわたって何もない。畑と森と単調な風景がつづき、そのままオハイオ州にはいると、ほどなくしてヤングスタウンの出口が現われる。九時までは出発できないとジョシュに言われたとき、チャーリーは、家に帰りつくのは午前三時過ぎになると覚悟を決めていた。選り好みはできなかった。

「なんなら、ずっと寝ていてくれてもかまわないよ」とジョシュは言う。

ずっと寝ているというのは論外だ。ジョシュはたしかに気さくで、いい人そうではあるけれど、チャーリーは家に着くまで絶対に寝るつもりはない。

つねに警戒を怠らないこと。〈夜を取りもどせ〉のビラにあるもうひとつの忠告だ。

「わたしなら平気」と彼女は言う。「あなたの話し相手になるのはかまわない」

「じゃ、ハイウェイに乗る前にかならずコーヒー休憩を取ることにするよ」

「そうして」チャーリーは言う。

「了解」とジョシュは答える。

それでもう、ふたりとも話の種が尽きる。所要時間わずか二分。新たな沈黙に包まれてぎこちなく座りながら、チャーリーは何か——なんでもいいから——しゃべって会話をつづけるべきではないかと考える。ジョシュがオハイオまで乗せていってくれると電話をくれたときから、そのことをさんざん考えてきた。ほとんど見ず知らずの相手と車に乗るときのエチケットではないかと。

映画みたいにいかないのはわかっている。映画では、一緒に車に乗るはめになった見ず知らずのふたりは、次から次へと話題を見つけて、たいていはロマンスか殺人のどちらかに発展する。でも、実生活ではしゃべりすぎると迷惑になる。しゃべらなさすぎると失礼になる。

その基準はジョシュにもあてはまる。おしゃべりでも困るし、無口でも困る。チャーリーは荷造りをしながらそう思っていた。見知らぬ者同士の沈黙は、マディやロビーと一緒に経験した長い沈黙とはちがう。信頼できる知人と一緒なら、沈黙など問題にならない。けれど、見ず知らずの人間が相手だと、沈黙はどんな意味にもなりうる。

〝見知らぬ人なんて、まだ出会ってない友達にすぎない〟マディはよくそう言っていた。皮肉な話だ。マディのほうがチャーリーよりも他人に厳しかったことを考えると。チャーリーはひたすら不器用で内気だった。しつこくつつかれないと自分の殻からなかなか出ようとしなかった。マディはその正反対だった。外交的で芝居気があり、芝居がかったことをする才能のない相手や、面白さがわからない相手には、すぐに愛想をつかした。だからふたりは完璧な組み合わせだった。マディが演じ、チャーリーが賞賛の眼でそれを見るのだ。

「きみはマディの友達じゃない。観客だよ」とロビーは一度、マディがふたりとの約束をすっぽかして演劇専攻の仲間たちとビールパーティに行ってしまったあと、憤慨して言ったことがある。

ロビーが理解していなかったのは――というより、理解でき﹅な﹅かったのは――チャーリーのほうはそれで全然かまわなかったということだ。チャーリーはマディの芝居がかったふるまいの熱心な観客だった。それはチャーリーの静かな生活にともすれば不足しがちなドラマをあたえてくれ、だからこそチャーリーはマディを愛していたのだ。

でも、それはもう過去のことだ。マディは死に、チャーリーは世間から身を引いている。ヤングスタウンに着いたらもう二度とジョシュに会うことはないのだから、ジョシュが見ず知らずの男から友人に変わったところでなんの意味もない。

　これからの六時間を松の香りのする気詰まりな沈黙のなかで過ごす覚悟をチャーリーが決めたとき、ジョシュがにわかに饒舌になり、運転席から話しかけてくる。

「で、ヤングスタウンには何があってそんなに帰りたいわけ？」

「祖母がいるの」

「いいね」とジョシュは感じよくうなずく。「親戚を訪ねるんだ」

「同居してるの」

　長年のあいだにチャーリーは、そう答えるほうが事実を説明するより簡単だということを学んでいた。祖母が住んでいるのは正確には、チャーリーが両親の死亡を受けて相続した家なのだと話すと、たいてい追加の質問が来てしまう。

「正直言って、同乗してくれる人が見つかるとは思わなかったよ」とジョシュは言う。「キャンパスを離れる人間は多くないからね。一年のこの時期は。それに学生はみんな車を持ってるみたいだし。気づいたことある？　駐車場は満杯だ。きみが車を持ってないなんて驚きだよ」

「わたし、運転はしないの」運転を習ったことがないように聞こえるのは承知のうえで、チャーリーは言う。

　実を言えば、運転したくない、のだ。両親が事故死してからというもの。最後にハンドルを握ったのは両親が死亡する前の日だった。免許証の期限が三か月前に切れたときにも、あえて更新はしなかった。

同乗者になるのはかまわない。それはやむをえない。車に乗るのは避けられないし、自分がハンドルを握っていようがいまいが、事故というのは起きるときには起きるものなのだから。母親がまさにそうだった。一緒に乗っていただけなのに、夫がハンドル操作を誤ったため、車はハイウェイを飛び出して森に突っこみ、ふたりとも即死した。

何が原因で森に突っこんだのかは誰にもわからなかった。鹿をよけようとしたのだとか、運転中に心臓発作に見舞われたのだとか、ステアリングコラムが故障したのだとか、推測はさまざまになされたのだが。

事故というのは起きるものだ。

そう言われたのは事故から数週間後、チャーリーに二度と車を運転する気がないことがはっきりしたときだ。事故は起きるものだし、人は死ぬものだし、それは悲劇ではあるけれど、ハンドルを握ることを恐れて生きるべきではないと。

誰にも理解してもらえなかったのは、交通事故で死ぬのが怖いわけではないことだった。過失責任――それが何より恐ろしかったのだ。父親がもたらしたのと同じ悲しみをもたらしたくはなかった。事故が起きて人が死んだとき、たとえ死者のなかに自分がふくまれていようと、責めを負う立場にはなりたくなかった。

皮肉なのは、実際に人が死んで、チャーリーに責任があるというのに、車はいっさい関係していないことだ。

「相手を見つけられて、おれたちラッキーだったと思うな」とジョシュが言う。「前にもあの掲示板を利用したことがあるの？」

チャーリーは首を振る。「初めて」

これまでは必要がなかった。いつもノーマばあが、学期の初めにはキャンパスまで送ってきてくれ、学期が終わると迎えにきてくれた。去年の秋に視力が悪くなりだして、ノーマばあも車の運転をしなくなると、こんどはロビーが引き受けてくれた。いまチャーリーがロビーのボルボに乗っていないのは、ロビーがヤングスタウンまで往復する二日のあいだ、授業補佐とコーチの仕事をかわってくれる人間を見つけられなかったからにすぎない。

「おれもだよ」とジョシュは言う。「時間のむだかなと思いながら掲示板の前に行ったら、ちょうどきみがビラを貼ってるところだったんだ。チャーリー。面白い名前だよね、それはそうと。何かの略？」

「そう。チャールズの」

マディはその返答を気にいってくれていた。チャーリーがそれを使うと――たいていは無理やり連れていかれた気後れするような騒々しいパーティでだったが――マディはいつも茶目っ気のある笑いを漏らしてくれるので、チャーリーはそんな返答を考えついた自分にうれしくなったものだ。それはチャーリーからすれば洒落（しゃれ）た台詞だった。四〇年代のスクリューボール・コメディでバーバラ・スタンウィックが言いそうな。

「本名はチャールズなの？」とジョシュが言う。

「冗談よ」とチャーリーは言い、説明しなければならないことにがっかりする。バーバラ・

スタンウィックなら説明なんか絶対にしない。「チャールズじゃない。ほんとにチャーリーなんだけど、何かを縮めたものじゃなくて、映画の登場人物の名前から取られたの」

「男の子の登場人物？」

「女の子。ちなみにその子は、叔父さんの名前を取って名づけられたの」

「なんていう映画？」

「《疑惑の影》」

「知らないな」

「アルフレッド・ヒッチコック。一九四三年公開。主演はジョゼフ・コットンとテレサ・ライト」

「面白い？」ジョシュは訊く。

「すごく面白い。わたしからすればラッキーだったよね。だって、つまんない映画の登場人物の名前なんて、誰もつけられたくないでしょ？」

ジョシュは片眉をあげてチャーリーをちらりと見る。彼女の急なはしゃぎように感心したのか驚いたのか、どちらかだろう。その眉はチャーリーにしゃべりすぎだと告げている。映画が話題になると、チャーリーはついそうなってしまう。ふだんは何時間でも黙っていられるが、誰かが映画の題名を口にすると、言葉があふれ出てきてしまう。映画は彼女にとってカクテルみたいなものなのだ。マディにそう言われたことがある。〝あんたほんとにおしゃべりになるよ〟と。

チャーリーはそれが事実なのを知っている。だから好きな映画のことを尋ねるのが、彼女からすれば会話の取っかかりを作る唯一の手段だ。それを聞けば、相手にどのくらいの時間とエネルギーを費やすべきか、即座にわかる。相手がヒッチコックやジョン・フォードやロバート・アルトマンやダリオ・アルジェントの名をあげれば、その人たちはまずまちがいなく会話をするに値する。逆に、《サウンド・オブ・ミュージック》なんか持ち出してきたら、黙って立ち去るのがいちばんだ。

でも、ジョシュは彼女の饒舌を気にしていないようだ。同意のしるしに軽くうなずきながらこう言う。「おれはいやだな。連続殺人犯か何かの名前をつけられるみたいなもんだ」

「まさにそれがその映画に出てくるの」とチャーリーは言う。「チャーリーという名の若い娘がいてね」

「その娘が叔父さんの名前をもらってて、きみがその娘の名前をもらったわけだ」

「そう。で、彼女はチャーリー叔父さんを崇拝してるの。だから叔父さんが何週間か彼女の家に泊まることになって、すごく喜ぶんだけどね。チャーリー叔父さんの行動はどこか怪しげで、とうとうチャーリーは叔父さんが本物の連続殺人犯じゃないかって思うようになるわけ」

「叔父さんはほんとに殺人犯なんだ？」

「そう」とチャーリーは答える。「そうじゃないと映画にならない」

「誰を殺したの？」ジョシュは訊く。

「身寄りのないお金持ちの老婦人たち」

「かなり悪いやつみたいだな」

「悪いやつなの」

「そいつは逃げのびるわけ？」

「いいえ。チャーリーが阻止する」

「だと思った」とジョシュは言う。「きみの話からすると、果敢な娘みたいだね」

それを聞いてチャーリーはちくりと疼きを覚える。そんな言葉が会話で使われるのをあまり聞いた憶えがないからだ。チャーリー自身のことをそう表現してくれた人はまちがいない。これまで彼女はいろんなふうに言われてきた。変？　たしかに。内気？　たしかに。うち解けない？　残念だけどそのとおり。でも、果敢なんて言われたことはない。そう思うと、自分が映画のチャーリーの評判を落としている気がして、妙に申し訳ない気持ちになる。

「それがきみの好きなもの？　映画が」とジョシュは言う。

「好きなだけじゃない」とチャーリーは言う。「映画はわたしの人生。それに専攻でもある。映画理論」

「映画の作りかたを学ぶみたいなやつ？」

「映画を研究するの。映画の働きを学んで、うまくいくこととといかないことを解明して、映画を理解するの」

これはすべて前にも話したことがある。マディには、一年生の初日に寮の同室にされたときに。ロビーには、図書館で出会った晩に。早い話が、聞いてくれる人なら誰にでも。チャーリーはシネマの福音を説く使徒なのだ。

「だけど、どうして映画なのさ？」とジョシュは訊く。

「だって映画はこの世界を取りあげて、もっといいものにしてくれるから」とチャーリーは答える。「映画はそういう魔法みたいなものなの。すべてが誇張される。色彩はいっそう鮮やかになり、影はさらに濃くなる。アクションはいっそう暴力的に、情事はいっそう情熱的になる。人々は歌いだす――まあ、むかしはね。感情は、愛も憎しみも恐怖も笑いも、すべて増幅される。しかもその人々ときたら！　美しい顔が大写しになる。あまりの美しさに眼が離せなくなる」

自分が映画の話に夢中になっていたことに気づいて、チャーリーは言葉を切る。でもまだもうひとつ、言いたいことがある。どうしても言わなければならないことが。それは真実なのだから。

「映画は人生みたいなものなの」と最後に言う。「ただしもっとすばらしい」

もうひとつの真実は言わないでおく。それは、映画のなかで人は自分を忘れられるということだ。チャーリーはそれを両親が死んだ日に学んだ。ノーマばあが泊まりにきてくれた日、ふたりが一緒に暮らすようになった最初の日に。

事故が起きたのは七月中旬の土曜の朝だった。両親はチャーリーを一瞬だけ起こして、十時には帰ると告げ、ふたつ離れた町の園芸用品店まで出かけた。

十時を過ぎたのにふたりが帰ってこなくても、チャーリーはとくに気にしなかった。居間のグランドファーザー時計が十一時を打っても、やはり気にしなかった。十一時十五分に警官がやってきた。アンダーソン保安官補が。友人のケイティの父親だ。チャーリーは十歳のときケイティの家にお泊まりにいき、翌朝アンダーソン氏にパンケーキを焼いてもらったことがある。戸口の上がり段に立っている彼を見て最初に思い出したのはそれだった。コンロの前でフライ返しを手に、ディナープレートみたいに大きなパンケーキをひっくり返していたアンダーソン氏の姿だ。

だがそこで、チャーリーは彼が帽子を手にしていることに気づいた。顔色が青ざめていることにも。それからドアマットの上でもじもじと、逃げ出すまいとするように足を半分ずらしたことにも。

それを見て、チャーリーは何か恐ろしいことがあったのを悟った。

アンダーソン保安官補は咳払いをしてからこう言った。「チャーリー、残念だが悪い知らせがあるんだ」

あとはほとんど聞こえず、重要な言葉だけが切れ切れに伝わってきた。事故。ハイウェイ。即死。

そのころには、応援として一緒にやってきたのだろう、アンダーソン夫人もそばにいて、チャーリーを抱きしめながらこう言っていた。「どなたか来てもらえる人はいる？　身内のかたは」

チャーリーは泣き声で、はい、と答えた。ノーマばあがいますと。そこで泣きくずれてしまい、数時間後にノーマばあが来てくれるまで泣きつづけた。

ノーマばあはむかし女優だったことがある。というか、女優になろうとしたことが。十八になるとすぐバスに飛び乗ってハリウッドへ向かった。きれいだとか才能があるとか言われた田舎町の少女たちが、それこそ無数に同じことをしたのだが、ノーマばあは美しさと才能の両方を兼ねそなえていた。リタ・ヘイワースばりのスタイルをしたブルネット美人の写真をチャーリーは見たことがあるし、祖母がキッチンで周囲に誰もいないと思ったときに歌をうたうのを聞いたこともある。

若いノーマ・ハリソンに欠けていたのは運だった。一年間クローク係をしながらオーディションを受けつづけたものの、夢の舞台には一ミリも近づけないまま、またバスに飛び乗ってオハイオに帰ってきた。少しだけたくましくなり、大いに謙虚になって。

けれども、それで映画(ピクチャー)への愛がさめることはなかった。そう、ノーマばあは《ヴァラエティ》誌の見出しを飾る大女優のように、映画をいまだに〝写真(ピクチャー)〟と呼ぶ。

「写真を見ましょ」とそのぎこちない最初の晩、ノーマばあはチャーリーに言った。ふたりとも悲しみに打ちのめされ、黙ったまま呆然と座っているほか何もできなかったのだ。

チャーリーは映画など見たくなかった。当時はとくに映画好きでもなかったので、自分の名前の由来も、いちおう知っている程度だった。チャーリーと名づけられたのは、ノーマばあのせいだと言ってよかった。ヒッチコックが大好きで、チャーリーの母親にもその愛を伝染させたのだ。

「元気が出るから」とノーマばあはチャーリーに言った。「嘘じゃない」

チャーリーは折れて一緒にカウチに座り、そこでふたりはむかしの映画を立てつづけにひと晩じゅう、夜が明けるまで見ていた。登場人物たちはタフな口をきき、煙草を吸い、ウィスキーを何杯も飲んだ。女でさえ。殺人があり、裏切りがあり、チャーリーが頬を赤らめるような情欲に燃えるひそかな視線があった。

さらによかったのはノーマばあのはさむコメントで、彼女のハリウッド時代をチャーリーはそこに垣間見ることができた。

「いい男よ。飲みすぎるけど」ひとりの俳優をノーマばあはそう評した。

「一度デートしたことがある。あたしの好みからするとべたべたしすぎ」別の俳優のことはそう言った。

居間のブラインドの隙間から朝日が射しこみはじめるころには、ノーマばあの言ったとおりになっていた。本当に元気が出てきた。渦巻く感情はみな——苦痛も、怒りも、流砂にはまったように沈みこんでしまいそうだった深い悲しみも——一時的に消え去っていた。

ふたりは次の晩も夜明けまで映画を見た。

その次の晩も。

その次の晩も。

自分たちは悲惨な現実から逃れるために映画という空想を利用していたのだ。そう気づいたときにはもう手遅れで、チャーリーは映画にはまっていた。

　両親が埋葬された日は、すべてが実際より鮮明に感じられた。蓋を閉じたふたつの棺は教会の奥にならんで、ステンドグラスの色に染まった日だまりに安置されていたし、後ろの花々は虹のように鮮やかに花瓶から咲きひろがり、七月の暑さのなか喪服姿で顔を扇ぐ会葬者たちとみごとな対照をなしていた。一同が墓のまわりに集まると、空の青さが眼にしみた。風も穏やかに吹いており、聖歌隊の歌声がそれに乗って流れてきた。そのあまりの美しさに、チャーリーは悲しみとともに安らぎを覚えた。つらくはあるけれど、自分はきっとこれを乗りこえられると、そう確信した。

　葬儀のあと、チャーリーはノーマばあに、棺が地中におろされるあいだ聖歌隊が歌っていた讃美歌の曲名を知っているかと尋ねた。

「讃美歌ってなに？」とノーマばあは訊きかえした。「聖歌隊ってなんの話？」と。

　そのときだった。実際の葬儀は自分が体験したものとはずいぶんちがうものだったのだとチャーリーが知ったのは。脳がそれを美しく飾りたてて、頭の中で一本の映画に仕立てあげていたのだ。彼女はそう気づいた。映写機にかけられたフィルム上の映像が別の誰かの悲劇を語ってくれ、そのおかげで自分は現実に耐えることができたのだと。

「そんなに好きなんだったらさ。映画を作ろうと考えたことはないの？」ジョシュの声がチャーリーを現実に引きもどす。

「あんまりない」

どこの大学に願書を出すか決めようとしていたころに、実はちょっとだけ考えたことがある。何かを作りあげるほうが、それを解剖するよりも喜びが大きいのではないかと思ったのだ。でも、映画制作の実態を知ってしまったら、それを見るときの魔法が消えてしまうおそれがあったので、危険は冒したくなかった。魔法などチャーリーの人生には当時からほとんどなかったのだから。マディがいなくなってしまったいまは、なおさらだ。

いなくなった。

なんともいやな言葉だ。取り返しのつかなさが露骨で、考えるだけで悲しくなる。

マディはいなくなった。

二度と帰ってこない。

しかもそれはチャーリー自身のせいなのだ。

不意にチャーリーは悲しみに襲われる。この二か月間何度も襲われた悲しみに。それとともに罪悪感がずしりとのしかかってきて、体が助手席に釘づけにされたようになる。ふたつの感情に圧倒され、ジョシュの声もろくに耳にはいらなくなる。

「なんで？　楽しい仕事みたいだけどな」

「楽しい仕事があるからって、そういう仕事をやりたいことにはならない」チャーリーは言う。

右に眼をやり、窓の外のサイドミラーに映る自分を点検する。ダッシュボードの明かりに下から照らされてコートの襟が冷たく光り、口紅の色調とよく合っているのがわかる。といっても二種類の赤が見えるわけではない。夜と月光がいっさいをモノクロームに変えている。白と黒ではない。そこまでくっきりはしていない。さまざまな色合いの灰色だ。

「チャーリー？」

グランダムの車内——夜

チャーリーははっと息を吐き、眼をしばたたき、サイドミラーで自分をチェックし、すべてがカラーなのに気づく。当然だ。現実の世界なのだから。だが、ほんのつかのま彼女はその住人ではなかった。別世界にいた。

「なんだったんだいまのは？」とジョシュが言う。「おれの質問に答えようとしたところで、急に固まっちゃったけど」

「ほんと？」

「ああ。完全に放心してた」

「ごめん」とチャーリーは言う。「ときどきやっちゃうの」

恥ずかしくてジョシュのほうを向けず、前を見る。放心していたあいだに雪が降りだしている。嘘くさいほど大きな雪がふわふわ舞いおりてくる。スタジオに積もる偽の雪と、《素晴らしき哉（かな）、人生！》を思い出す。雪は路面をおおうほどではないにしても、フロントガラスにたくさん付着しており、ジョシュはワイパーを作動させる。ワイパーはあくびをしながら目覚めてそれを拭い去る。

「よくあることなの？」ジョシュは言う。

「たまにね」チャーリーは一瞬、気まずい間を置く。「たまにその、何か見ちゃうの」

ジョシュは道路から眼を離して、不安よりも好奇心のまさる視線を彼女に向ける。「何かってどんなもの？」

「映画」またしても間。「脳内の」

なぜそれを認めたのか自分でもわからない。あえて推測すれば、自分たちふたりが一時的に親密な状況に置かれているせいだろう。暗い車内に一緒に放りこまれ、ろくに相手の眼を見ることもないまま、これからの六時間を同じ空間で過ごしたら、二度と会うことはない。そんなとき人はおしゃべりになる。親友にさえ話さないようなことを明かしてしまう。そういうことはありうるのだ。チャーリーにはよくわかる。映画で何度も見ている。

チャーリーが自分の脳内映画のことを話した最初の相手はマディだった。白状したのは一年生の三週目のことで、四分二十六秒もぼんやりしていたのを、マディに気づかれたときだった。マディは時間を計っていた。チャーリーが事情を話すと、マディはうなずいてこう言った。「それはキモいね。はっきり言って。あんたラッキーだよ、あたし、キモい話が大好物だから」

「前に見たことのある映画？」ジョシュが訊く。

「新しいやつ。わたしにしか見えない」

「白昼夢みたいな？」

「そうでもない」とチャーリーは答える。白昼夢の世界は端のほうがぼやけているけれど、これは逆だ。いっさいがシャープになる。まぶたの裏に映写される一本の映画みたいに。

「《虹を掴む男》とはちがうの」

「それも映画なんだろうね」

「主演はダニー・ケイ、ヴァージニア・メイヨ、ボリス・カーロフ」とチャーリーは野球ファンが選手の成績を暗唱するようにすらすらと名前をあげる。「物語はジェイムズ・サーバーの短編をふくらませたものでね。主人公はウォルター・ミティという男で、頭の中に手のこんだ空想の生活を作りあげてるの。わたしの場合は……ちがう」

「どんなふうに？」ジョシュは訊く。

「実際に起きてることのかわりに、その場面の強化バージョンを見るの。脳がわたしを錯覚させてるみたいな。実際には交わされてない会話を聞いて、ないものを見ちゃうわけ。人生がちょっと——」

「よくなった感じ？」

チャーリーは首を振る。「あつかいやすくなった感じ」

それをチャーリーはむかしからワイドスクリーンでものを見るようなものだと思ってきた。いつもではなく、特定のときだけ。困難な瞬間だけ。人生のでこぼこ部分を、ステディカムのカメラマンが滑らかに通りぬけてくれるのだ。オレンジ色の錠剤を処方してくれた精神科医の診察を受けさせられて初めて、チャーリーは自分の脳内映画の正体を理解した。

幻覚。

精神科医はそう呼んだ。

それは心に回路遮断機を持つようなもので、感情がチャーリーを圧倒しそうになると作動するのだという。悲しみやストレスや恐怖が強くなると、脳内でスイッチがはいり、現実をもっとドラマチックで制御しやすいものに置き換えてしまうのだと。

だからチャーリーにはわかっている。いま自分が体験したものを引き起こしたのは、自責の念と悲しみとマディへの思慕とがない交ぜになったものなのだ。どれかひとつの感情なら自力で充分に対処できる。ふたつの組み合わせでもなんとかできたかもしれない。でも、三つが合わさったために、脳内のスイッチがパチリとはいり、頭の中で映画が始まったのだ。

「そこにないようなものを見たり聞いたりするって、いま言ったよね」とジョシュは言う。

「それって人間のこと?」

「うん、人間のこともある」チャーリーは答える。

「じゃ、実際には存在しないものや、存在しない人が見えるわけ?」とジョシュは興味を惹かれて言う。「してもいない会話をまるごとしちゃったりとか?」

「そう。誰かに話しかけられたり、こっちが話しかけたりするんだけど、それは全部わたしの頭の中でのことだから、ほかの人には聞こえないの」

「で、それはなんの前触れもなく起こるんだ」

「うん」

「自分でコントロールできないの？」

「むりむり」

「それはちょっとばかり不安じゃない？」

「ものすごく不安」とチャーリーは答える。それ以上言う勇気はない。

以前は自分の脳内映画を不安に思ったことなどなかった。どちらかといえば、ありがたいと思っていた。ものごとを容易にしてくれる。感情の棘（とげ）の痛みを和らげてくれる軟膏（なんこう）だと。それにあまり長続きしなかったし、他人の害になることもなかった。

ところが、あの晩ついに害になってしまった。

いまのチャーリーは自分を絶対に許せない。

脳内映画など消えてほしいとひたすら願っている。

「それってジャンルで言うとどんな映画？」ジョシュは訊く。

「なんでもあり。ミュージカルも、ドラマも、ホラーも見たことがある」

「じゃ、いまのやつは？　どんなジャンルの映画が脳内に見えてたの？」

チャーリーはサイドミラーに映る自分の姿まで脳を巻きもどす。マディの赤いコートを着て、現実には口紅などつけていないというのに、コートの赤に合った口紅をつけている。その姿はいかにもドラマチックに見えた。でも、チャーリーは魔性の女（ファムファタール）ではない。それはいつもマディの役だった。

そしてジョシュは、ハンドルを握るハンサムだが警戒心の強い男、いかにも過去のありそうな男だった。そのふたりは何者であってもおかしくなかった。逃亡中の恋人同士でも。再会したばかりの兄妹でも。自分たちにもわからない理由から、あてもなく国を横断する旅に出た他人同士でも。

それはある意味で事実だ。

「フィルム・ノワール」とチャーリーは答える。「でも、傑作じゃない。いろんなスタジオが毎週量産してたみたいな、まったくのB級映画」

「それはまたやけに特殊だな」ジョシュは言う。

チャーリーは恥ずかしくなって肩をすくめる。「どうしようもないの。わたしはそういうふうにできてるんだから」

「いまのこの瞬間が映画だとしたら？」とジョシュは言う。「誰がおれを演じる？」

「役者ってこと？」

「ああ」

「生きてる人、死んでる人？」

「どっちでもいい」

チャーリーは反り身になって両手をあげ、ショットのフレーミングをする映画監督のように両手の親指と人差し指で四角いフレームを作る。そのあいだからジョシュをじっくりと見る。顔だけでなく、体格のほうも。顔はまちがいなくハンサムで、体はたくましい。がっちりしていて、いくぶん重量級だが、整った容貌と組み合わさると、思い浮かぶのはひとりしかいない。

「マーロン・ブランド」チャーリーは答える。

「がくっ」ジョシュはずっこける。

「若いころのマーロン・ブランドだよ」とチャーリーはあわてて言い添える。「《欲望という名の電車》のブランド。知ってるでしょ、当時はいけてたんだから」

「あれ？　じゃ、おれのことをいけてると思ってるわけ？」ジョシュは言い、うれしそうに胸を少しばかり張ってみせる。

チャーリーは顔を赤らめる。「そういうつもりじゃなかったんだけど」

「もう遅いよ」とジョシュは言う。「いったん口にしたら撤回できない。そのマーロン・ブランドなら許せるな。いまのブランドは太りすぎで、ちょっといかれてるけどさ」

「あなたも将来が楽しみね」

「ひどいな」とジョシュは言う。「せっかくこの空想映画の中で誰がきみを演じるべきか、おれの考えを教えてやろうと思ったのにな」

「誰？」

「オードリー・ヘプバーン」

チャーリーはまた顔を赤らめる。そう言われたことは前にもあるが、それはマディからだった。「あんたその気になれば、オードリーに見えるかもよ。男たちの大好きなあのお目々ぱっちりの、いまにも壊れそうな、爪先歩きで草地にはいってく鹿みたいな雰囲気があるもん」

「鹿は爪先歩きなんかしない」というのがそのときのチャーリーの返しだったが、いまのチャーリーはジョシュにこう言う。「あなたがヘプバーンを知ってるなんてびっくり」

「もうちょい信頼してほしいね。おれだってまったくのばかじゃないんだからさ」とジョシュは言う。「そうそう、それと、きみがおれに返すべき正しい言葉は〝ありがとう〟だろうな」

「ありがとう」とチャーリーは言いながら、またしても頬がかっと火照るのを感じる。

「ひとつ立ち入ったことを訊きたいんだけど」ジョシュは言う。

「脳内に映画が見えるのを認めるよりもっと立ち入ったこと？」

「そういう立ち入ったことじゃなくて。ボーイフレンドがいるのか知りたいだけさ」

どう答えていいかわからず、チャーリーは黙りこむ。ジョシュは明らかに気を惹こうとしている。それはおそらくチャーリーのほうも、意図したものではないにせよ、そんな気になっていると思われているからだろう。チャーリーはマリリン・モンロー、ラナ・ターナー、ローレン・バコールといった名だたる教師に教えを受けているにもかかわらず、媚態を振りまける女ではない。口笛を吹くには、唇をすぼめて息を吹けばいいことぐらい知っているが、なぜそんなことをしてみたいと思うのか、そこがわからない。

チャーリーの問題は、マディに言わせれば、映画の中の男たちのことばかり考えているので、現実世界の男たちの前でどうふるまうべきかがわからないことだという。その指摘はあたっていなくもない。若いころのポール・ニューマンを見れば、チャーリーはなんの問題もなくめろめろになるのに、実生活ではその数分の一ハンサムな男に出くわしただけで固まってしまう。

出会ったときにはまちがいなく惹かれあったというのに、ロビーとの正式な初デートはどう見てもぎこちないものだった。へんてこなふだんの自分以外のものにならなくては――そんな強いプレッシャーをチャーリーは感じていた。それこそがロビーの求めているものだと思ったからだ。だからお世辞を言おうとして、「そのシャツ、なんか、いい柄だね」と、ロビーの着ていた地味な縞模様のオックスフォード・シャツのことを褒めて雑談を試みた。十五分後には力尽きた。「わたし、もう帰ろうと思うんだけど?」と質問みたいな口調で言い、難行に終止符を打つ許可を求めた。

するとロビーはこう言ってチャーリーを驚かせた。「頼むから帰らないで。実はぼくも、こういうのは苦手なんだ」

その瞬間チャーリーは、ロビーも実は、ハンサムではあっても自分と同じくらい不器用なのだと気づいた。ロビーはチャーリーが映画のことを話すのと同じように方程式のことを延々としゃべった。よく微笑むけれど、それ以上によく赤面した。動作はためらいがちで、ありのままの自分でいても完全にはくつろげないようだった。結果的にはどれもボーイフレンドの特徴として好ましいものだった。ロビーはあらゆる点でのんびりしていた。チャーリーが見たがればどんな映画にでもつきあったし、セックスを求めて迫ったりもしなかったし、セックスをするようになると、毎回チャーリーにすばらしかったと伝えた。そうではないのがおたがいにわかっているときでさえ。

気になることがあるとすれば、それはチャーリーが心の奥ではロビーが別世界の人間なのを知っていることだった。ロビーは不器用であっても人気者だった。ハンサムで、スポーツ万能で、頭がいい。父親はエンジニアで、母親は医者。どちらも存命だった。でも、チャーリーの両親はちがう。自分はあらゆる点で劣っている。彼女はそう感じた。白鳥には決してなれない醜い家鴨（あひる）の子なのだと。

マディが生きていたころには、チャーリーは自分の引っ込み思案にもう少し楽に対処できた。マディはいつもチャーリーを、普通ではないにしても、はみだし者仲間のような気分にはさせてくれた。おかげでバランスが取れていた。一方にはロビーの正常さが、もう一方にはマディのメイム叔母さん（一九五八年制作の同名の映画の主人公）じみた突飛さがあり、チャーリーはその中間で安定していた。ところがマディがいなくなると、そうはいかなくなった。だからチャーリーの悲しみと自責の念と自己嫌悪をロビーがいくら和らげようとしても、遅かれ早かれロビーは、チャーリーにそんな世話を焼く価値などないことに気づくはずなのだ。

大学を辞めることにしたとき、これはロビーのためになることなのだと自分に言い聞かせた。けれども心の奥では、避けがたい事態の訪れを早めていることも承知していた。ロビーに捨てられる前に、ロビーを捨てようとしているのを。

「いるとも言えるし、いないとも言える」とチャーリーはようやく言い、ジョシュの質問に曖昧きわまりない答えを返す。「ていうか、うん、ボーイフレンドはいる。厳密にはね。でも、将来どうなるのかはわかんない。わたしたちに将来があるのかどうかも」

「おれも経験があるよ」ジョシュは言う。

「で、あなたは？」

「だあれもいない」

「人と出会うのは難しいね」チャーリーは言う。

「おれはそうは思ってない」とジョシュは言う。「出会うのは簡単さ。別れないようにするのが難しいんだ」

フロントガラスのむこうを見ると、グランダムのヘッドライトの光に飛びこんでくる雪が、ますます大きく速くなっている。ワープスピードで流れ去る星々を思わせる。

「スイッチ・オン(パンチ・イット)だ、チューーイ！」チャーリーは言う。

ジョシュはワイパーをもう一段階速くする。「それって《スター・ウォーズ／帝国の逆襲》のハン・ソロの台詞だろ」

「よかった、あなたが少なくとも一本は映画をほんとに見たことがあるのがわかって」

「映画なんかたくさん見たことがある」

「〝たくさん〟てどのくらい？」

「きみが考えてるよりは多い」ジョシュは運転席で体を起こしてハンドルをポンとたたく。

「別の台詞を言ってみてくれ。どの映画のものかあててみせるから」

最初はやさしくしてあげることにして、チャーリーはそれらしい口調でこう言ってみせる。

「また来るからな(アイル・ビー・バック)」

「《ターミネーター》」とジョシュは答える。「あんまりわかりやすいのはやめてくれ。おれはきみが考えてるほど映画オンチじゃない」

「あそう」チャーリーはちょっと考える。「〝もっとでかい船が要る〟」

「《ジョーズ》だろう」とジョシュは言い、「あれは二回見た」と、どや顔で付け加える。

「二回？」チャーリーはわざとらしく驚いてみせる。

「じゃ、きみは何回見たんだ、映画オタクさん？」

「二十回」

ジョシュは低く口笛を漏らす。「なんでおんなじ映画を二十回も見るんだ？」

「傑作だもん」とチャーリーは言う。「なぜあれを二十回見ようとしなかったのか、そっちのほうが疑問」

「人生は短いからさ」

それもまたマディのお得意の台詞で、チャーリーに気の進まないことをやらせる必要があるとき、よく使っていた。〝人生は短いんだから、このパーティに行かなくちゃ〟と。そこでチャーリーがパーティについていくと、マディは人混みに姿を消してしまい、チャーリーはたいてい自室に戻って映画を見るはめになった。

「こんどはおれが問題を出したいな」ジョシュは言う。

「わたし、あてる自信あるよ」

「あてられなかったらがっかりするな」ジョシュは咳払いをする。「〝人はみんなときどき少し異常(マッド)になる〟」

ジョシュの言いかたはチャーリーを電流のように撃つ。尾骨が一瞬ビリッとする。その台詞はこれまで何百回も聞いたことがあるが、かならず過剰に強調され、極端に不気味なものにされていた。ところがジョシュはその台詞をまさにアンソニー・パーキンスがしゃべったように、冷静に、淡々と、みずからの異常さ(マッドネス)を認めることなど大したことではないというようにしゃべった。

「まいった?」ジョシュは言う。

「《サイコ》」とチャーリーは答える。「アルフレッド・ヒッチコック。一九六〇年」

「何回見た?」

「数えきれないほど」

《サイコ》はチャーリーのお気に入りのヒッチコック映画の一本で、かつては《裏窓》や《めまい》や《北北西に進路を取れ》と同じくらい何度も見ていた。でも、マディが殺されてからは見ていないし、二度と見ることはないかもしれない。あのシャワー・シーンと、振りおろされるナイフと、キンキンというバイオリンの音に耐えられる気がしない。いくら血はチョコレートソースであり、グサッというのはカサバメロンを刺す音であり、ナイフが肉に刺さるところは一度も映らないとわかってはいても、そんなことは関係ない。マディの運命を考えれば。

「きみは自分の専攻が大好きみたいだね」ジョシュは言う。

「大好きよ」

「なのにどうして学校を辞めるんだ？」

「誰が辞めるって言った？」チャーリーはむっとして言う。立ち入ったことを訊くジョシュにも、簡単に見透かされてしまう自分にも腹が立つ。

「トランクに入れたあのスーツケースと箱。短期の帰省にあんな大荷物を持ってく人間はいない。しかも学期の途中の火曜日だ。何か隠れた事情があることぐらいわかるさ」

「あるよ」とチャーリーはいらだちを募らせながら言う。「でも、それはあなたに関係ない」

「でも、辞めるわけだよな？」とジョシュは言う。「きみは否定してない」

チャーリーはどさりとシートにもたれて窓の外を見る。車のヒーターと彼女の絶え間ない映画話のせいで窓は曇っている。ガラスに人差し指を這わせて透明な筋をつける。

「何をしてるのか自分でもわからない」とチャーリーは言う。「ひと休みしようとしてるのかな」

「大学生活に疲れたわけ？」

「ちがう」チャーリーはちょっと考えてから、答えを訂正する。「そう」

二か月前まではオリファントでの生活を愛していた。オリファントは一流大学とは言えない。アイヴィーリーグではもちろんない。ニューヨーク大学やベニントン大学など、彼女がかつて通うことを夢見た大学でもない。それにはお金が足りなかったし、チャーリーは奨学金をもらえるほど優秀でもなかった。多少の現金はたしかにもらったけれど、全額支給にはほど遠かった。

オリファントに決めたのは、そこがチャーリーとノーマばあにも学費を払える数少ない大学のひとつだったからだ。ニュージャージー州の小さなリベラルアーツ大学。有名ではないにしても、まずまずの映画学科。目立たないようにして勉強に励み、優秀な成績で卒業してもっと大きな、もっといい、もっと一流の大学の大学院にはいる。そして最終的にはオリファントのような大学の教授になり、次世代の映画愛好家となる学生たちに映画を教える。それがチャーリーの計画だった。

計画になかったのは、入学したその日にマデリン・フォレスターが煙草の煙とシャネルの五番の香りとともに、ふらりと寮の部屋にはいってきたことだ。美人だった。そこにまずチャーリーは気づいた。色白で、ブロンドで、肉感的。ハート形の顔は《風と共に去りぬ》のヴィヴィアン・リーを髣髴(ほうふつ)させた。でも、どこか少しくたびれているように見えた。初めての舞踏会の翌朝にふらふらと帰宅する二日酔いの娘のような、魅力的な気怠(けだる)さがあった。

七センチのハイヒールでよろよろしながら戸口に立ってふたりの部屋を見わたすと、マディはこう言い放った。「なんたるゴミため(ホワット・ア・ダンプ)！」

それがなんの台詞かチャーリーにはすぐにわかり――《森の彼方に》のベティ・デイヴィ

スのまねをする《バージニア・ウルフなんかこわくない》のエリザベス・テイラーのまねだ――揺すられたシャンパンのボトルみたいに全身が沸きたった。自分はいま心の友に出会ったのだと。

「わたし、あなたのことを崇拝すると思う」チャーリーは思わず言った。

マディは扇で自分をあおいだ。「苦しゅうない」

マディのスタイルは崇めやすかった。口調は早口で、キャサリン・ヘプバーンを思わせる歯切れのいいヤンキー訛りを意図的に使った。キャンパスのほかの女の子たちが好むような――ストーンウォッシュのジーンズに〈ケッズ〉の白いスニーカー、GAPのスエットシャツにデニムの上着という――服装よりも、五〇年代の社交界のお嬢さまみたいな服装が好きだった。パステルカラーのカクテルドレス。白手袋。薄いベールのついたピルボックス帽。ミンクのストールまで持っていた。ガレージセールで買った中古品で、傷んだ毛皮はあちこちもつれていたけれど。パーティでは煙草を吸うのにシガレットホルダーを使い、《101匹わんちゃん》のクルエラ・ド・ヴィルみたいにそれを振りまわした。いかにもきざだった。それでも大目に見てもらえたのは、決して本気ではなかったからだ。眼をいつもきらきらとさせて、自分の滑稽さを承知していることを明かしていた。

一見するとふたりは奇妙なペアに見えた。派手やかな女の子と地味にかわいいそのルームメイトが、くすくす笑いながら食堂に歩いていくのは。でも、チャーリーは自分たちが見かけ以上によく似ていることを知っていた。ポコノ山地出身のマディは、まったくの下層中流階級の生まれで、田舎町の郊外にある薄茶色の平屋で子供時代を過ごしていた。

　祖母ととても仲がよく、やたらと芝居がかったまねを好むのは、当人に言わせればその祖母から受け継いだものだった。ばあば、マディはそう呼んでいた。チャーリーはいつもそれを滑稽だと思っていたが、考えてみればノーマばあというのもさほど普通ではなかった。マディは四歳になるまで祖母に育てられた。なまけ者の父親は養育費の支払いから逃れるために果てしなく北西部を放浪していたし、母親はさまざまなリハビリ施設を出たりはいったりしていたのだ。

　母親が薬物を断って戻ってきたあとも、マディはミーモーを慕いつづけ、日曜日にはかならず様子うかがいの電話をかけていた。二日酔いでぼろぼろのときもあれば、出かける間際ということもあったが。チャーリーがそれを憶えているのは、自分はノーマばあに様子うかがいの電話などめったにしたことがなく、つねに後ろめたさを覚えていたからだ。電話をするのは何かが必要なときだけだったので、マディがミーモーにどうしていると尋ねるのを聞くと、ノーマばあがテレビの白黒映画の光にちらちら照らされながら、ひとりぼっちで家のカウチに座っている姿が眼に浮かんできた。

　映画もマディとチャーリーの共通点だった。ふたりは何百本も一緒に見た。マディがノーマばあと同じように演技にコメントを加えながら。

「はああ、モンゴメリー・クリフトほど美しい男がこれまでいた？」とか。

「リタ・ヘイワースみたいな体が手にはいるならあたしなんでもする」とか。

「そりゃヴィンセント・ミネリはゲイだけど、それはジュディ・ガーランドを撮る彼のやりかたからはわからない」とか。

チャーリーと同じくマディも現実逃避を糧にして、自分のこしらえた空想世界に生きてきた。そこに加わりたいと思うかどうかは人それぞれだった。チャーリーは喜んで加わった。「何があったのか話したければ、話してくれてかまわないんだぜ」ジョシュがチャーリーをリラックスさせようと、同情の眼を向けてくる。「誰にも話さないからさ。だいいち、おれたちはこのあと二度と会わないんだし。この車内で隠しごとをする必要はないよ」

チャーリーは何もかも話したくなる。この闇も、親密な距離も、ぬくもりも、すべてが告白ムードを盛りあげる。そのうえ、この話は実際には誰にもしたことがないのだ。もちろん多少は話した。ロビーに。ノーマばあに。診察を受けさせられた精神科医に。でも、全部は話していない。

「悪いことをした経験ってある?」とチャーリーは言い、話題にそろそろと足を浸して様子を見る。「自分を金輪際、絶対に許せなくなるぐらい悪いこと」

「悪いことなんて、それを見る人間しだいじゃないか」

そう言うとジョシュは、一瞬だけ前方から眼を離してチャーリーのほうを向く。またしても微笑んでいる。あの完璧な映画スターの笑みだ。ただしこんどは眼までは広がっていない。眼には明るさが欠けている。あるのは闇だけ。

それは光のいたずらにすぎない。でなければ光の欠如のせいだ。自分の眼も同じように真っ暗で謎めいているはずだ。チャーリーはそう思うものの、ジョシュの暗い眼と明るい笑みにひそむ何かに、告白したいという気持ちをそがれてしまう。そんな気分ではなくなる。いまはもう。この見知らぬ男に対しては。

「あなたはどうなの?」とチャーリーは言い、話題を変えようとする。「どんな事情があるの?」

「どうしておれに事情があるなんて思うんだ?」

「あなたも学期の途中で帰るんでしょ。てことは、あなたも辞めるってことじゃない」

「おれは学生じゃない」

「てっきり学生だと思ってた」

学生だと言わなかったっけ? それとも、出会ったときに彼がオリファントのスエットシャツを着ていたので、こっちが勝手にそう思いこんだのだろうか。そのスエットシャツを彼はいまも着ている。

チャーリーの不安に気づいたらしく、ジョシュは正体を明かす。「おれは大学で働いてるんだ。というか、働いてたと言うべきかな。辞めたんだよ今日」

チャーリーはふたたびジョシュを観察し、彼が実際にはどのくらい年上なのかを悟る。少なくとも十歳。たぶん十五歳ぐらい上だ。

「教授か何か?」

「もうちょい下のほうだ」とジョシュは言う。「施設課で働いてたんだよ。もっぱら管理の仕事だな。廊下にモップがけをしてるやつらのひとりさ。きみらの眼には見えない。おれを見かけたとしても、気づきもしなかっただろう」

記憶を探ってほしいようなので、チャーリーはきのう以前に、つまり掲示板の前で出会う以前に、ジョシュを見かけたことがあるかどうか考えてみる。思い出せなくても不思議はない。この二か月というもの、寮と食堂からあまり遠くまで出歩いたことがないのだから。

「どのくらい働いてたの？」

「四年」

「どうして辞めたの？」

「親父の具合がよくなくてね」とジョシュは言う。「こないだ脳卒中を起こしたんだ」

「そうなの。それはお気の毒に」

「大したことじゃない。よくあることさ」

「でも、よくなるんでしょ、お父さん？」

「どうかな」とジョシュは無理もないと思われる暗い声で言う。「よくなるといいけど。しばらくはわからない。世話をする人間がほかにいないんで、おれがトレドに帰るわけさ」

チャーリーの全身がにわかに緊張する。

「アクロンでしょ」とチャーリーは言う。「あなたアクロンの出身だって言ったよ」

「ほんとに？」

「うん。掲示板の前で出会ったとき」

脱出が実現しそうだったので、あのときのことはすべて憶えている。ジョシュはアクロンまで行くとはっきり言った。チャーリーの行きたいのがヤングスタウンだと知ったあとで。最初の会話を頭の中で再生してみる。ジョシュがにじり寄ってきて、チャーリーのビラに眼をやり、そこにはっきりと印字されている希望目的地を見る。

ひょっとしてジョシュは嘘の行き先を言ったのだろうか？　だとしたらそれはなぜだろう？

理由はひとつしか思い浮かばない――自分の車に乗ることをチャーリーに承諾させるためだ。

そう考えてチャーリーは不安になる。強ばった背中にぽつりぽつりと恐怖が広がる。降りだした雨のように。まもなく嵐になりそうな気がする。

「そうか、思い出した」とジョシュは言い、自分の迂闊さが信じられないというように首を振る。「だからきみは戸惑ってるんだな。アクロンに行くと言ったのを忘れてた。伯母がアクロンに住んでるんだよ。その伯母を乗っけて、一緒にトレドの親父の家まで行くんだ」

わかりやすい説明ではある。表面的にはなんら怪しい点はない。でも、チャーリーの不安は払拭されない。小さなかけらが残り、肋骨のあいだに刃のように刺さっている。

「誤解させるつもりはなかったんだ」とジョシュは言う。「嘘じゃない。そんなふうに見えたのなら謝るよ」

心からそう言っているように聞こえるし、そう見える。車が街灯の下を通過すると、オレンジ色の光がジョシュの顔を照らし出す。その眼からは、さきほどの闇は消えている。かわりに表われているのは温かみと、謝罪と、そこまで誤解されたことに対する心外の色だ。それを見ると、チャーリーは怪しんだことが申し訳なくなる。お父さんが脳卒中を起こしたばかりだというのに、彼を疑るなんてと。

「いいの」とチャーリーは答える。「わたしが――」と、ぴったりくる表現を探す。心配しすぎた？　被害妄想に陥ってた？　その両方？

チャーリーにはわかっている。自分がこんなにびくびくしているのは、ジョシュの言ったことのせいでも、服装のせいでも、トランクにものを入れるときの入れかたのせいでもない。マディの身にあんな恐ろしいことが起きたのだから、自分にも起きるのではないか、そう考えているせいなのだ。

でも、それだけではない。ノーマばあの言う〝岩盤事実〟がある。地面の下に深く埋もれた事実が。その基礎の上に人は自分につく嘘を築く。

チャーリーにとっての岩盤事実とは、自分は恐ろしい目に遭って当然の人間だと考えていることだ。

でも、恐ろしいことなど起きない。少なくともここでは。いまは。善良そうな男と一緒の車内では。彼は退屈な道中にならないように会話をしようとしているにすぎない。

またしてもジョシュはチャーリーの考えていることを見抜いたらしく、こう言う。「わかるよ。どうしてきみがそんなに神経質になるのか」

「神経質になんかなってない」チャーリーは言う。

「なってるよ」とジョシュは言う。「でも、それはいいんだ。つまりさ、きみが誰なのか、おれ、わかったと思うんだ。掲示板の前で出会ったとき、名前に憶えがあるような気がしたんだけど、いまやっとその理由に気づいた」

チャーリーは黙りこみ、それでジョシュのおしゃべりを止められることを期待する。ジョシュがヒントに気づいてやめてくれることを。

でも、ジョシュは視線をいったんチャーリーから道路に向けたあと、ふたたび彼女を見て言う。「きみはあの娘だよね？」

チャーリーは助手席にぐったりともたれ、頭の付け根をヘッドレストに預ける。その接点でずきずきと軽い痛みが始まる。頭痛の兆し。覚悟ができていようがいまいが、告白タイムがやってきたのだ。

「そう」とチャーリーは言う。「わたしがその娘。ルームメイトを殺された娘」

グランダムの車内――夜

その晩は出かけたくなかった。それがあんなまねをしてしまったことの言い訳だった。あのころは言い訳があった。いまはもう、自分の行ないは言い訳できないものだと気づいている。

それは木曜の晩で、翌日は朝から映画の授業があったし、チャーリーは夜の十時にザ・キュアーの二流カバーバンドなど聴きにいく気分でも体調でもまったくなかった。でも、マディがどうしても行くと言い張り、チャーリーがいくら断わっても聞き入れてくれなかった。

「あんたがいなかったらつまんない」とマディは言った。「あたしがどんだけ彼らを愛してるか、知ってる人はあんたしかいないんだから」

「本物のザ・キュアーじゃないのはわかってるでしょ?」とチャーリーは言った。「実家のガレージで〈ラヴソング〉の練習をしてきたようなバンドにすぎないんだよ」

「あの人たちはほんとにうまいの。嘘じゃない。お願い、チャーリー、行こうよ。こんなところに閉じこもってるには人生は短すぎる」

「わかったよ」とチャーリーは溜息まじりに言った。「わたしは疲れてるけどね。疲れてるときのわたしが怒りっぽいのは知ってるよね」

マディはふざけて部屋のむこうから枕を投げつけてきた。「あれはもう怪物と言っていいね」

バンドがようやく演奏を始めたのは十一時近くで、みな滑稽すれすれの、度を超えたゴス衣装で現われた。フロントマンはロバート・スミスのそっくりさんを狙って、顔を白塗りにしていた。あれじゃエドワード・シザーハンズだよ、チャーリーはマディにそう言った。

「失礼な。でも、たしかに」マディは答えた。

三曲目でマディは、破れたジーンズに黒のTシャツというどこかのボン・ジョヴィかぶれと踊りはじめた。その二曲後には、バーカウンターに背中を預けてその男と唾液の交換をしていた。チャーリーは疲れていて、空腹で、その場に残るほど酔っているわけでもなかったので、もうたくさんだった。

「ねえ、わたし帰るね」とマディの肩をたたいて言った。

「え?」マディはキスをしている行きずりの相手の抱擁から抜け出て、チャーリーの腕をつかんだ。「だめ!」

「だめじゃない。帰る」

チャーリーはそう言うと、マディに腕をつかまれたまま出口へ向かってダンスフロアの人混みを掻きわけていった。野球帽をかぶった男子学生、ヘソ出しTシャツを着た女子学生、プレッピー、酔っぱらい、マリファナ好き、脱色したばさばさの髪をしたネルシャツ姿のぐうたら連中。フロアは人であふれていた。マディとちがって彼らは、誰が演奏しているかなど気にしていなかった。酔っぱらうためにそこにいるのだ。チャーリーはといえば、ベッドで丸くなって映画を見たかった。

「ねえ、どうしたのよ」外に出てゲロとビールのにおいのする路地にくっつきあって立つと、マディは言った。「せっかく楽しんでたのに」

「あんたは楽しんでたよ」とチャーリーは言った。「わたしはただ……いただけ」

マディはリサイクルショップの〈グッドウィル〉で見つけたきらきらする銀色の四角いスパンコールのハンドバッグに手を突っこんで、煙草を探した。「そんなの自分のせいだよ、ダーリン」

チャーリーはそうは思わなかった。マディがチャーリーをバーやコンパや演劇科の打ち上げに引っぱっていったあげく、着いたとたんに放り出したのは、これでざっと百回目だ。取り残されたチャーリーは毎度所在なくつっ立ったまま、自分と同じような内気な人たちにおずおずと、《偉大なるアンバーソン家の人々》を見たことがあるかどうか尋ねるのだ。

「あんたがわたしを部屋にいさせてくれなかったからでしょ」

「あたしはあんたの力になろうとしてるの」

「わたしをうっちゃっておくことで？」

「あんたの快適ゾーンからあんたを引っぱり出すことでだよ」とマディは言いながら、煙草を探すのを諦めてハンドバッグを脇にはさんだ。「人生は映画だけじゃないの、チャーリー。あたしもロビーも寮の娘たちもいなかったら、あんた、たぶん永遠に誰とも口をきかないじゃん」

「そんなことない」チャーリーはそう言い返しながらも、そのとおりかもしれないと思いはじめた。クラスや寮という島国以外の誰かとおざなりな雑談以上のものを最後に交わしたのがいつなのか、自分でも思い出せなかった。マディの言うとおりだと気づくと、ますます腹が立ってきた。「わたしだって誰にでも話しかけられるよ、その気になれば」

「そこがあんたの問題なんだってば」とマディは言った。「あんたはその気にならないの。だからあたしがいつも無理やりそこに放りこもうとしてるんじゃん」

「わたしは強制されたくないのかもよ」

マディは皮肉な笑いを漏らした。「それはものすごくはっきりわかります」

「じゃ、やめてよ」とチャーリーは言った。「友達っていうのは相手を支えるものでしょ。変えようとするものじゃなくて」

チャーリーだってマディを変えようとすることはできただろう。その気まぐれさを。芝居を。衣装と言ったほうがいいような服装を。マディが部屋にはいってくるだけでみんなが呆れ顔をするような、時代がかった突飛なまねを。でも、チャーリーはそれらを変えようとはしなかった。愛していたからだ。そのすべてを。マディを。なのにときどきその晩のように、マディも同じふうに感じているのかどうかわからなくなった。

「あたしはあんたを変えようとなんかしてない」とマディは言った。「もうちょっと人生を楽しんでほしいだけ」

「だけどわたしは帰りたいの」

チャーリーは歩きだそうとしたが、ふたたびマディに腕をがっちりとつかまれてこう嘆願された。「お願いだから帰んないで。あんたが正しい。あたしはあんたをここに連れてきて、そのまま放り出してた。ごめん。中に戻って、お酒を飲んで、踊りくるおう。あたし、あんたのそばを離れない。約束する。だから一緒にいて」

もしマディがそのあとこう言わなかったら、チャーリーも帰らなかったかもしれない。いつものように水に流して忘れるつもりだった。ところがマディは深く息を吸ってこう言った。

「ひとりで歩いて帰りたくないんだよ、わかるでしょ」

それを聞いてチャーリーは引いた。どん引きした。マディがあいかわらず自分のことしか考えていないのがわかったからだ。マディはいつもそうだった。これはチャーリーと一緒にいたいからでも、一緒に楽しみたいからでもなく、パーティがおひらきになったとき、酔っぱらった自分を送りとどけてくれる誰かが必要なだけなのだ。やっぱりロビーの言ったとおりなのかもしれない。チャーリーはそう思った。自分はマディに友達だと思われていないのかもしれない。本当に観客の一員だと思われているのかもしれない。その他大勢だと。どこでどんなばかなまねをしても大目に見てくれる、ちょろい相手だと。

でも、その晩はちがった。

チャーリーはちょろい相手になるのを拒んだ。

「わたしはもう帰る。あんたはどっちでも好きにして」

マディは考えるふりをした。ためらいがちにチャーリーのほうへ一歩近づいて、チャーリーの手を取ろうとするようにほんの少し手をあげた。だがそこで店から誰かが出てきて、あいた戸口から路地に音楽がどっとあふれ出してきた。〈ジャスト・ライク・ヘヴン〉の騒々しいバージョンが。それを聞くとマディは店のほうに眼を向け、それでチャーリーは彼女が決断したのを知った。

「ひどい友達だね、あんたって。それをわかってほしいよ」

そう言い捨てると、チャーリーは背を向けてすたすたと歩き去り、「チャーリー、待って！」と声をかけられても立ちどまりもしなかった。

「うるさいな」そう言い返しただけだった。

結局それが、マディにかけた最後の言葉になった。

でも、そんなのは序の口だ。

その晩の最悪の部分はそのあとだった。

二十歩歩いたあと、チャーリーがもしかしたらと後ろをふり返ったときだった。ひょっとしたら、〝うるさいな〟とはねつけられたにもかかわらず、マディがすぐ後ろまで追いかけてきているかもしれない。そう期待したのだが、見るとマディはまだ店の外にいて、やっと煙草をハンドバッグから見つけ出し、どこからともなく現われた男と一緒に立っていた。

男の姿はチャーリーにはよく見えなかった。チャーリーのほうになかば背を向けて、顔をうつむけていた。見えたのは左手だけで、それはマディのライターの小さな火を囲っていた。あとは靴から帽子まですべて影になっていた。

その帽子――かつてはみんながかぶっていたのに急にすたれた、典型的な中折れ帽――のせいで、チャーリーは情景におかしな点があるのに気づいた。いまは一九九一年だ。中折れ帽なんか誰もかぶらないと。そのうえ、すべてがやけにくっきりとして、やけに様式化されていた。マディと中折れ帽の男のあいだに光が一条だけ斜めに射しこんで、ふたりを明確に切り分けていた――明るく光を浴びたマディと、闇に包まれた男とに。

これはマディとの喧嘩(けんか)がもたらした脳内映画だ。チャーリーはそう気づいた。情景が普通に戻るのを見届けるべきだったのに、チャーリーはそうはせず、前に向きなおってふたたび歩きだした。

二度とふり返らなかった。

マディがその夜、寮に戻ってこなくても、バーで男に引っかけられでもしたのだろうと思っていた。あのボン・ジョヴィかぶれか、でなければ中折れ帽の男あたりに。そんな男が実在したらだが。しないだろうとチャーリーは思っていた。

不安が兆しはじめたのは正午過ぎ、授業から戻ってきても寮の部屋がそのままで、マディが帰ってきた形跡がないのに気づいたときだ。両親が事故死した日のことを思い出さずにはいられなかった。時間が過ぎていくなか、自分が孤児になったとも知らずにのんきに構えていたことを。同じ轍は踏むまいと、チャーリーは午後じゅうかけて寮の部屋をひとつひとつまわり、マディを見かけなかったかと寮内の全員に訊いてまわった。誰も見かけていなかった。そこでこんどはマディの母親と継父に電話して、マディから連絡があったかどうか問い合わせた。連絡はないと言われた。ついに深夜零時、マディを最後に見かけてからきっちり二十四時間後、チャーリーは警察に電話してマディの失踪を届け出た。

マディは翌朝早くに見つかった。

自転車で通勤していた人が、町から十五キロ離れた畑の真ん中に異様にきらきらするものがあるのに気づいた。それはマディのハンドバッグで、スパンコールが朝日できらめいていたのだった。

マディはその横にうつぶせに倒れており、死後少なくともまる一日が経過していた。

最初は、警察も、町の人たちも、大学も、みな普通の殺人事件だろうと考えていた。まるでそんなものがあるみたいに。この事件は簡単に解決する。犯人はふられたボーイフレンドか、しつこくつきまとっていた同級生か、そんなところだろうと。

だが、複数の刺し傷があるというのが厄介な点だった。手首と足首をロープで縛られていたという事実も。おまけに歯が一本なくなっていた。歯科記録によれば行方不明になる前はあったはずの上の犬歯が。

その歯の欠損が決め手となり、警察は最悪の結論をくだした。犯人はこれまでに二名を殺害している男――

〝キャンパス・キラー〟であると。

警察当局のその自制した命名にチャーリーはしぶしぶながら感心した。七か月前に《羊たちの沈黙》が劇場公開されて、〝バッファロー・ビル〟と〝人食いハンニバル〟がポップカルチャーの語彙に仲間入りしていたというのに、警察はその手の病的な受け狙いはせず、わかりやすさを選択していた。

この男は殺人犯（キラー）である。

オリファント大学のキャンパスをうろついていると。

その男は女をさらっては縛りあげ、刺し殺してから歯を一本引きぬいていた。それは世間の注目を大いに集めそうな事実だったが、一般の人々は歯がなくなっていることを知りもしなかった。被害者の家族だけがそのむごたらしい事実を知っていた。チャーリーが知ってしまったのはたんに、マディが発見されたあとまっさきに警察に事情を聞かれ、マディは歯が一本抜けていませんでしたかと直接尋ねられたからにすぎない。刑事たちから他言しないでほしいと頼まれたので、チャーリーは誰にも話していなかった。ロビーにさえ。警察は行き当たりばったりの刺殺事件とキャンパス・キラーの犯行を区別するため、それを内密にしておく必要があったのだ。

キャンパス・キラーの名をチャーリーはオリファントに入学した日に知った。その一か月前に犯行があったばかりで、被害者は学生ではなく町の人だったというのに、大学じゅうがパニックに陥っていた。新入生オリエンテーションでは護身術のレッスンも行なわれた。学生証とともにレイプ・ホイッスルが配られた。女子学生は絶対にひとりではキャンパス内を歩かず、群れになって移動した——神経質な笑いとつややかな髪の、ぶざまな大集団で。

大学後援の懇親会や寮のラウンジでの夜更けのおしゃべりでは、二件の殺人事件のことが、キャンプファイアを囲んで都市伝説でも語るように声をひそめて語られた。誰もが被害者たちの名を知っていた。誰もが、本人に言わせれば、なんらかの間接的なつながりを持っていた。同じ授業を取っていたとか。友達の友達だったとか。殺される二日前の晩に通りで見かけたとか。

最初の被害者アンジェラ・ダンリーヴィは、四年前の三月の雨の夜に殺害された。オリファントの四年生で、ダウンタウンのバーでアルバイトをしていた。男子学生にチップをたっぷり置いていってもらうためにウェイトレスがタイトなTシャツを着ているような店だ。ラストオーダーの少しあとで行方不明になり、翌朝キャンパスのはずれの林で発見された。

縛りあげられ、

刺され、

歯を引っこ抜かれて。

キャンパス・キラーの犯行の特徴だが、それは当時まだ知られていなかった。手がかりはなく、容疑者もいなかった。警察は愚かにもその異様な殺人を一回性のものだろうと判断した。

ところがその一年半後、第二の犠牲者が発見された。テイラー・モリソン。チャーリーが入学する一か月前に殺された町の女性だ。死体は町から三キロ離れた管理用道路に捨てられていた。テイラーは大学から二ブロック離れた書店で働いていた。店はキャンパスに近かったため、テイラーの死はアンジェラ・ダンリーヴィの死とひとまとめにして考えられることになった。

それから一年が何ごともなく過ぎると、みんな少し安心した。二年後には、護身術クラスは残されたものの、レイプ・ホイッスルは配られなくなった。チャーリーが三年生になったころには、誰も集団で学内を歩きまわったりはしなくなり、キャンパス・キラーのこともほとんど話題にされなくなった。

だが、そこでマディが殺害されて、いやなサイクルがふたたび始まった。ただしこんどはチャーリーはその一部、マディの演じた悲惨な主役に対する脇役だった。事件のあと大勢から話を聞かれた。地元警察の刑事。州警の刑事。ＦＢＩからも。シルクのブラウスと黒のブレザーを着て、髪をきっちりとポニーテールにまとめた、見分けのつかないふたり組の女性捜査官に。

チャーリーは何もかも話した。

マディとふたりでカバーバンドを聞きにバーへ行きました。いいえ、まだ二十一歳にはなってません。一瞬のためらいもなく彼女はそう白状した。マディが殺され、犯人はまだつかまっていないのだから。偽の身分証のことなど誰も気にしていなかった。はい、店の外でマディと口喧嘩をしました。はい、マディに帰らないでと懇願されたのに帰ってしまいました。

はい、親友に対して最後に言った言葉はたしかに〝うるさいな〟でした。その事実に気づいたとたん、チャーリーは警察署のトイレに駆けこんで洗面台に吐いた。

吐き気がさらにひどくなったのは、そのタフなふたり組の女性捜査官のところに戻って、マディの最後の時間について警察の知っていることを聞かされたときだった。

チャーリーが帰ったあと店内でマディを見かけた記憶のある者は、誰もいなかったこと。チャーリーの五分後にバーを出たふたりの人物が、男と一緒に路地を出ていくマディを見かけたこと。でも、男はすでに角を曲がっていて、白いスニーカーがちらりと見えただけなので、確信はないこと。

死亡推定時刻から、当局はマディと連れだって路地を出た男とマディを殺害した男は同一人物だと考えていること。

「わたし、その人を見ました」自分の見たものがまったくの脳内映画ではなかったことに愕然としてチャーリーは言った。

ふたり組の捜査官は椅子の上で背筋を伸ばした。

「どんな男でした?」ひとりが訊いた。

「わかりません」

「でも、見たんでしょ」

「誰かは見ましたけど。でも、マディと一緒に立ち去った男じゃないかもしれません」

捜査官のひとりが壁紙もはがれそうな鋭い視線をチャーリーに向けた。「見たのか見なかったのかどっち？」

「見ました」チャーリーの声は弱々しかった。頭がくらくらし、胃の中で吐き気がまた渦を巻きはじめた。「でも、見なかったのもほんとなんです」

自分の見た人物がその男の実物版かどうか、チャーリーにはさっぱりわからなかった。脳内映画はときとしてものごとをひどくゆがめ、元のものとは似ても似つかぬものに変えてしまう。だから彼女の見た男は、十数人の主演男優の断片を想像力が寄せあつめてこしらえたものだという可能性も充分にあった。一部はロバート・ミッチャム、一部はバート・ランカスター、一部はリチャード・バートンというように。

チャーリーはしかたなく自分の脳内映画について一時間かけて説明した。どんなふうになるか。いつ起こるか。自分の見ているものが往々にして実在しないこと。たとえば暗い路地にいる男とか。それでも捜査官たちはチャーリーを似顔絵捜査官の前に座らせた。見たものを説明するうちに実際にあったものをひょっこりと思い出すのではないかと。

それがうまくいかないと、こんどは催眠術を試した。

それも失敗すると、チャーリーは精神科医のところに行かされた。

そこでしぶしぶマディの殺人事件のこと、両親の事故死のこと、自分の脳内映画のことを話した。その結果あのオレンジ色の錠剤を処方され、それが脳内映画を追いはらってくれるはずだと言われた。

精神科医はこう強調した。マディの死はあなたのせいではない。各人の脳はそれぞれ異なっている。それぞれが異常な形で働く。脳はするべきことをしているのであり、あなたは今回のことで自分を責めてはいけないと。

チャーリーはそうは思わなかった。あの晩、彼女は自分がバーの外で見ているものが脳内映画なのを知っていた。それが終了して実際の光景が現われるまで待つこともできたのだ。あるいはマディのところに戻って謝り、無理にでも一緒に帰ることも。

それなのに、あっさり背を向けて立ち去ってしまった。

その結果、救うことのできたマディの命を救いそこねたばかりか、犯人の特定につながるような情報を集めることにも背を向けてしまった。

そう考えると、すべてはチャーリーのせいだった。

時間がたった。

日が過ぎ、週が変わり、月が改まった。

チャーリーはついにロビーとノーマばあ以外の誰とも口をきかなくなった。マディの葬儀に参列する精神的な強さすら持ちあわせていなかったため、寮のほかのみんなとしっくりいかなくなったのだ。みんなはバスを二台チャーターして、ペンシルヴェニアのど田舎まで葬儀に出かけていった。出発の直前には同じフロアの娘（こ）たちから厭味（いやみ）を言われたり、呆れられたり、あとで悔やむよと言われたりした。

〝あんたが行かないなんて信じらんない〟

〝あなたの親友だったのに〟

〝つらいのはわかるけど、これはお別れを言う機会なんだから。行かなかったら後悔するよ〟

マディなら理由をわかってくれただろう。マディはチャーリーの両親の事故のことも知っていたし、両親の葬儀に対処できるよう脳の回路が切り替えられてしまったことも知っていた。そんな思いをチャーリーにもう一度させようとはしないはずだった。

そんなわけでチャーリーは寮に残った。その決断は断じて後悔していない。記憶にとどめておきたいのは、生きて笑っている、いつもの芝居がかったマディだった。思い出したいのは、《キャバレー》のライザ・ミネリのような服装で統計学の授業に行くマディだった。あるいは、去年のハロウィーンにふたりでガボール姉妹（派手な生活で有名だったハンガリー出身の女優姉妹）に扮して仮装パーティに行ったとき、ふたりがわざとらしいハンガリー訛りでしゃべっているというのに、みんなから《ディック・トレイシー》のマドンナだと勘ちがいされたことだった。生気のない抜け殻になって棺に収まっているマディなど記憶に残したくなかった。死に化粧のしすぎで顔をオレンジ色にされてしまったようなマディなど、絶対に。

けれども、マディの葬儀に参列しなかった真の理由はチャーリー自身の臆病にあった。まったく単純に、マディの家族とその正当な怒りに向き合えなかったのだ。電話だけで精一杯だった――マディの母親との涙ながらの対決だけで。マディの母親は悲しみに暮れる女だけが持てる恨みをチャーリーにぶつけた。

「あんた、その男を見たんでしょ。警察がそう言ってたわよ。うちの娘を殺した男を見たのに、どんな男だったのか憶えてないって」

「思い出せないんです」とチャーリーは泣きながら言った。

「なら、とっとと思い出すことね」とマディの母親は言った。「それがあたしたちに対する義務よ。マディに対する義務。あんたはあの娘を置き去りにしたんだから。一緒に出かけておきながら先に帰ってきちゃったんだから。あの娘の友達だったのに。一緒にいてやらなくちゃいけなかったのに。犯人と一緒にいるマディを見捨ててきちゃったんだから。おかげであの娘は殺されたっていうのに、その男のことを何ひとつ思い出してくれないなんて。そんな友達ってある？　そんな人間て。ひどい人ね。あんたは本当にひどい人よ、チャーリー」

チャーリーは何も言い訳しなかった。ミセス・フォレスターの言うことはすべて事実なのに、何を言うことがあろう？　自分はたしかにマディを見捨てたのだ。生前にバーの外でマディに背を向けたときに一度。死後に犯人の特徴を何ひとつ思い出せなかったときにもう一度。チャーリーから見ても自分は、マディの母親の言うとおり、本当にひどい人間だった。

というわけで、マディの葬儀の日はひとりぼっちでディズニー映画を次から次へと見ていた。食事もせず。眠りもせず。寮の部屋の床に座ってVHSの白いプラスチックケースに囲まれていた。

葬儀に参列してきたロビーからは、きみも行ったほうがよかったかもしれないと言われた。そんなに悪くなかった。棺の蓋は閉じられていたし、家族の友人が《ウエスト・サイド物語》から〈サムホエア〉を歌ったたし。唯一ドラマがあったとすれば、それは棺が穴におろされたときだ。悲しみに打ちのめされたマディのお祖母さんが、お墓の横で九月の青空をあおいで絶叫したのだと。

「きみの助けになったんじゃないかな」とロビーは言った。

チャーリーはそんな助けなど欲しくもなければ必要もなかった。それに、いずれは元気になるのを知っていた。心というのはそんなに長いあいだ悲しんじゃいられないんだ。両親が死んで数か月後、ノーマばあにそう言われた。チャーリーはそれが本当なのを知っていた。でも、両親のことはいまだに恋しかった。ふたりのことを考えない日は一日としてなかった。でも、当時はあまりの重さに押しつぶされそうだと思った悲しみも、もう少し容易に担えるものへと変容していた。だからマディの場合にも同じことが起こるだろう、チャーリーはそう考えていた。

だが、そうはならなかった。悲しみは依然として、マディが死んだことを知った日と同じように心をうち砕いた。チャーリーはそれに耐えられなくなった。悲しみに。罪の意識に。たまに授業に出席したとき自分に向けられる眉根を寄せた憐(あわ)れみの表情に。だからオリファントを去るのだ。自分の犯罪現場から逃げ出しても罪悪感が軽くなるわけではないのはわかっているけれど、それでもノーマばあのいる家に帰って、むかしの映画とチョコレートチップ・クッキーの霧に包まれれば、もう少し楽になるだろうと思っている。

「やっぱりな。そうだと思ったよ」チャーリーの厳しい自己評価を交えた説明を聞いて、ジヨシュはそう言う。「何があったのか新聞で読んだからさ。よくわからないけど、その話をしたい？」

チャーリーは助手席の窓のほうに向きなおる。窓はふたたび曇っている。「話すことなんてない」

「それのせいで大学を辞めようとしてるんだろ、だったらやっぱり、あると思うな」

チャーリーはフンと鼻を鳴らす。「話したくないのかもよ」

「じゃ、おれが話すけど」とジョシュは言う。「まず、お悔やみを言うよ。そんなことがあったなんてやりきれないな。きみがそんなことを経験したのも、いまもまだ経験してるのもやりきれない。その友達、なんて名前だったっけ？　タミー？」

「マディ」とチャーリーは答える。「マデリンの略」

「なるほどね。チャーリーがチャールズの略なのとおんなじか」

ジョシュはさきほどの冗談をうまく返したことに気をよくしてチャーリーを見る。だが、チャーリーの石のような表情は変わらず、ジョシュは話をつづける。

「犯人はまだつかまってないんだよね？」

「うん」

そう認めたことにチャーリーはかすかにおののく。自分のせいで犯人はまだつかまっていないのだ。もしかすると最後までつかまらないかもしれない。死ぬまでほくそえんでいるかもしれない。まんまと逃げおおせたことに。それも一度のみならず三度も。

警察の知っているだけで。

いまのところ。

キャンパス・キラーがふたたび誰かを襲うかもしれない。きっと襲うはずだ。そう思うと、チャーリーはぞっとしてまたおののく。

「犯人がつかまってないのは不安？」

「腹が立つ」とチャーリーは言う。

当初のショックと悲しみが薄れると、チャーリーはにわかに腹が立ってきた。マディは死んでしまったのに犯人は死んでいないという事実にむかついては、眠れぬ夜を過ごした。こんなのは絶対にまちがっているると。ひと晩じゅう部屋の中を歩きまわりながら、自分がマディの敵を討つというB級映画のシナリオを夢想していることもあった。そういう空想映画の中では、キャンパス・キラーはつねにバーの外で見かけた男ののっぺらぼうのシルエットで、そいつにチャーリーは思いつくかぎりの暴力を加えるのだった。

銃で撃ったり、首を絞めたり、首を斬り落としたり。

ある晩、その脳内映画でチャーリーはキャンパス・キラーの胸を刺し、心臓を引きずり出した。心臓はナイフの先でまだ鼓動しながらてらてら光っていたが、チャーリーが死体を見おろすと、それはあのシルエットの男ではなかった。彼女があまりにもよく知る人物――

彼女自身だった。

それからだ。チャーリーが逃げ出すことを考えはじめたのは。

「おれだったら不安になるな」とジョシュは言う。「だって、そいつはまだどこかにいるんだからさ。どこかそのへんに。むこうもきみを見たかもしれない、だろ？　きみがどこの誰なのかを知って、次はきみを襲おうとするかもしれない」

　チャーリーはまたおののく。こんどはもっと激しく。体の芯まで伝わるほど。ぶるっと。なぜならジョシュの言うとおりだからだ。キャンパス・キラーはおそらくチャーリーを見たはずなのだ。どこの誰かまで知っているかもしれない。おまけに、チャーリーもその男を見たというのに、彼女はそいつがすぐ隣に座っていたとしてもわからないのだ。

「それが理由で大学を辞めるわけじゃない」とチャーリーは言う。

「じゃ、罪悪感だ」

　チャーリーが黙っていると、ジョシュはさらに言う。「きみは自分に厳しすぎるんじゃないかな」

「そんなことない」

「いや、そうだよ。きみのせいじゃなかったんだから」

「わたしは犯人を見たの」とチャーリーは言う。「なのに特定できない。それはどうしたってわたしの落ち度だよ。たとえ特定できたとしても、わたしがマディを見捨てたっていう事実は残る。わたしが一緒にいてあげたら、そもそもあんなことにならなかった」

「おれはそんなことできみを責めたりしない。きみを非難してるわけじゃない。きみはみんなに非難されてると思ってるんだろうけど——」

「非難されてるもん。それはわかってる」マディの母親との電話のことを思い出しながらチヤーリーは言う。あのあと心がすっかり虚ろになった。《裏窓》のジェイムズ・スチュアートの台詞を借りれば、それからずっとフットボールみたいに空っぽだ。

「なぜ？　みんなにつらくあたられたの？」

「いいえ」

それどころか、みんなは息が詰まるほど親切だった。寮の娘たちは眼を潤ませて食べ物やカードや花を持ってきてくれた。部屋を換わってあげると申し出てくれたり、ピクニックに誘ってくれたり（「大勢なら安心！」）、祈禱サークルにはいらないかと勧めてくれたりした。チャーリーはそれをすべて断わった。同情は欲しくなかった。同情に値する人間ではなかった。

「だったら、自分にはどうしようもなかったことで自分を責めるのはやめたほうがいい」

それはもう耳に胼胝ができるほど聞かされた。マディの家族をのぞけば、それこそみんなから言われた。だからチャーリーはもううんざりしている。どう感じるべきか指図されるのに。あなたのせいじゃない、自分を許さなくちゃだめ。そう言われるのに。あまりにうんざりしているので、胸の奥で怒りのかたまりが癇癪玉のようにはじけ、めらめらと激しく燃えあがる。その怒りにまかせてチャーリーは窓からさっとふり返り、ジョシュに嚙みつかんばかりにわめく。「ならあんたは、自分に関係ないことに口を出すのをやめたほうがいい！」

その怒りの爆発にジョシュは驚く。ぎくりとするあまりハンドルがぶれて、車はがたがたと数秒間路面をはずれる。チャーリーのほうは驚かない。いずれこういう爆発が起こるだろうとずっと思っていたからだ。知らない男と一緒の車の中でそれが訪れて、松の香りのする車内に自分の声が響きわたるとは思わなかっただけで。それが起きてしまったいま、チャーリーは息を切らし、うろたえ、自分がすっかり恥ずかしくなっている。急に疲れを覚え、どさりと座席にもたれる。

「ごめん」とチャーリーは言う。「つい――」

「長いこと抑えつけてたんだよ」ジョシュの口調は淡々としている。顔に表情はない。傷ついたのか、腹を立てたのか、おびえているのか、よくわからない。どれであっても当然だ。立場が逆であれば自分だって、とんでもない人間を車に乗せてしまったと思うだろう。

「本気じゃなかった――」

ジョシュは手をあげてチャーリーを止める。「その話はもうやめよう」

「そうだね」

それからしばらくのあいだどちらも黙りこむ。沈黙に投げこまれたまま、ふたりとも前方の道路を見ている。雪はもうやんでいた。ぱったりと。チャーリーの怒りの爆発におびえたみたいに。ばかげた考えだということは自分でもわかっている。それは十一月のにわか雪であり、数分で通りすぎたのだと。それでもやはり、後ろめたさを覚える。

車は沈黙に包まれたまま、州間高速道八十号線の入口ランプまで三キロという標識を通過する。直後にもうひとつ、こんどはセブン‐イレブンの看板を。

八十号線に乗る前の最後のコンビニエンス・ストアだ。

そこまでたどりつければの話だが。いまのような態度を取ってしまったら、路肩に置き去りにされても文句は言えない。でも、ジョシュはがらんとしたセブン - イレブンの駐車場に車を乗り入れ、入口のそばに駐めてエンジンを切る。

「コーヒーを買ってくる。きみも要る？」

チャーリーはジョシュの口調に気づく。敵意はないけれど冷ややか。

「ええ。お願いします」と、嫌いな教授に話しかけられでもしたように、ジョシュと同じ口調で答える。

「飲みかたは？」

「ミルクとお砂糖ふたつ」そう言いながらチャーリーは床のバックパックに手を伸ばす。

「これはおれの奢りだ」とジョシュは言う。「すぐに戻る」

ジョシュは車をおりて足早にセブン - イレブンにはいっていく。店の表の広々とした窓のむこうでジョシュがレジ係に挨拶がわりにうなずくのが見える。レジ係はネルシャツに緑のニット帽の若者だ。その後ろの天井近くには小さなテレビがあり、ニュースが流れている。ブッシュ大統領がバーバラ・ウォルターズのインタビューを受けており、隣には白髪の妻バーバラ・ブッシュも座っている。ジョシュはそのテレビをちらりと見あげてから、コーヒー・ステーションのほうへ歩いていく。

一緒に行くべきなのはチャーリーにもわかっている。それが礼儀正しいふるまいなのは。そうすれば、自分はささやかながらこの旅の積極的で自発的な一員だという意思表示になるはずだ。でも、チャーリーはどうしていいのかわからない。参考にできる映画という基準枠がない。チャーリーの知るかぎり、〝親友を殺されてしまって、ただいま普通の人間のようには機能しません〟なんて映画はどこにもない。あったらとうに見ている。

そんなわけでチャーリーは車に残り、シートベルトをしっかりと胸にかけたまま自分を落ちつかせようとする。心配なのは、道中ずっとこんなふうに神経を高ぶらせ、くるくると気分を変え、丸めた有刺鉄線のようにとげとげしく過ごすことだ。そう思うと、オリファントを去る決断が正しかったのかどうか疑問がわいてくる。理由にではない。それはまちがいなく正しかった。自信がなくなったのは、自分の選んだ去りかたただ。もう少し待って、ロビーに乗せていってもらったほうがよかったのではないか。こんな調子で赤の他人の車に乗っていたら、どこか辺鄙な場所で本当に放り出されかねない。もしかしたら自分は、出ていきたいと切実に願ってはいても、知り合いと一緒でなければまだこんな旅は無理だったのではないか。

車の外の、店の入口から二、三メートルのところに公衆電話がある。ロビーに電話して、大学まで連れて帰ってほしいと頼むべきかもしれない。そう思って、チャーリーはバックパックを掻きまわして小銭を探しはじめる。ロビーに言われた暗号を使って、状況を深刻に考えまいとすることだってできる。

〝ちょいと遠まわりしている〟

実際そのとおりだ。あらゆる意味で。いまチャーリーが望むのは、ロビーにオリファントまで連れかえってもらうことだけだ。それほど長いドライブではない。ほんの三十分だ。そしてオリファントに着いたらあとは待つ——感謝祭までじっと待つ。

　そうすれば家に帰り、こんなことはみんな忘れてしまえる。

　決心して小銭を持ち、チャーリーはシートベルトをはずす。ベルトはぎくりとするようなガチャッという音とともに引っこむ。助手席側のドアをあけると車内灯が灯り、黄ばんだ暗い光でチャーリーを包む。車をおりかけたとき、別の車が駐車場にはいってきて、チャーリーは動きを止める。十代の子たちでいっぱいのベージュのダッジ・オムニ。車内では音楽が脈動し、くぐもったビートに合わせて窓が振動する。車はジョシュのグランダムからふたつ離れたスペースにタイヤをきしらせて停まり、すぐさま助手席側から女の子が飛び出してくる。車内から誰かがその娘に〈コーンナッツ〉をひと袋買ってきてくれと叫ぶ。するとその娘はお辞儀をして言う。「かしこまりました」

　その娘は未成年のくせに——せいぜい十七歳——酔っている。チャーリーにはわかる。ハイヒールのブーツで縁石までよちよちと歩く様子から。ぴちぴちのミニドレスがさらに動きを妨げている。それを見てチャーリーはずきりと痛みを覚える。酔ったマディの姿がよみがえる。その娘はマディにちょっぴり似てさえいる。ブロンドの髪と、きれいな顔立ちが。着ているものはかけ離れているのに——マディならそんな今風のものは絶対に着ない——態度はそっくりだ。奔放で、だらしがなくて、騒々しい。

　どの州のどの町にもマディのような娘がきっとひとりはいるのだろう。生意気なブロンド娘たちが、酔っぱらって駐車場でおおげさなお辞儀をしたり、親友の誕生日にシャンパンとケーキの朝食を出したりするのだ。マディが毎年三月チャーリーにしてくれたように。そう思うとチャーリーはうれしくなる――が、そこではたと気づく。そういう娘がいなくなってしまった町がいま、ひとつあるのだと。

その気分をさらに落ちこませるのが、あけっぱなしのオムニのドアからあふれ出してくる音楽だ。

ザ・キュアー。

〈ジャスト・ライク・ヘヴン〉

その曲がバーの店内で演奏されていたとき、チャーリーはあのやりきれない最後の言葉をマディにぶつけたのだ。

〝ひどい友達だね、あんたって。それをわかってほしいよ〟

それから最後のひと言を、手榴弾(しゅりゅうだん)のように肩越しに放った。

〝うるさいな〟

チャーリーは車内に退却してばたんとドアを閉める。オリファントに戻りたいという気持ちは、キャンパスにいるのがたとえこれから十日だけだとしても、完全に消えている。いまのが前進しつづけろという合図のようなものだったとしたら、チャーリーはその騒々しい明瞭な合図にはっきり気づいている。あまりの騒々しさに耳をふさいでその曲を遮断し、ようやく耳から手を離したのは、マディ似の女の子がアイスブルーの〈スラーピー〉をひとカップと、マールボロ・ライトをひと箱、友達の〈コーンナッツ〉をひと袋持って戻ってきて、車に乗りこんだあとだ。

　オムニが駐車場から出ていくのと入れちがいに、ジョシュが店から現われる。特大のコーヒーをふたつ、危なっかしく縦に積み重ねて持ち、体でドアを押しあけて出てくる。カップを顎で押さえており、顎と上のカップのプラスチック蓋のあいだに財布を断熱材がわりにはさんでいる。縁石からおりた拍子に、カップが揺らいで財布が顎の下からすっぽ抜け、ぽとりとアスファルトに落ちる。

　こんどは映画のお手本がなくても、自分が車をおりて手を貸さなくてはならないことがチャーリーにもわかる。だからそうする。ジョシュがひざまずいて財布をひろいあげる前に、「わたしがひろってあげる」と明るく言う。

「ありがとう。ついでにドアもあけてくれる？」

「いいよ」

　チャーリーは財布をひろいあげてコートのポケットに入れてから、車に駆けもどって運転席のドアをあける。するとジョシュは両手で持たなければならないほど大きなコーヒーカップをひとつ渡してくれ、チャーリーはそれを持って助手席に滑りこむ。車内に戻ると、ふたりは湯気の立つカップを手で包みこむ。チャーリーは火傷（やけど）しそうなほど熱いコーヒーに何度かちょっぴり口をつけて感謝を示す。

「コーヒー、ありがとう」もうひとくち飲んでみせてから彼女は言う。

「それと、さっきはごめんね」

「いいんだよ。おたがいにいまはクソにはまってるんだから。感情が少しばかりささくれてるんだ。気にするなって。出発していいかな？」

チャーリーは店の外の公衆電話に冷めた眼を向け、コーヒーをもうひとくち飲む。「うん。行こう」

ジョシュがエンジンをかけて車をバックで駐車場所から出しはじめたとき、ようやくチャーリーはコートのポケットにかさばったものがはいっているのに気づく。ジョシュの財布、忘れるところだった。それを持ちあげて言う。「これ、どうしたらいい？」

「とりあえずダッシュボードに載っけといて」

チャーリーは言われたとおりにする。財布は車が本道に曲がると数センチ滑り、まもなく車が右へカーブして州間高速道の入口ランプにはいるとまた滑る。ジョシュがギアを二速に入れ、スピードが一気にあがると、滑りつづけていた財布はダッシュボードからチャーリーの膝に落下して、飛翔(ひしょう)中の蝙蝠(こうもり)の翼のようにぱたりとひらく。

最初に眼にはいったのは個々の仕切りに差しこまれたクレジットカードで、ビザとアメリカン・エキスプレスのロゴの上端だけがのぞいている。財布の反対側には、ビニールのスリーブに収められたジョシュの運転免許証がある。

ジョシュの免許証写真はうらやましくなるほど写りがいい。陸運局の安物カメラは彼のいいところをうまく強調している。顎の線。笑み。豊かな髪。チャーリーの免許証写真はマリファナをきめたゾンビみたいな顔をしている。免許証を更新しなかったもうひとつの理由だ。

財布を閉じようとしたとき、チャーリーは妙なことに気づく。

ジョシュの運転免許証はペンシルヴェニア州で交付されている。オハイオではない。オハイオだったらジョシュの出身地なのだから、筋が通るのだが。もっと筋が通るのはニュージャージーの免許証だ。ジョシュはこの四年間オリファントで働いていたのだから。

でも、ペンシルヴェニア？　それはちょっとおかしい。たとえ父親とオハイオに引っ越す前にペンシルヴェニアに住んでいたとしても、もう期限切れになっているはずだ。チャーリーの免許証と同じように。

すばやく免許証の交付日を見る。

一九九一年五月。

つい最近。

つづいて免許証のいちばん下に記された名前を見て、肺の空気が全部なくなる。

ジェイクと書かれている。

ジョシュでも、ジョシュアでも、ジョシュアのいかなる変形でもない。

ジェイク・コリンズ。

チャーリーは財布をぱたんと閉じてダッシュボードの上に放り出す。体が沈みこんでいくような感覚に襲われる。いまにも車がばらばらになって踵（かかと）がアスファルトをこすりそうな気がして、前方の道路をじっと見つめる。そんな事態が本当に起きた場合に備えて、何が待ちかまえているのか知る必要があるというように。ふたりの前には一条のハイウェイが黒々と地平線を目指して延びている。

車はすでに州間高速道八十号線に乗っている。

ふたりをニュージャージーからはるばるペンシルヴェニアを横断してオハイオまで連れていく道が。

それなのにチャーリーには、自分をそこへ乗せていってくれる男が本当は何者なのか、皆目わからない。

午後十時

グランダムの車内――夜

チャーリーは前方のハイウェイを凝視しつづける。車はほかにも走っているが、多くはない。チャーリーが思っていたよりはまちがいなく少ない。遠くにテールランプの赤い光が見える――が、遠すぎて気休めにもならない。後方に見えるヘッドライトにも同じことが言える。サイドミラーにすばやく眼をやると、後ろには一台しか車がいないのがわかる。四、五百メートルは離れているだろう。

それを見ても、自分はひとりぼっちだという思いが強まるばかりだ。

ひとりぼっちで、

正体不明の男と、

車に乗っている。

「このあたりは静かだね」

ハイウェイと、運転免許証と、ダッシュボードの財布のことにすっかり気を取られていて、チャーリーは最初ジョシュの言葉が耳にはいらない。

ジョシュか、ジェイクの。

とにかくその男の言葉が。

「チャーリー？」と、ひと言、不思議そうに名前を呼ばれて初めて、彼女はもの思いから覚めて彼のほうを向く。

「え、なに？」と言いながらジョシュの顔をじっくりと観察し、その免許証の写真が本当に彼だということを再確認する。が、もとよりジョシュが他人の免許証を携帯している理由などない。まともな理由、合法的な理由は。

「このあたりは静かだね、と言ったんだ」とジョシュは必殺の笑みを浮かべ、それを見てチャーリーは不覚にもこう確信する。そう、たしかにこの男はあの免許証に写っている男だ。こんな笑顔を持つ人間はそういない。「映画を見てたの？」とジョシュは言う。

チャーリーはどうしていいかわからなくなる。またしても肝心なときに彼女の映画の知識――日常行為の指針――は役に立たない。《疑惑の影》のこと、もうひとりのチャーリーのことを考える。自分の名前のもとになったチャーリーのことを。あのチャーリーなら、こんなときどうするだろう？

愚かなまねはしない。それはたしかだ。

頭脳的に、果敢にふるまう。

それが愛すべき〝映画のチャーリー〟だ。

果敢というのは、状況に正面から敢然と、勇敢に立ち向かうということであり、助手席のドアをあけて車から飛びおりて大怪我をするということではない。ところが、現実のチャーリーを最初に襲ったのはその衝動だ。手がいつのまにかドアの把手（とって）をつかんでいる。彼女はその手を強引に膝の上に戻す。

もうひとつ、映画のチャーリーなら絶対にしないのは、ジョシュが嘘をついているかもしれないのを自分は知っていると当人に知らせてしまうことだが、常識からすると知らせないのは難しい。たいていの人ならこんな状況に放りこまれたら、あなたの名前は本当はジェイク・コリンズなのかと率直に訊いてしまうだろう。

マディならきっとそうしたはずだ。

でも、マディは死んだ。それはまさにそうしたからではないか。ほかの誰かを大声で呼んだのではないか。それがそいつを怒らせたのではないか。痛めつけてやりたいと思わせたのではないか。

それもただの相手ではなく、

ほかならぬキャンパス・キラーを。

だからチャーリーは、その問いが舌の先まで出かかっていても黙っている。問いをコーヒーで洗いながそうとする。だが、飲む直前に思いとどまる。ジョシュが本人の言うとおりの男でないとしたら、ジョシュに渡されたカップからコーヒーを飲むわけにはいかない。怪しい人物から飲み物を受け取るべからず。〈女性のための常識〉の初歩だ。

「考えごとをしてるだけ」とチャーリーは答える。

それは嘘ではない。たしかに考えている。ジョシュの財布にはいっている免許証のこと。それの意味するもの。その理由が単純で理にかなった穏便なものでありますようにと願うわけを。

「コーヒーのせい？」とジョシュは言う。「おれ、変なことしちゃった？　砂糖を入れすぎた？」

「いいえ、だいじょうぶ。ていうか、おいしいよ」

チャーリーはたっぷりとひと口、満足げに飲むふりをする。そこでふと、ひとつの考えが浮かぶ。

ひょっとしたらジョシュの免許証は偽物なのかもしれない。それなら何も怪しむことはない。自分だって偽の身分証を持っているのだから。一年生のときにマディの演劇クラスの知り合いの男の人を介して、その人の友達の友達から手に入れたものを。それが警察の気にもしなかった身分証だ。

けれど、チャーリーとちがってジョシュには偽の身分証など必要ない。ジョシュはどう見ても二十一歳以上だ。ならどうしてそんなものを持っているのだろう。感傷的な理由だろうか。でも、それだって筋は通らない。若いころの身分証を持っていることはかりに理解できるとしても——まあ、理解できないけれど——本物の免許証を入れるための場所にそんなものを入れている理由は、それでは説明がつかない。それに日付の問題もある。日付は最近だった。五年前や十年前の偽の身分証にそんな日付を堂々と入れるなんてありえない。だいいち、免許証のジョシュはいまのジョシュと同じぐらいの年齢に見えた。吸血鬼でもないかぎり、そこには何か別の理由がある。

「音楽をかけちゃだめかな？」ジョシュが言う。

「うん」

「それはかけないでってこと？」

「いえ。だめじゃない」チャーリーは自分の声に緊張を聞き取る。うろたえている。映画のチャーリーなら絶対にそんなふうにはならないと思い、大きく息を吸ってからこう言いなおす。「つまり、どうぞってこと。何かかけて、あなたの好きなものを」

「ゲストはきみだ」とジョシュは言う。「何がいい？　頼むからポーラ・アブドゥルとか言わないでくれよ。エイミー・グラントとかさ」

　映画にははっきりした意見を持っているチャーリーだが、どんな音楽が好きなのかは自分でもわからない。いつもマディのかけているものを聞いていた。要するに暗いオルタナティブ・ポップだ。ザ・キュアーはもちろん、ニュー・オーダーやデペッシュ・モードのほか、R.E.M.なんかも少々。マディの継父が娘の持ち物を寮に取りにくる直前に、チャーリーはマディのミックステープを勝手に一本もらっていて、ときおりそれを聞いてはマディが部屋にいるふりをしていた。

「とくに好みはないの。実は」

「じゃ、運転手の好みで」

ジョシュはふたりのあいだにあるコンソールをぱっとあける。蓋がチャーリーの腕にあたると、チャーリーはぎくりとして体を引く。

「あれ、なんだかびくびくしてるね」ジョシュは言う。

そう。そのとおり。それが表われてしまっている。ただちにやめなくては。チャーリーは硬い笑みをジョシュに見せて言う。「突然だったから。それだけ。ごめん」

「気にしないで」

ジョシュはコンソールからプラスチックケースにはいったカセットテープを一本取り出す。カバースリーブには、裸の赤ん坊が釣り針につけられた一ドル札に向かって水中を泳いでくる写真。チャーリーはその写真を前に見たことがある。寮助手のひとりが自室の壁にそのポスターを貼っていた。

ジョシュはそのカセットを車のテープデッキに挿入して再生ボタンを押す。アグレッシブなギター・リフが車内にあふれ、つづいてドラムスが雷撃のように割ってはいり、それを追いかけるようにサウンドが爆発する。それからすべてが、レースを終えたばかりの短距離走者の鼓動のような、小刻みで安定したドラムビートに落ちつく。

その曲をチャーリーは知っている。〈スメルズ・ライク・ティーン・スピリット〉。寮の隣の部屋でかかっているのを壁越しに何度か聞いたことがある。でも、さえぎるもののない今は、まるで原始の咆哮(ほうこう)のような感じがして、一緒に叫びだしたくなる。

「大好きなんだよこいつらが」とジョシュは言う。「最高だよ」

チャーリーはそこまでではないものの、その曲が車内を満たしておしゃべりの必要をなくしてくれたことには感謝する。これで黙って座ったまま、ジョシュだかジェイクだか誰だかのことと、その免許証のことを考えられる。

すると案の定、仮説がもうひとつ頭に浮かぶ。ジョシュは合法的居住者ではなく、車を運転するには偽の免許証が必要なのではないか。それなら日付のことも写真のことも説明がつく。それに、もしかすると、その免許証がニュージャージーでもオハイオでもなく、ペンシルヴェニアのものだということも。

一時間前のことをふり返ってみる。ジョシュが迎えにきたときのことを。チャーリーはグランダムのナンバープレートを確認しなかった。そんなことをしようとは思いもしなかった。踵(きびす)を返して立ち去るべき徴を探して、車のほかの部分をチェックすることにすっかり気を取られていた。あのときペンシルヴェニアのプレートを見ていたら、ジョシュが名前のことで嘘をついているとはっきりわかるのだが。

でも、チャーリーは見ていなかった。ジョシュが迎えにきたときも、セブン‐イレブンの店内にいるときも。次に停まるのは数時間後かもしれない。それまでは、この車の登録地を突きとめる方法はひとつしかない。ジョシュの登録証と保険カードを確認することだ。

登録証はどこにあってもおかしくない。チャーリーの両親はグラブコンパートメントに入れていた。ノーマばあはハンドバッグに入れている。〝かぼちゃ〟と名づけたオレンジ色の醜いフォルクスワーゲン・ビートルに乗っていたマディは、運転席側のバイザーの裏にしまっていた。

チャーリーは自分の膝からほんの数センチしか離れていないグラブコンパートメントを見つめる。あけるわけにはいかない。いまは。あけたらかならずジョシュに、なぜそこを引っかきまわす気になったのかと不審に思われる。同じことは、ダッシュボードにでんと載ったまま一ミリも動いていない財布にも言える。

いまはとりあえず、ジョシュの隣におとなしく座っているほかない。曲に合わせてハンドルをたたいているジョシュを見ていると、チャーリーは父親に運転を教えられたときのことを思い出す。縦列駐車や三点ターンをしようとしているチャーリーの横で、父親はこんな質問を投げてきた。〝登校時間中のスクールゾーンの制限速度は?〟とか、〝霧の中を走っているとき、ヘッドライトはハイビームとロービームのどちらにすべきか?〟とか、〝前方優先道路ありの標識ではかならずいったん停止しなければならない。正しいか、まちがいか?〟とか。

チャーリーは正解を知っていた。運転教本はほとんど暗記していたのだから。けれども、脳の大部分が運転に集中していると、正しい答えが浮かばなかった。いつもまちがえたり、うろたえたりした。あるいは、何か言わなければならないとあせるあまり、まちがいだとわかっている答えを口にしたり。

ジョシュが嘘をついているのはわかっている。少なくともチャーリーはそう思っている。必要なのは証拠だ。財布やグラブコンパートメントを掻きまわすことはできなくても、ジョシュが運転に気を取られている隙に質問をぶつけて、真実があらわになるのを期待することならできる。

　いかにも映画のチャーリーがやりそうなことに思える。他意のなさそうな質問、こちらの狙いを勘づかれないような質問をいくつかぶつけるというのは。もちろん何もわからないかもしれない。でも、害にはならない。何もせずに座っているよりは絶対にいい。

「そういえば、いま気づいたんだけど」とチャーリーは音楽に負けない声で話しかける。

「あなたのラスト・ネームを、わたし訊いてなかった」

「ほんと？　おれ、言わなかった？」

「うん」

　ジョシュは道路から眼を離さずにコーヒーをひとくち飲む。それを見てチャーリーは悩む。こちらを見ないのは無関心の表われだろうか、それとも、こちらの考えを察知して疑惑に油を注ぐまいとしている意識の表われだろうか。

「そういえば、きみも教えてくれてないような気がする」

「わたしはジョーダン」とチャーリーは言う。

「おれはバクスターだ」

　ジョシュ・バクスター。

　チャーリーはその名前を平然と受け容れるが、胸の内では失望の小さな泡がはじける。内心ではコリンズだと言ってくれるのを期待していた。それならジョシュというのは愛称のようなものだと考えられる。ファースト・ネームより気にいっているミドル・ネームかもしれないと。バニーという残念なファースト・ネームを持つ同じ寮の娘が、みんなにメガンというミドル・ネームを使ってちょうだいと言っていたように。それですべて説明がつくわけではないにしても、チャーリーの気持ちは多少穏やかになったはずだ。いまのチャーリーは穏やかとは正反対の気分だ。これは本当に何かあるぞという不安に駆られている。

「ずっとアクロンに住んでたの？」

「おれはトレドで育ったんだよ、忘れた？」

ちぇ。あっさり引っかかってくれると思ったのに。引っかかるようなことがあれば、の話だけれど。ジョシュが嘘をついていない可能性もチャーリーは忘れてはいない。財布の中の免許証に書いてあることと本人が言っていることがまったく食いちがっているのには、何かばかげた単純な理由があるのかもしれない。

「そうそう、トレドね」とチャーリーは言う。「アクロンには伯父さんが住んでるんだった」

「伯母だよ」とジョシュは言う。「伯父は五年前に死んだ」

「オハイオで育ったのに、なんでオリファントに来たの？」

「流れ着いただけさ。わかるだろ。仕事を見つける。しばらくとどまる。ほかのものに目移りする。二、三年たつとまた同じことをする」

チャーリーは答えが漠然としているのに気づき、わざとそうしているのだろうと判断して、さらに言う。

「でも、気にいってたんでしょ？　グラウンドキーパーの仕事」

「用務員だよ」ジョシュは言う。

チャーリーはうなずき、またしても引っかけそこねたことにがっかりする。もっとうまくやらなくては。

「辞めるのは残念？」

「だと思うけど」とジョシュは言う。「そんなことは全然考えてなかった。きみだってお父さんに必要とされたら帰るだろ？」

「どのくらい実家にいるつもり？」

「わからない。親父がどのくらいで回復するかによるよ。回復するなんてことがあればだけど」声がかすれる。ほんの少しだけ。滑らかだった口調に小さなひびがはいる。「かなり悪いと言われたんで」

これまた漠然とした答え。でも、チャーリーは今回はすぐに意図的だとは決めつけない。本心のように聞こえる。ジョシュの言葉を一から十まで疑っている自分にちくりと後ろめたさを覚える程度には。もしかするとジョシュは本当のことを話しているのかもしれない。だとしたらわたしは何？　被害妄想？　心ない女？

ちがう、慎重な女だ。マディがあんな目に遭った以上、わたしが慎重になるのは当然なのだ。だからチャーリーは質問を再開する。

「そうなの、お気の毒ね。お父さんはなんだっけ？　心臓発作？」

いな」

「脳卒中」とジョシュは言う。「さっき話したばかりだぜ、十五分ぐらい前に。記憶力が悪いな」

会話が始まってから初めてジョシュはチャーリーを見、チャーリーは彼の顔にかすかな疑惑がよぎるのに気づく。ジョシュは勘づいている。

もしかすると。

さらにこうも思っているかもしれない。なぜ急に質問ばかりしてくるようになったのか、なぜおれの答えを全然憶えられないように見えるのか、と。そこでチャーリーは、〝頭脳的に〟と〝勇敢に〟という自分の行動基準リストに、もうひとつ項目を追加する。

〝慎重に〟。

〈スメルズ・ライク・ティーン・スピリット〉が終わり、チャーリーが寮の壁越しにしか聞いたことのない別の曲が始まる。数ビート待ってから彼女は言う。「質問ばっかりしてごめん。いやならもうやめる」

「かまわないよ」とジョシュは言うが、虚ろな声の響きから、それが本心ではないのがわかる。かなり気にしているようだ。

「ただの好奇心だけど」とチャーリーは前置きする。「わたしは学生としてしかオリファントを見てこなかったから。あそこで働いてた人から見た様子を聞かせてもらえたら面白いと思うの」

「もうあそこへは戻らないのに？」

「戻るかもしれない。いつか」

「まあ、反対側から見てもそんなに面白いとは言えないな」

「わたし、用務員さんを見かけた記憶があんまりないいんだけど。どんな時間帯に働いてたの？　夜？　週末？」

「夜もあれば、昼間もある。時間はまちまちだった」

「教室の掃除もしたの？」

「オフィスもね。とにかく全部だよ」

ジョシュはまた前方から眼を離してチャーリーのほうを向き、怪しんでいるようにもいないようにも見える表情で彼女を見る。曖昧なのは答えだけではない。彼の外面すべてだ。チャーリーはそう気づく。ジョシュの何もかもが本心を読みにくい。

ならばこちらがそれを利用する必要がある。

「働くのにいちばん好きだった建物は？」

「いちばん好きだった建物？」

「そう」とチャーリーは言う。「誰にでもキャンパスでいちばん好きな建物がある。わたしはマディソン・ホール」

ジョシュは眉を寄せる。自信がないのだ。「それはあの――」

「てっぺんにあれがついてる建物か？」とチャーリーはジョシュにかわって言う。「そう」

「ああ」とジョシュはうなずいて言う。「おれもあれは好きだな」

チャーリーは一拍待つ。選択肢を比較してみる。どちらがいっそう頭脳的で、勇敢で、慎重か。それから言う。「キャンパスにマディソン・ホールなんてないよ。あなたをからかったの」

ジョシュはチャーリーの読みどおり抵抗しない。頬をぴしゃりとたたき、にっこりして言う。「どうりでおかしいと思ったよ！ きみの口調はえらく説得力があったけど、おれはずっと思ってたんだ。〝だまそうとしてるんじゃないか？ マディソン・ホールなんて聞いたことないぞ〟って」

とうとう来た。ジョシュはついに引っかかった。その事実にチャーリーは少しもうれしくならない。逆だ。ますます気分が落ちこむ。彼女の恐怖は、立証されたわけではないにせよ、正当なものだと判明してしまったのだ。ジョシュは嘘をついている。少なくともオリファント大学で働いていたという点に関しては。そしておそらくは、それ以外のこともすべて。

なぜなら、マディソン・ホールという建物はキャンパスにあるからだ。キャンパスのど真ん中に。卒業式やコンサートや上演が行なわれる重厚な、円柱の立ちならぶ建物だ。その存在は学生なら誰でも知っている。ということは職員もみな知っているということだ。用務員も。

その事実はチャーリーを不穏な結論に導く。ジョシュの免許証を見たとたんに生じた不安のかたまりと同じものが、胃の中にまた生まれる。

ジョシュはオリファントで働いてはいない。

働いたこともない。

学生でも職員でもないとしたら、いったい何者なのか？

なぜ学生会館の同乗者募集掲示板のまわりをうろついていたのか？

そして——これがいちばん大きな、いちばん恐ろしい疑問だが——彼はわたしにいったいなんの用があるのか？

グランダムの車内——夜

ジョシュがギアを一段落とし、車は登りにさしかかる。山地の始まりだ。その山を越えてデラウェア峡谷へくだると、ペンシルヴェニア州にはいる。標高の変化にともなって霧がわいてきて、坂を登るにつれ徐々にグランダムをおおいはじめる。まもなく車はすっぽりと霧に包まれ、フロントガラス越しに前方を見ても、濃密な灰色の渦しか見えなくなる。サイドミラーで後方を見ても、見えるのは同じものだ。付近にいる車はみな霧に呑みこまれている。孤立感がチャーリーとジョシュを包みこみ、霧のように周囲を漂う。

チャーリーとジョシュだけ。

ほかには誰もいない。

曲が終わって次の曲が始まり、チャーリーははっとする。いつのまにか音楽のことを忘れていた。考えるのにいそがしかったのだ。ジョシュのことを疑うのに。何者なのか、何を求めているのかと、心の霧の中で迷子になっていた。その間に右手はまた、横にあるドアの把手を探りあてている。今回はそのままにしておく。

こんどの曲には、両親がいつも聞いていたサーフ・ギター・ロックを思わせるしなやかなベースのリフがある。どうしてなのかはよく憶えていないが、チャーリーはその曲の題名を知っている。

〈カム・アズ・ユー・アー〉

ジョシュはカーステレオを切り、車は静寂に投げこまれる。

「じゃ、やろう」ジョシュは言う。

「何を？」感じている不安が声に表われないよう懸命に努力しつつ、チャーリーは訊きかえす。

「二十の質問。質問ゲームをするつもりなら、ちゃんとやろう」

チャーリーは後続の車が視界にはいってきてくれないものかと、なおもサイドミラーを見つめている。遠くのぼんやりにじんだ光ではなく、別の車のヘッドライトが見えてくれば、少しは気が楽になる。そうすれば、かりに事態が悪化したとしても誰かがそばにいてくれることになる。多くの映画を見てきた経験から、チャーリーは事態がほんの一瞬で悪いほうに変わるのを知っている。それはこれまでの人生経験からもよくわかっている。

チャーリーはジョシュが危害を加えようとしていると確信しているわけではない。ほんの三十センチむこうに座っているこの男に関しては、確かなことなど何ひとつない。でも、危害を加えようとしている可能性はかなりある。だからチャーリーは助手席のドアのほうへさらににじり寄り、ふたりのあいだにわずかでも余計に距離を置こうとする。しきりにサイドミラーをチェックしては、むなしくヘッドライトを探す。同じ三つの言葉を、幸運のおまじないよろしく頭の中で唱えつづける。

頭脳的に。勇敢に。慎重に、と。

「わたし、別にゲームをしてたわけじゃないよ」とチャーリーは言う。

「してるように思えたけどな。いまおれをからかった様子からするとさ」とジョシュは小さく肩をすくめる。ハンドルを握っているので肩は途中までしかあがらない。「というか、だからこそからかったんじゃないのかな。ゲームをしてたからこそ」

チャーリーはまた少しドアのほうへにじり寄る。「わたしはなんのつもりもなかった」

「いや、あったはずだ」とジョシュは言う。「おれは怒ってるわけじゃない。気持ちはわかる。おれたちはこの車に閉じこめられてる。会話のネタも尽きた。いくつか質問をして、少しばかりふざけたっていいじゃないか。だからこんどはおれの番だ。二十の質問です。いくよ？」

「いまはほんとにそんな気分じゃないの」

「頼むよ」とジョシュは甘い声を出す。「つきあってくれよ」

チャーリーは折れる。それが正解かもしれない。ゲームにつきあってジョシュの気をそらし、霧が晴れて周囲に車が増えてくれるのを待つのが。

「わかった」とチャーリーは言い、礼儀正しく微笑んでみせる。「やりましょ」

「ようし。おれはいまひとつのものを思い浮かべている。きみは二十の質問でそれが何かをあてるんだ。どうぞ」

　そのゲームならチャーリーは知っている。両親と車で旅行するときによくやった。子供のころ家族であちこちへドライブしたときに。〈キングズ・アイランド〉と〈シーダー・ポイント〉。オハイオ州内のその二か所は毎夏の恒例だったが、州外にも行った。ナイアガラの滝。ラシュモア山。〈ディズニー・ワールド〉。どこへ行くときもチャーリーは後部席にぐったりと座って暑さにうだっていた。エアコンを使うとガソリンを食うと父親が言うからだ。チャーリーが当然のように退屈してぐずぐず言いだすと、母親はいつもこう言った。「二十の質問よ、チャーリー。どうぞ」

　チャーリーがかならず最初にする定番の質問があった。対象をすぐさま絞りこめる質問が。だがいま、ひどく様子のちがうゲームの始まりで、チャーリーはそれを思い出せない。自分の命を救うためなのに。あの不安のかたまりがまだ胃の中にあって、こう告げている。ジョシュはたんに楽しむためにこれをやっているのではない。

　何かが懸(か)かっているのだ。

　チャーリーの子供のころよりずっと大きな何かが。

「質問してくれないの？」ジョシュが言う。

「する。もうちょっと待って」

　チャーリーは眼を閉じて、そういう旅の様子を粒子の粗いホームムービーのように思い浮かべる。運転席の父親は、いつもの眼鏡の上からクリップでとめた滑稽なほど大きなサングラスをかけている。助手席の母親は、窓をあけて髪を後ろになびかせている。後部席のチャーリーは、汗ばんだ脚を合皮のシートにべたべたさせながら、口をひらいて質問をしようとしている。

記憶がよみがえる。必須の最初の質問が完全な形で頭にぱっと浮かんでくる。

「それはブレッド・ボックスより大きなものですか？」チャーリーは言う。

ジョシュは首を振る。「いいえ。質問ひとつ終了。残り十九」

チャーリーの記憶は映写機のようにカタカタ音を立て、たちまちいつも使っていた第二の質問がよみがえる。

「それは生き物ですか？」

「難しいところだな」とジョシュは言う。「おれは〝いいえ〟と答えるけど、もっと頭のいい人間なら〝はい〟と答えるかも」

チャーリーはその返答をじっくりと真剣に考える。そうすれば脳内にうごめくほかの考えをすべて脇へ押しやれる。恐ろしい考えを。考えたくもないことを。だから、それが本当にただのゲームだというふりをして、ゲームに集中する。

自分にとってはただのゲームではないことがわかっていても。

「生き物に関連するものですか？」

「はい」

「では、何かの一部ですね」

「はい」とジョシュは言う。「いまのは質問だと見なすよ。厳密には疑問形になってなかったけどね。《ジェパディ！》（質問文で答えなければならないクイズ番組）の回答だったら通用しないぞ」

「動物ですか、植物ですか？」

　それも、むかしチャーリーがドライブの途中で両親にぶつけた定番の質問だ。実際にはふたつの質問だったが、母親はいつも大目に見てくれた。だがジョシュは、チャーリーにアウトを宣告した。

「あのさ、おれは〝はい〟か〝いいえ〟でしか答えられないんだよ。言いなおす？」

　チャーリーはもう、あのマクドナルドのにおいの染みついた暑くてべたべたする車内で両親とやったゲームのことは考えまいとする。いまやっているゲームにそれらの思い出を台なしにされそうだ。もう二度と二十の質問で遊ぶ気にならないだろう。かりに、百歩譲って、ジョシュが無害な人物だと判明したとしても。

「それは植物ですか？」とチャーリーは質問する。父親のクリップオン式サングラスの映像も、風になびく母親の髪の映像も頭から締め出して、かわりにさまざまな植物とそれに付属するいっさいを思い描く。葉っぱや枝。棘や実。

「いいえ」

「じゃ、動物ね」

「はい」とジョシュは答える。これで対象はかなり絞りこまれたが、まだまだだ。

「それはありふれた動物ですか？」

「とても」

「野生ですか、飼いならされていますか？」

「それもふたつの質問だよ、チャーリー」

「ごめん」

　声が小さくなり、チャーリーはそれに気づいて顔をしかめる。いかにも萎縮した声。いかにもおびえた声だ。萎縮したように聞こえるのも、おびえたように聞こえるのもまずい。ジョシュがよからぬことを企んでいるのにこちらが勘づいていることは、何があっても悟られるわけにはいかない。落ちつきを保っていれば――このまま頭脳的に、勇敢に、慎重にやっていけば――悪いことは起きない可能性もある。

「言いなおす」と、強いて声に張りを持たせてチャーリーは言う。「その動物は野生ですか？」

「そうなることもあります。このうえなく野性的に」

　そう言いながらジョシュはにやりとする。わざとらしく、ウィンクしながら、卑屈なほどに口角をあげて、どんな言葉よりもはっきりとチャーリーに答えを告げる。

「あなたの言っているのは人間ですね？」チャーリーは言う。

「はい」

「すると、あなたの考えているものは体の一部ですか？」

「きみはこのゲームがうまいね。わかってる？　きみはまだ――」とジョシュは右手の指を折って数える。「十回しか質問してないのに、もう正解にすごく近づいてる」

それがいいことなのかどうか、チャーリーにはよくわからない。懸かっているものが不明のままでは判断が難しい。でも、ジョシュはゲームをつづけること以外に何かをしたがっているようには見えないので、チャーリーもそうするのがいちばんだと結論する。

ジョシュの気をそらしつづけるのが。

ジョシュを満足させて穏やかに運転をつづけさせるのが。そうすればそのうち休憩を取れる場所に着いて、車をおりることも二度と車内に戻らないこともできる。

そのこともチャーリーはもう決めている。州間高速道に乗る前にセブン - イレブンでやるべきだったと後悔しはじめていることを、こんどはかならずやるつもりでいる。気が変わったとジョシュに伝えて車をおり、トランクから荷物を出し、ジョシュにはひとりで走り去ってもらう。過剰反応であってもかまわない。ジョシュが彼女をヤングスタウンまで乗せていこうとしているだけの無害な変人であってもかまわない。後悔するよりは安全なほうがいい。

そして安全な場所とは、いまの場合、この車以外の場所だ。

「その体の一部は役に立ちますか？」

「はい、とても役に立ちます」とジョシュは言い、またわざとらしくにやりとしてみせる。

ただしこんどは同時に眉をあげ、性的でもあれば不吉でもあるニュアンスを漂わせる。チャーリーは思わず身じろぎをする。

ジョシュは性暴力犯ではないか——そんな考えが、安全なオリファントを出発する前ではなく、手遅れになったいまごろになって頭に浮かんでくる。この男は女子学生を自分の車に誘いこんではレイプして道端に捨て、またちがう大学に行っては同じことを繰りかえしているのではないか。肉体的にはまちがいなくそれができる。ジョシュの体格は、チャーリーが最初に注目した点のひとつだ。

胃の中の不安のかたまりがはじけ、胸にこみあげてきて肺を締めつける。胸郭が圧迫される。あまりに苦しいのでチャーリーは深呼吸をして、まだ呼吸ができることを確かめる。

「人間なら誰でもそれを持っていますか？」そう質問しながら、ジョシュが〝はい〟と答えてくれることをひそかに祈る。〝いいえ〟だったら、ジョシュの考えているかもしれないポルノグラフィックな可能性を列挙しなくてはならない。

「持っています」とジョシュはこんどはもっと率直に答える。越えるつもりのなかった見えない一線を越えてしまったのに気づいたようだ。それでもチャーリーの気分は少しも上向かない。ジョシュは強姦魔(ごうかんま)だという考えが頭にこびりつき、もはや振りはらえない。

チャーリーの指はドアの把手にかかったままだ。指を曲げて把手を引いてみる。いざというときのテストだ。把手を引いてドアをあけるのにどのくらい時間がかかるかの。

そんなはめにならないことを心から祈る。

「その部分は腰より上ですか？」

「実を言うと、そうです」

「首より上ですか？」

「はい」

「人は生まれたときからそれを持っていますか？」

ジョシュは考えこむような顔をし、フロントガラスの外の薄くなってきた霧にしばらく眼をこらす。チャーリーも同じことをし、外の灰色が明るんできたばかりでなく、前方のそれほど遠くないところにひと組のテールライトまで見えることにほっとする。サイドミラーをのぞくと、安堵はさらに大きくなる。後ろにも車が一台いて、ヘッドライトが霧の薄れつつある闇を切り裂いている。そこにもうひと組ヘッドライトが加わる。さらにもうひと組。

チャーリーの胸にほのかな希望の光が射す。もしかしたらどれかの車がこちらを追い越そうとするかもしれない。そうしたら運転手に停まってくれと合図できるかもしれない。

「さすがだな、その質問は」と、ジョシュはフロントガラスのむこうを見つめたまま言う。

「答えは〝いいえ〟だからね」

チャーリーの希望は一瞬にして消し飛ぶ。ジョシュの考えているものが何かわかったからだ。わかったとたんに体じゅうの血が流れ出したような、かわりに氷水を注ぎこまれたような感覚を覚え、チャーリーは体が麻痺(まひ)して身じろぎもできなくなる。

「答えはわかったよね？」ジョシュは言う。

チャーリーは声も出せずにうなずく。

「じゃ、言ってごらん、お利口さん」

チャーリーはごくりと唾を呑むと、強いて口をひらき、意志の力でその言葉を舌に載せて、むっとする車内の空気の中へ押し出す。

「歯でしょ？」

「正解」ジョシュは誇らしげに微笑む。「すばらしいよ。きみは十六の質問で言いあてた」

「どうしてそれを答えに選んだの？」

「どうしてかな。ただ思い浮かんだんだ」そこで、しまったという表情がジョシュの顔をよぎる。「ああ、いけね。ごめん。忘れてたよ。どうりで幽霊でも見たような顔をしてるわけだ。きみの友達のせいだよね。犯人は彼女を殺したあと、歯を一本抜いたんだよね？」

チャーリーは首を振り、おしゃべりをやめてほしいと思う。やめさせなくてはならないと。黙らせたいという欲求がふくれあがり、車を路肩に突っこませることなくそれができるのであれば、運転席に飛びこんでジョシュの口を手でふさぎたくなる。ジョシュがしゃべればしゃべるほど状況は悪化するのだから。

だが、チャーリーにはもうひとつ訊きたいことがある。訊かなければならないことが。ジョシュの答えを聞かなければならない。たとえ凍えきった体じゅうの神経が、ジョシュの言うことは信じられないと告げていても、チャーリーはそれを信じたい。

「歯のことをどうして知ったの？」

「新聞で読んだんだ」

「新聞には載ってなかった」チャーリーは言う。

「まちがいなく新聞で読んだんだよ」ジョシュは言う。

それは嘘だ。マディの歯が一本なくなっていたことをマスコミに伝えるつもりでいたのなら、警察はチャーリーにその情報を他言しないと誓わせたりはしなかったはずだし、もしマスコミに伝えたのであれば、きっとそう教えてくれたはずだ。

ジョシュがその歯のことを知るにはどんな手段があったか、チャーリーは片端から考えてみる。いちばん穏当なのは、ジョシュにはなんらかの形でマディとつながりがあって、マディの母親からその話を聞いたというもの。だが、それはまずありえない。ジョシュがマディの身内だったら、チャーリーは彼のことをマディが生きていたときに聞かされていただろう。たとえマディがジョシュのことを話さなくても――マディは身内のことを話すのが大好きだったけれど――ジョシュがすぐにそのつながりを話題にしたはずだ。

次に、ジョシュが警官である可能性、ないしは警官だった可能性を考えてみる。だが、これもまずありえない。マディの事件のことに詳しい警官ならば、チャーリーがマディのルームメイトだったことも当然知っているはずだ。

となると、ジョシュが歯のことを知っている理由として考えられるものは、ひとつしか残らない。

その理由のあまりの恐ろしさに、チャーリーは悲鳴をあげたくなるばかりか、吐きたくなり、車から飛びおりたくなる。

ジョシュがマディの消えた歯のことを知っているのは、ジョシュがそれを引っこ抜いた当人だからだ。

つまりジョシュはチャーリーがこれまで想像していたよりさらにたちの悪い存在――
すなわち、キャンパス・キラーだということになる。

グランダムの車内――夜

チャーリーは助手席で身じろぎもせずに、考えたくないことを考えている。彼女が一緒に車に乗っているのはマディを殺した男かもしれない。彼女のことも殺そうとしているのかもしれない。

そういうシナリオもありうると露骨に警告してきた。

チャーリーはフロントガラスのむこうを見つめ、黄ばんだヘッドライトの光が最後の霧を追いはらうのを見ながら、さきほどのジョシュの言葉を思い出す。

〝そいつはまだどこかにいるんだからさ〟

〝むこうもきみを見たかもしれない〟

〝次はきみを襲おうとするかもしれない〟

チャーリーはその最後の言葉にしがみつく。

〝かもしれない〟に。

ジョシュがキャンパス・キラーだという証拠はない。彼の言ったことにもとづく曖昧な疑惑しか。

いや。

言ったことだけではない。

ほかにもいろいろある。それを全部積みあげれば、曖昧どころではない疑惑になる。ジョシュが嘘をついたのも、いまも嘘をつきつづけているのも、チャーリーはすでに知っている。オリファントを出てから彼が口にした嘘の量は、おそらく真実の十倍にはなるだろう。

でも、だからといってジョシュが人殺しだということにはならない。

ましてや、ジョシュがマディを殺した犯人だということには。

これは映画ではない。《疑惑の影》ではないのだ。自分が映画のチャーリーと同じように考えようとしているからといって、状況まで映画のチャーリーと同じだとはかぎらない。映画など結局のところ虚構にすぎない。そんなことは本来わかっているのに、客席が暗くなって映写機がまわりだし、テクニカラーがスクリーンにあふれると、いつも忘れてしまう。だからこそ自分はこれほど映画が好きなのだ。映画のささやかな魔法は、冷たい灰色の退屈な現実を明るくしてくれる。平凡な現実を。

平凡。

苦労と失望が果てしなくつづく日々の生活は、そう表現するのが何よりふさわしい。実生活では、人は突然歌いだしたりしない。宇宙怪獣と戦ったりもしないし、連続殺人犯の車にはからずも乗りこんだりもしない。断じて。

「すっかり黙りこんじゃったね、チャーリー」ジョシュが言う。

　チャーリーはなんとかして返事をしようとする。ジョシュを疑っていることも怖がっていることも、知られたくはない。映画に教えられたものがあるとすれば、それは、捕食者というのは恐怖を感知できるということだ。

「そうだった？」

「おれに腹を立ててるわけじゃないよね？　歯のことで。悪気はなかったんだよ。わざとじゃなかったんだ」

「わかってる」

「じゃ、問題ないよね？」ジョシュは言う。

「ないよ」とチャーリーは答えるが、心の中ではジョシュに関して問題ある点を列挙している。まず、ジョシュというのは本名ではない。それに、オリファントで働いていると嘘をついた。しかも、キャンパス・キラーがマディを刺し殺したあとマディの歯を引っこ抜いたのを知っていた。

　チャーリーはこっそりとジョシュに眼をやり、マディが殺された晩に路地で見かけた黒い人影と似た部分を探す。思いつくものはどれも、よくて曖昧だ。身長は同じくらいかもしれない。肩幅もそうかもしれないと。でも、それはすべて推測だ。ありていに言えば、ふたりが同一人物かどうかチャーリーには知りようがない。

　車内は耐えがたいほど暑くなっているのに、チャーリーはあいかわらず凍えるほどの寒さを感じている。その極端な寒暖の衝突のせいで、いまにも溶けてしまいそうな気がする。皮膚ははがれおち、内臓はどろどろになり、すべて消滅する。あとに残るのは、湯気を立てるひと山の骨と――

歯のみ。

ジョシュが二十の質問の答えを歯に設定したのには理由があるのではないか、とチャーリーは思う。自分が何者なのか、何をしたのかを伝えようとしたのではないか。遠回しの告白か、でなければ警告かもしれないと。

もちろん、なんの意味もなかったのかもしれない。でも、チャーリーはそうは思わない。ジョシュがたまたま歯を答えに選んでしまう可能性は、チャーリーがたまたまマディ殺害犯の申し出を受けて車に乗りこんでしまう可能性と同じくらい低い。

けれども、そのふたつ以外に考えられる可能性はない。ジョシュはたんなる無害な嘘つきで、これまでのところみごとに不適切なことばかり言ったりやったりしているだけか。それとも、チャーリーの親友をふくめて三人の女を惨殺した男か。その両極端のあいだにほかのシナリオは思いつかない。

そんな曖昧さに直面したチャーリーに、はっきりわかることはひとつしかない。

この車からおりなくてはならないということだ。

それも、ただちに。

ジョシュが実際には危険人物でなくてもかまわない。その逆は――危険人物だという事態は――考えるだに恐ろしい。用心するに越したことはない。頭脳的に、勇敢に、慎重にだ。

この車にジョシュと一緒に乗りつづけるのは、そのすべてに反する。

車はすでにデラウェア峡谷にくだっており、ペンシルヴェニアの州境を数キロ越えている。霧はすっかり晴れて、星の瞬く夜空が現われている。左手には一本の川、前方には地平線に向かって延びる三車線のアスファルト道路。

チャーリーはジョシュのほうを一秒たりとも見る気になれず、あいかわらず前方のハイウェイを見つめている。けれども、三十センチしか離れていないジョシュの存在は、いやというほど意識している。その大きさ。車内を満たす存在感。安定した息づかい。ジョシュを無視するのは不可能だ。

ジョシュから逃げるのも不可能だ。車から飛びおりるしかない。その考えにチャーリーは繰りかえし戻ってくる。右手はなおもドアの把手をつかんでおり、いつでも行動に移れるよう指をしっかり巻きつけている。

飛びおりても死なないという確信があればやっているだろう。でも、死ぬ可能性が高い。生き残る見込みは五十パーセントぐらいだろう。路上に車が増えてきたことを考えれば、もっと低いかもしれない。数えてみると、後ろに四台いる。本当に飛びおりたら、その四台はよけきれずにチャーリーの体を減速帯(スピードバンプ)みたいにごとごとと乗りこえていくだろう。

ジョシュが右車線を走っていれば話は別だ。そこならチャーリーは路肩に身を投げられるから、草のおかげで着地の衝撃が少しは和らぐだろう。でも、ジョシュはグランダムを中央の車線に入れており、呼吸と同じく落ちついた運転をしている。車線の内側をきちんと走っている。制限スピードを五キロだけ超過して。ほかの車に乗っている人たちの注意を惹くようなまねはいっさいせずに。

後ろの一台が車線を変更して右車線にはいる。その移動によって、助手席の窓の外のサイドミラーに明るい光の点が映る。

ヘッドライトが。

どんどん大きくなる。

チャーリーは座席上で体をひねって、右側に近づいてくる車をよく見ようとする。厳密に言えば右側からの追い越しは違法だが、運転手は明らかにグランダムを追い越そうとしている。車が近づいてくると、チャーリーは屋根に何かが載っているのに気づく――左右の端から端まで延びた警光灯だ。そのとき、車体の前輪のすぐ上に記された文字が見える。

州警察

チャーリーの心臓が早鐘を打つ。州警のパトロールカーがグランダムの横にならんでくる。ほとんどチャーリーが念力でそこに出現させたかのように。あとはただ、ジョシュに気づかれずにその警官の注意を惹けばいい。

チャーリーは窓に額を押しつける。ガラスが冷たい。

「だいじょうぶ、チャーリー？」ジョシュが訊く。

「平気」

「平気そうには見えないけど」

「ちょっと車酔いしただけ」

〝し〟という歯擦音（しさつおん）とともに温かい息が漏れる。それが窓ガラスにあたり、小さな丸い曇りが生じる。チャーリーはその曇りを見つめ、消えるまで瞬きもしない。

それからもう一度しゃべる。

「心配しないで。吐いたりとかはしないから。すぐに治る」

また窓に曇りができる。こんどはもう少し大きく。チャーリーはそれが消えるまでの秒数を数える。

一。

二。

三。

四。

五。

六。

七。

八。

九。

ジョシュもパトロールカーに気づいたらしく、ブレーキをちょっと踏んでスピードを制限速度以下に落とす。

「ほんとに?」とジョシュは言う。

「だいじょうぶ」

新たな曇りの花が窓に広がる。チャーリーはまた秒数を数える。

こんども九秒。

長い時間ではない。でも、充分かもしれない。

チャーリーはガラスから指先を浮かせたまま、人差し指でひとつの単語をなぞり、そこに文字を書いてみる。

宙に。

ジョシュのほうを向いて、彼の眼がまだ前方に向けられているのを確認する。それから窓に向きなおり、ガラスに額をつけて後ろをのぞき、州警のパトロールカーの接近を待つ。パトロールカーの前のバンパーがグランダムの後ろのバンパーとならぶと、作業にかかる。

「もうだいぶよくなった」と彼女は言う。「額(ひたい)を冷(ひ)やすといいの」

その二度の〝ひ〟の音で、ガラスにさきほどの倍の大きさの曇りができる。カウントダウンが始まる。

九。

チャーリーはもう一度すばやくジョシュの様子をうかがう。
八。
窓に向きなおる。
七。
体をひねってジョシュの視線をさえぎる。
六。
人差し指の先をガラスにつけて書きはじめる。
五。
最初の文字は、すばやく引かれた三本の線。
四。
次の文字は、長い縦棒が一本と、短い横棒が三本。
三。
次は、二本のすばやい直線。
二。
最後は、一本の直線と、半丸。
一。
曇りが消え、それとともにチャーリーがどうにか書きおえた単語も消える。

「あなたは車酔いになったことないの？　こんなふうに」とチャーリーはジョシュに訊く。

窓にまた曇りができて、〝HELP（たすけて）〟の文字がふたたび現われる。追い越していくパトロールカーからははっきりと読めるように、右から左に書いてある。

パトロールカーが近づいてくると、ジョシュはまた軽くブレーキを踏む。その減速で二台はならび、そのまましばらく並走する。運転席の警官をこっそり見て、チャーリーはますます希望に胸を高鳴らせる。いかにも強そうだ。五分刈りにしたブルドッグ。しかもその警官の注意を惹くには、息を吐くだけでいいのだ。

それがうまくいかなければ、叫べばいい。

大声で叫べば、チャーリーの声は二枚のガラスを通過して警官に聞こえるだろう。

そうしたら警官はあのうるわしい赤と白の警光灯を点灯させ、ジョシュは路肩に車を停めざるをえなくなり、チャーリーは逃げられる。ジョシュが無害だと判明して自分がばかに見えても、それはかまわない。いまチャーリーが望むのは、この車をおりて、ジョシュとジョシュの掻きたてる疑惑や不安から自由になることだけだ。

チャーリーは大きく息を吸って胸にため、ガラスに生じる曇りがせめて十秒以上は消えないでくれることを祈る。

そして息を吐く。

窓が曇り、隣のパトロールカーに乗っている警官の姿がぼやけて、チャーリーの書いた文字が現われる。

HELP

ジョシュがまたブレーキを踏む。こんどはもう少し強く。勢いで体がシートベルトに押しつけられるのがわかるほど。それと同時にパトロールカーがグランダムを追い越していくのが見える。一瞬ののち、パトロールカーは完全にグランダムを追い越す。数秒前まで早鐘を打っていたチャーリーの心臓はほとんど停止するものの、パトロールカーはそのまま走りつづけ、見る見る小さくなっていく。

チャーリーはチャンスを逃したのだ。

ジョシュがブレーキを踏んだばかりに。

わざとやったのだろうか？

疑惑がまた増える。

おかげで、この車から何がなんでもおりたいという気持ちがさらに強まる。

手がふたたびドアの把手に戻り、それをきゅっとつかむ。もはや運を天にまかせて飛びおりるしかない。

いますぐ。

幸いなのはハイウェイが二車線にせばまったことだ。あの警官が右側から追い越していったのはそれが理由だったらしい。あのまま並走していたら行き場がなくなってしまう。ジョシュもそれに気づいたのかもしれない。だから軽くブレーキを踏み、おかげでチャーリーの計画はふいになったのだ。

彼女はちらりと速度計をのぞく。

パトロールカーはすでに地平線上のミニカーと化しているので、ジョシュはスピードを時速百キロ近くまであげている。

速い。

この先の道には速すぎる。この先はデラウェア川に沿ってきついカーブの連続する、山腹にしがみついた道だ。

それに、もはや策の尽きたチャーリーが車から飛びおりるのにも速すぎる。かりに無傷で飛びおりることができたとしても――このスピードで無傷などありえないが――こんどは逃げ場がなくなる。道路のジョシュの側には車線がもう一本と低い石壁があって、そのむこうは川になっている。けれども、チャーリーの側には山しかない。夜空に高くそびえる木々と、ごつごつした岩々がかろうじて見えている。

チャーリーは前々からこの区間が好きだった。この自然の美しさと、場ちがいな感じが。この山々と松の木々と蛇行する広々とした川は、ニュージャージーとペンシルヴェニアの州境よりも、西部にでもあるほうがふさわしいように思える。ロビーやノーマばあの運転でここを通過するときにはいつも、チャーリーは窓をおろして新鮮な空気を吸い、いつの季節でも美しい風景を堪能したものだ。

でも、それはいつも昼間だった。この峡谷を夜に走るのは初めてだ。夜の闇はさまざまなものを変えてしまう。見知ったものを見知らぬものに。怪しくないものを怪しげなものに。

ジョシュについてもそれは同じだろうか、とチャーリーは考える。ジョシュの言うこと、なすこと、ほのめかすこと、すべてが怪しく思えてしまうのは、たんに夜のせいなのだろうか。昼間だったらこのすべてはもっとちがうものに、もっと不吉ではないものに感じるのだろうか。

いや、感じないだろう。

ジョシュのふるまいは昼でも夜でも胡散くさいはずだ。

チャーリーがまた速度計をのぞいて、スピードが落ちていないのを確かめても、ジョシュは反応しない。パトロールカーが後ろに現われたときからチャーリーにまったく関心を示さない。それでもやっぱり、チャーリーを監視している。彼女にはわかる。車を次のカーブに進入させるジョシュのほうから、ひりひりした熱気が伝わってくる。車が高速でそのカーブを抜けると、ルームミラーに下がった松の芳香剤が絞首台の死体さながらに揺れる。

ドアの把手をつかむ手にチャーリーは力をこめる。ひとつには、車体を傾けてまたヘアピンカーブを抜けるグランダムの車内で体を支えるために。もうひとつには、一か八かで飛びおりようと決断した場合に備えて。でも、それは自殺に等しいまねだろう。山肌はすぐそこに迫っている——ジョシュと同じくらい不穏で、おそらくもっと危険な存在だ。狭い路肩に岩のかけらが散らばっている。斜面から落ちてきて地面に激突した岩の残骸が。

飛びおりたらチャーリーの頭蓋骨もそんなふうになるだろう。

砕けた骨のかけらが岩のあいだに散らばるだろう。

数秒後、車はデラウェア川にかかる橋にさしかかり、路肩に飛びおりるという選択肢はもはやなくなる。飛びおりるべき路肩がない。小石の散らばる細いアスファルトと、コンクリート橋の欄干だけ。そのむこうは数十メートルの虚空と、暗い水。

いま飛びおりるのはまちがいなく自殺行為だ。

そのとき、前方に明かりが見える。チャーリーがこの瞬間まですっかり忘れていた希望の光。

料金所だ。

六レーンにわたるブースが、橋のすぐむこう側で西行きのハイウェイをふさいでいる。

ジョシュはスピードを落とすしかない。

スピードが落ちたら、行動を起こそう。

グランダムが橋を渡りつづけるなか、チャーリーは明るくなってくる料金所の光を見ながら、頭の中で動きを確認する。自分の制作するアクション映画の動きを。

車のスピードが落ちるのを待つ。

完全に停まる前にドアを押しあける。

そして逃げる。

車の外へ。

隣の料金車線へ。

さらにその隣、その隣、その隣へと。

叫びながら止まらずに走っていけば、そのうちほかの車が停まってくれるか、料金所ブースの職員につかまるか、どこか安全な場所までたどりつける。近くにはほかにも道路があり、住宅や店舗が建ちならんでいる。通りすがりの人がきっと助けにきてくれるだろう。

料金所が近づいてくる。各車線には、ほとんど記号としての機能しかないあのちゃちな木製の腕木がおりている。車は簡単にそれを突破できる。ジョシュはそうしようとするのではないか。チャーリーは不安になるが、そこでジョシュはブレーキを踏み、速度計の針は百五キロから七十キロへ、四十キロへと落ちる。

チャーリーはドアの把手を握りしめて待つ。

待つ。

待つ。

スピードがさらに落ちてくる。二十五キロ、十五キロ、十キロ。

〝いまだ〟と頭の中で叫ぶ声がする。母親の声だろうか。マディの声だろうか。たぶん両者の合体したものだろう。メッセージは明白だ。〝いまだ、逃げて〟

チャーリーの体が緊張する。いつでも駆けだせるようにと。身がまえる。

〝逃げて！〟とマディと母親が脳内でまた叫ぶ。〝いまだ！〟

そこに別の声が加わる。

ジョシュだ。

運転席から穏やかに呼びかけている。

「**チャーリー？**」

グランダムの車内——夜

音楽が聞こえる。

曲の冒頭のコードが。

すでに聞きはじめたつもりでいた曲。

ニルヴァーナの〈カム・アズ・ユー・アー〉。

「こんどのはかなりの映画だったみたいだね」ジョシュが言う。

ショックのあまりチャーリーの手は動かず、気がつくとジョシュのほうに顔を向けている。

本来ならドアをあけていなければならないのに。

逃げ出していなければならないのに。

ジョシュの言ったことが気になってその場にとどまり、こう訊きかえす。「なんの映画？」

「きみの脳内映画さ」とジョシュは答える。「それを見てたんだろ。はっきりわかったよ」

ジョシュは料金所ブースでグランダムを完全に停止させると、コンソールのむこうから手を伸ばし、チャーリーの側に腕を侵入させてくる。チャーリーは一瞬、ジョシュが本性を現わしたのかと思う。

数分と数キロ前から疑っていたとおりの本性を。

だから身を縮めて待つ。

だが、ジョシュがしたことといえば、ダッシュボードから自分の財布を取ることだけだ。チャーリーの反応に気づいていたとしても——気づかないはずがあるだろうか？——面には表わさない。財布から五ドル札を一枚抜き出して、窓をおろすと、あくびを嚙み殺しているでっぷりした女性係員にうなずいてみせる。

「おれと同じくらいお疲れのご様子ですね」と愛嬌を振りまきながら五ドル札を渡し、手のひらで釣り銭を受ける。「濃いコーヒーがあるといいけど」

「あるわよ」と係員は言う。「飲まなくちゃだめね」

ジョシュは現金を財布に戻し、中身を整理する。それから財布を左の後ろのポケットに突っこむ。チャーリーはそれを見ながら体を不安でざわつかせている。ジョシュはなんの話をしていたんだろう？　わたしは脳内映画なんか見ていなかった。

よね？

チャーリーの指はドアの把手にしっかりとかかっており、それを引け、と彼女を急きたてている。車をおりろ、逃げ出せ、と。だが、チャーリーは実行に移せない。ジョシュがなんの話をしていたのか、どうしても知りたい。

「シフトについたばっかり？」ジョシュは係員に言う。

「早く終わるといいすね」

「そう。先は長い」

ジョシュが窓をあげはじめると、チャーリーは切羽つまって、係員に助けてと叫びだしたくなる。口をひらくが、なんと言っていいかわからない。ジョシュはいまチャーリーが脳内映画を見ていたと言ったが、なぜそんなことを言ったのか、なんのつもりだったのか、彼女には見当もつかない。そしてもう、助けを求めるのは手遅れになる。窓が閉まり、グランダムはふたたび動きだす。ゲートを通過して料金所をあとにし、ルームミラーに映る光が遠ざかっていく。車はぐんぐんスピードをあげる。

時速二十五キロ。四十キロ。五十五キロ。

九十キロに達したところでついに、チャーリーは好奇心に負ける。乾いたペンキのように舌をおおう恐怖を払いのけようと、咳払いをしてから言う。「さっきのはなんの話？」

「きみは映画を見てたんだ」とジョシュは言う。「眼はあけてたけど、完全に放心してた」

でも、そんなことはありえない。チャーリーが脳内映画を見るときは、見終わったとたんに、これは自分の心の眼が見たものだとわかる。いくら現実らしく見えても、現実ではないのが。授業中に居眠りをして誰かにつつき起こされるような感じだ。一瞬だけ混乱するけれど、すぐに何が起きたのかを悟る。

我に返ってもなお自分の見たものを現実だと思ったことなど、これまでただの一度もない。

「どのくらい？」とチャーリーは訊く。

「しばらくだと思う」

　時計を見ればジョシュの知らないこと――もしくは教えようとしないこと――がわかるかもしれないと思い、チャーリーはダッシュボードを見まわす。だが、ダッシュボードに時計はついていない。それはそうだ。マディの車にもついていなかった。ついているのはもっと高級な車だけだ。たとえば、ノーマばあが年寄りのボーイフレンドのひとりからふた夏前に遺贈された薄茶色のメルセデスとか。

「もう少し具体的に言って」チャーリーは言う。

「なんでそんなことが重要なんだ？」

　なぜ重要かといえば、本当は何が起きたのか、自分の脳内でだけ生起する暗くゆがんだ妄想がいったいなんなのか、さっぱりわからないからだ。その妄想はまだつづいているかもしれないからだ。もっとも、チャーリー自身はそうは思っていない。いまはもう覚醒したはずだと思っている。だいいち、いま感じているものは何もかも、気が滅入るほど現実的だ。チャーリーの脳内映画は普通、様式化されている。生が誇張されている。ところが、いま感じているものには現実の翳(かげ)りがある。

「時間で言ってくれる？」とチャーリーは言う。

　気がつけば彼女は、ジョシュがとんでもない数字を言ってくれることを期待している。このドライブのあいだに自分が経験した不安なことがらをすべて消し去ってくれるほど長い時間を。そういうことは充分にありうる。長いドライブだし、窓の外に見えるのは闇だけなのだから。子供のころと同じように退屈になってきて、思考が漂い、ドライブ旅行のさえない現実を何かわくわくするもの、新しいものに変えてしまったのかもしれない。

「五分」とジョシュは言うが、その数字を選んだのは、それならチャーリーが満足すると思ったからにすぎないように聞こえる。

「ほんとに？」

「六分かな。もう少し長かったかも。ほんとにわからないんだ」

わざと曖昧にしているのではないだろうか、とチャーリーは思う。歯のことを話題にしてヘマをしたのに気づいて、こんどはチャーリーを混乱させることでそのヘマを糊塗しようとしているのではないかと。だが一方では、ジョシュは本当に彼女がどのくらい自分の脳内で迷子になっていたのかわからず、助けになろうとしているだけだという可能性もある。

「でも、多少はわかってるはずでしょ、どのくらいつづいたか」とチャーリーは言う。「わたしはずっとあなたの横に座ってたんだから」

「なんでそんなに質問ばっかりするのか理解できないな」とジョシュはだんだんいらだってくる。「ハイウェイに乗ってからこっち、ずっとだ。尋問大会になるとわかってたら、きみを誘ったりはしなかったよ」

これは間接的にだが役に立つ。ジョシュがドライブ中に経験したことから、自分の経験したこともわかるはずだ。

「じゃあ、わたし、ほんとにそんなに質問をしたんだね？」チャーリーは言う。

「ああ。うちの親父のこと、おれの育った土地のこと、おれのくだらない仕事時間のこと」

その部分が現実なら、その前にあったこともすべて現実だということになる。ジョシュの運転免許証を見たことをふくめ——それがきっかけとなって、すべての質問が始まったのだ。その問題はまだ解決していない。

いまだに存在している。

いまだに危険をはらんでいる。

その考えを煽るように、ジョシュが言う。「きみはおれを怖がってるわけ？　なんかおれ、きみを不安にさせてる気がするな。怖がるのも無理はないけどさ。きみの友達やなんかの身に起きたことを考えれば。むしろ不安にならないほうがおかしいよ。おれのことを知らないんだから。実際にはなんにも。おれがどんな人間なのか」

チャーリーは車内の反対側にいるジョシュの顔を見つめる。そこには何も表われていない。ひらけた道路と向きあう白紙にすぎない。ジョシュの表情の読みにくさが癪にさわる。頭にくるほど不透明だ。でも、うらやましくもある。どうやっているのかぜひ知りたいものだ。感情を隠すのがひどく簡単に見える。チャーリーの考えや感情のほうは、スクリーンに映し出された映像みたいにまる見えになっている気がするというのに。

「そう」とチャーリーは答える。勘づかれたのなら否定してもしょうがない。「あなたはわたしを不安にさせてる」

「なぜ？」

なぜならチャーリーは親友を殺されて、ジョシュをその犯人だと考えているからであり、自分の頭さえ信用できないのなら、ジョシュなどとうてい信用できないからだ。だって、ジョシュはしょせん嘘つきなのだから。脳内映画の件に確信が持てなくても、その事実は変わらない。

「あなたが嘘をついてるのを知ってるから」とチャーリーは言ってしまう。「あなたの名前はジョシュ・バクスターじゃない。わたし、免許証を見たんだから」

ジョシュは額に皺を寄せる。「なんの話かさっぱりわからないな、チャーリー」

「わたし見たのよ、ジョシュ。それともジェイクって呼んだほうがいい？」

ジョシュの額の皺が深くなる――こめかみからこめかみへと延びる一本の当惑の畝に。

「あなたの本名。あなたのほんとの免許証で見たの。お財布がダッシュボードから落ちたときに、ぱたりとひらいたから、見えちゃったの。ジェイク・コリンズって」

「誰さ、ジェイクって？」

ジョシュは笑う。呆れたように、低く、くつくつと。

「そんなこと本気で考えてるの？　おれが名前のことで嘘をついてるなんて」

「名前のことだけじゃない」とチャーリーは言い、ハイウェイに乗ってからというものずっと隠してきた疑惑をついに吐き出す。「あなたはオリファントで働いてなんかいなかった。働いてたのなら、マディソン・ホールっていうホールがほんとにあるのを知ってるはず」

ジョシュは黙りこむ。チャーリーはそれを、少なくともひとつは嘘がばれたことに気づいたしるしだろうと解釈する。

「きみの言うとおりだ」と、ようやくジョシュは言う。「おれはあの大学で働いてたことはない。通ったこともない。全部作り話だ。この四年間はキャンパスのすぐそばの〈ラジオ・シャック〉で働いてた。おれたちは出がけにその店の前を通った」

チャーリーはうなずいて、その話を受け容れる。いちおう真実ではある。ちっぽけなちっぽけな、どうでもいい真実のかけらだ。

「当然の疑問だけど――なんでそんな嘘をついたの？」チャーリーは訊く。

「おれがほんとのことを話したら、きみはおれの車に同乗することを承諾したか？」

「しない」とチャーリーは考える必要すらなく答える。しないに決まっている。正気の学生だったら、大学と関係のないどこかの見知らぬ男の車で帰郷したりはしない。「もうひとつ当然の疑問――どうして誰かを車に誘いこむ必要があったの？」

「誘いこんでなんかいないよ」ジョシュは言う。

チャーリーは鋭い眼で彼を見る。「そう、わたしは思いっきり誘いこまれた気分だけど」

「ひとりになりたくなかったんだ。そう答えればいいかな？　親父が脳卒中を起こして、おれは心細くて悲しくなって、悪い考えばかりを相手にオハイオまで車を運転していく気になれなくてさ。だからこんなばかげたスエットシャツを着て掲示板の前に行って、一緒に乗っていってくれる相手を探したんだ」

ジョシュの声は穏やかになり、悲しげでさえある。チャーリーのほうを見た表情も、その口調にふさわしい。おかげであの後ろめたさがチャーリーの心に小さな足がかりを築きはじめる。苦しみを味わっている者のひとりとして、ジョシュがなぜそんなことをしたのか理解できる気さえする。嘆きと悲しみは、ひとりとして、ひとりで抱えるには恐ろしいものだ。

　ジョシュのしたことは人を欺くまねだったか？

　たしかに。

　気味の悪いまねだったか？

　ものすごく。

　でもだからといって、ジョシュが危険だということにはならない。こちらに危害を加えたがっていることには。

「最初からそう言えばよかったじゃん」とチャーリーは言う。

「言ってもきみは信じてくれなかっただろう。おれの言ったことはひと言だって信じてないみたいだから」

「信じられるような根拠をひとつも示してくれてないでしょ。わたしはあなたの本名を知ってるんだよ、忘れないで」

「本名は教えただろ」

　ハンドルから片手を離し、ジョシュは尻ポケットから財布を引っぱり出してチャーリーに差し出す。チャーリーはそれを毒蛇か何かのように見る。いまにも咬まれるのではないかというように。

「かまわないよ」とジョシュはうながす。「自分の眼で確かめてみろよ」

チャーリーは財布を受け取り、まだ咬まれると思っているかのように、親指と人差し指で隅をつまむ。それを膝に置いてためらう。何を眼にするのかはすでにわかっている。ジョシュの写真のついた、ジェイク・コリンズ名義のペンシルヴェニアの免許証だ。

ところが財布をひらいてみると、そんなものは見あたらない。透明ビニールのスリーブに収まっているのは、さっき見たのとはちがう免許証だ。写真は同じなのに——ジョシュとそっくりの顔がこれまた完璧な輝きを放っているのに、免許証自体はニュージャージーのものだ。そしていちばん下には、ジョシュ・バクスターの名前が明瞭に印字されている。

「納得した？」ジョシュは言う。

「わけがわかんない」

「おれにはわかる」

ジョシュの言わんとしていることは見当がつく——きみはまた脳内映画を見たんだよ。

「ちがう。自分の見たものはわかってる」チャーリーは言う。

「見たと思ってるものだろ」ジョシュは言う。

チャーリーは膝の上の免許証を瞬きもせずに見つめる。そうすればそれがさっき見たものに——ジョシュに言わせれば、見たと思っているものに——戻りでもするかのように。見つめているうちに、ジョシュが名前のことで嘘をついていてくれればいいと思うのが、ひどくばかげたことだと気づく。もう一方の考えのほうがはるかに恐ろしい。免許証のことが自分の勘ちがいだとしたら――そしてそれは表面上、たしかに勘ちがいのように見える――この車に乗りこんでから起きたこともすべて自分の勘ちがいかもしれないからだ。

　頭がぐるぐる回転しはじめる――まるでジョシュの免許証を見れば見るだけスピードを増す遊園地の回転遊具だ。チャーリーは財布をぴしゃりと閉じ、中央のコンソールをあけて中に放りこむ。

　カーステレオからまだ鳴りひびいていた〈カム・アズ・ユー・アー〉が終わり、次の曲が始まる。音楽の突然の変化がチャーリーの脳のスイッチを切り替える。

　ジョシュはあの不快きわまりない二十の質問ゲームを始める直前に、ステレオを切った。でもチャーリーが、ジョシュに言わせれば〝脳内映画から〟覚めたとき、ステレオはついていた。とすると、ステレオが切られていたあいだに体験したことはどれも、実際には起きなかったことなのかもしれない。

　ジョシュのあのゲームの答え――

　歯も。

　あれもたんに頭の中で起きたことなのだろうか？　ジョシュをキャンパス・キラーだと考えるきっかけになったあのゲームも、現実ではなかったのだろうか？

「わたしたち、二十の質問ゲームをした？」チャーリーは訊く。

　カップからコーヒーを飲もうとしていたジョシュは、飲みかけで手を止める。「はあ？」

「あのゲーム。二十の質問」

「二十の質問が何かは知ってるよ」

「それをやった？　あなたがステレオを消したあとで」

ジョシュに完全に理解させるには実演してみせる必要があるとでもいうように、チャーリーはカーステレオの停止ボタンを押す。突然訪れた静けさがひどく気詰まりだ。そのせいでチャーリーはジョシュがなかなか答えないのに気づく。なんの話かわからないからだろうか？　それともこちらの言っていることはちゃんとわかっていて、どう嘘をつこうか考えているのだろうか？

「おれはステレオを消してなんかいないよ」ジョシュは言う。

「消した。あなたが音楽を消して、わたしたち二十の質問をやったの。わたしが質問して、あなたが答えて。わたし、それがほんとにあったことかどうかどうしても——」チャーリーは言い淀み、言葉を引きずり出し、それが自分にとってどれほど重要かを明確にする。「どうしても知りたいの」

「なぜ？」

なぜならその答えによって、自分が連続殺人犯の車に閉じこめられているかどうかはっきりするからだ。ただしそれをジョシュに言うわけにはいかない。こちらの疑念を知ったら、ジョシュはかならず嘘をつくはずだ。もちろん、知らなくても嘘をつくおそれはあるけれど、こちらがその判断をしてやるつもりはない。

「お願いだから教えて。わたしたち、二十の質問をやった？」

ジョシュの返事はびっくりするほど早い。こんどは待たせない。「いや」という答えを、火のついた爆竹のように即座に放ってくる。

チャーリーが望んでもいれば恐れてもいた答えだ。

「ほんとに？」

「ああ、ほんとだよ。二十の質問なんて絶対にやってない」

チャーリーはしばらくその答えと向き合い、それを、前にのんでいたあのオレンジ色の小さな錠剤のように脳に染みこませる。あれをのむのをやめてはいけなかったのだ。あれがないと、脳内映画が止まらなくなってしまう。ゆがんだ形のハリウッド・マジックが。何が現実で何が幻覚か、区別がつかなくなってしまう。

でも、そんなことがありうるだろうか。

ジョシュの本物の免許証で彼の本名を見たことも、州警のパトロールカーがジョン・フォード映画のカウボーイよろしく彼女を救出するためにならびかけてきたことも、
窓に温かい息を吐きかけたことも、曇ったガラスに〝HELP〟の文字を書いたことも、走っている車から飛びおりようと考えたことも。

全部なかったなんてことがありうるだろうか？　お得意の空想にふけりすぎたために、空想が現実を侵食しはじめるなんてことが。

そんなことはこれまで一度もなかった。

これまでは、自分の脳内映画は短時間のものだと思っていた。それは時間にあいた小さな窓であり、そのあいだだけ空想がつらい現実をおおい隠しているのだ。映画カメラマンがカメラのレンズにワセリンを塗って、主演女優をおぼろに輝かせるようなものだと。

そして脳内映画が終了すれば、それが終わったのが自分でわかった。体はさっと現在に戻った――エンドロールが流れて客席の照明がつくときと同じように。

でもこの一時間は、まるで熱に浮かされた夢のようだった。現実的でもあれば、非現実的でもあり、とても生々しかった。

自分の記憶が、過去が、人生が、自分の思っていたようなものではなかったかもしれないというのは、連続殺人犯の車に乗っているのと同じくらい恐ろしい。恐ろしすぎて信じたくない。なぜ自分の頭のことでジョシュを信用しなければならないのか？

だからチャーリーは出発点に戻る。ジョシュの言うことは信じたいけれど、どうしてもその気になれない。不確かな夜の奥へとグランダムがハイウェイを疾走するなか、彼女の心は揺れる。

そんなことは何ひとつ起こらなかったのか。それともすべて起きたことなのか。

前者であれば、ジョシュは完全に無害な存在になる。後者であれば、ジョシュはキャンパス・キラーかもしれない。

どちらが真実なのか、チャーリーには皆目わからない。

グランダムの車内——夜

「音楽をまたかけていいかな？」

ジョシュの声がチャーリーのもの思いを破り、彼女を頭の井戸の底から引っぱり出す。彼女はジョシュを見る。ジョシュの指を。それがカーステレオの再生ボタンの上に載っているのを。そして不安になる。いまのもまた自分の脳内映画ではないのか。この十分間のできごとはどれも実際には起きていないのではないかと。

「あなた、最後にわたしになんて言った？」

「音楽をまたかけていいかな」こんどは疑問の抑揚をつけずにジョシュは言う。

「その前」

「二十の質問なんてやってない、と言った」

チャーリーはうなずく。よし。脳内映画ではなかった。まだつづいていれば話は別だけど。そう思うと、酔っぱらったような気分になるのと同時に、強いお酒がむしょうに飲みたくもなる。心のどこかでは、〝次の出口でおりて〟とジョシュに言いたがっている。そうしたら、通りがかりの最初のバーで偽の身分証をたっぷり活用できる。

　でも、チャーリーはトイレ休憩で妥協するつもりだ。休憩所は、いまその前を通過中の標識によれば、二キロ先にある。

「お手洗いに行きたい」助手席の窓の外を通りすぎる標識を見ながらチャーリーは言う。

「いま？」

「そう。いま。コーヒーのせい」ジョシュの免許証を見てからひと口も飲んでいないのに、チャーリーは言う。

　本当に望んでいるのは車からおりることであり、ジョシュから離れることだ。しばらくのあいだ。ひとりきりになって、凛とした夜の空気を顔に受ける必要がある。そうすれば少しは頭がはっきりするはずだ。なにしろいまは何ひとつはっきりしないのだから。「すぐに戻るから」

「わかった」とジョシュは言い、チャーリーの父親がかつてドライブのあいだに漏らしたのと同じような、あの疲れた溜息を漏らす。「おれもちょっと脚を伸ばしてみるかな」

　休憩所の進入路が見えてくると、ジョシュは右折の合図を出して本線を離れる。前方に洗面所のある建物が静かにうずくまっている。ベージュ色の煉瓦造りの惨めでぶざまな長方形の平屋で、ドアと屋根はうんこ色に塗られている。

　駐車場はがら空きで、一台しかいない車もグランダムがはいっていくのと入れちがいに出ていく。その車がテールランプを赤く光らせて走り去るのを見て、チャーリーの心は沈む。

混んでいれば心穏やかに頭を整理できると思っていたのに。人けのない休憩所では、そんな安心は得られない。いまならジョシュは、チャーリーの首を掻き切り、歯を引っこ抜いて、誰にも知られずに走り去れる。

　ジョシュがキャンパス・キラーだとすればの話だが。

　ほかにも、チャーリーがいまひとつ確信の持てないことがある。キャンパス・キラーなら駐車場の街灯の真下に車を駐めるとは思えないが、ジョシュはいまそうしている。

　それはジョシュを信頼すべしというしるしかもしれない。

　それとも、チャーリーにそう思わせようとする罠だろうか。

　街灯の光の下に駐められた車の中で、チャーリーはこう考える。こんな思考法はやめなくてはならない。この迷いは――自分の心はふたつのひどく異なるシナリオのあいだで激しく揺れ動いている――夜が更けるにつれてひどくなるだけだ。どちらかの車線を選んで、それに応じて行動する必要がある。

　その決意を後押しするために、チャーリーはジョシュが寮に迎えにきたときにやるべきだったことをやる。すなわちグランダムのナンバープレートの確認を。車をおりて後ろに立ち、ストレッチをするふりをする。首をまわしたり腕を振ったりしながら、こっそりプレートに眼をやる。

　ニュージャージー。

　これで少なくともひとつは、〝ジョシュを信頼する〟の列に○印がついたことになる。

「すぐに戻る」チャーリーはジョシュにそう言う。でも、それは確定事項ではない。この車には二度と乗りこまないと決心する可能性も充分にある。それに、そんな決心をするまもなくジョシュに殺される可能性も。

洗面所のほうへ歩きながらチャーリーは足を速める。そこは落ちつかなくなるほど静かで、おまけに隔離されている。背後には、駐車場から百メートルほど離れて州間高速道がある。前方には、建物のむこうに黒々と、大きさも密度もわからない森が広がっている。

洗面所にはいるドアのすぐ外に公衆電話がある。その前でチャーリーはちょっと足を止める。いまならまだロビーに電話しても遅すぎではない。ハイウェイに乗る前にあのセブン－イレブンでそうすべきだったのだ。いまそれを痛感する。受話器を取りあげてあの魔法の言葉を口にしなかったことを、痛いほど激しく後悔する。

〝ちょいと遠まわりしている〟

受話器を取ろうとしたとき、硬貨投入口の上からマスキングテープが貼ってあるのに気づく。それでも受話器を持ちあげて耳にあててみる。発信音がしない。くそ。

受話器をガチャンとフックに戻したあとで初めて、ジョシュに見られていたかもしれないことに気づく。まだ建物の外にいるので、駐車場のどこからでもまる見えだ。チャーリーは用心深くちらりとグランダムのほうに眼をやる。ジョシュがいる。車からおりて、両腕を空に伸ばしながら首をまわしている。何も見えていないだろう。

よし。

建物にはいると、内部も外部と同じくらいわびしい。壁は灰色。床は汚れている。天井の照明は黄ばんだ暗い光を投げている。左手の壁には自販機がならび、スナック、ソーダ、温かい飲み物という三つの選択肢が用意されている。右手には洗面所がある。男性用は入口のすぐそばに、女性用は奥のほうに。

そのあいだの壁に、ペンシルヴェニア州を中心にしてニュージャージー州とオハイオ州の一部を切り取った大きな地図がかかっている。チャーリーの帰郷ルート全体がひと目で見わたせる。州間高速道八十号線の長い赤線がうねうねとペンシルヴェニア州を横断している。自分たちがまだ州境を越えたばかりだということが、現在地を示すちっぽけな白い矢印でわかる。矢印の上に小さな赤い字で〝いまここ〟と記されている。

「信じすぎは禁物」とチャーリーはつぶやく。自分はまだグランダムの車内にいて、別の脳内映画を見ている可能性もあるのだ。

いや、それどころではない。今夜そのものが脳内映画だということだってありうる。われに返ったら、オリファントに戻っているということだって。あるいは、もっといいのは九月に戻っていることだ。自分があのバーと下手くそなカバーバンドから立ち去った翌朝に戻っていて、目覚めたら部屋の反対側にマディがまだ寝ているのが見えることだ。この二か月がただの恐ろしい悪夢であってくれることだ。

そんなシナリオを求めてチャーリーは眼をつむる。身じろぎもせずにじっと待ち、そのとおりのできごとを意志の力で現出させようとする。でも、眼をあけてみると、同じ場所に立ってその地図と向きあっている。白い矢印がいまは嘲りのように感じられる。

いまここ

ちぇ。

地図がそう言うのなら、それが事実にちがいない。それ以外にいまのチャーリーが信頼できるものはほとんどない。

休憩所の洗面所内――夜

　チャーリーは落胆して女性用洗面所のドアを押しあける。中は薄暗い。まともについている照明は一列しかないようだ。そのせいで洗面台のならんでいるほうばかりが長方形に照らされ、反対側は闇に包まれている。においもひどい。小便と業務用洗浄剤の臭気が入りまじり、吐き気をもよおす。

　片手で鼻と口をおおいながら、薄暗い側にある個室のひとつに閉じこもる。ドアからいちばん離れた、列の最後のひとつに。あとずさりして中にはいり、便器に腰かけて考えをまとめようとする。なんらかの計画を立てようと。

　待つこともできる。それはまちがいなくひとつの選択肢だ。このトイレに、この個室に居すわって出ていかなければ、そのうち誰かほかの人が休憩所にやってくる。じきにかならず。いまこの瞬間にも、ほかの車が駐車場にはいってきているかもしれない。そうしたらその人に助けを求めて、最寄りの警察署まで乗せていってほしいと頼める。わけを訊かれたら、本当のことを話せばいい。自分と一緒にいる男はなんだかちょっと、連続殺人犯みたいだと。

どうも説得力がない。

そこがチャーリーは歯がゆい。ジョシュが危険な男だという確信があれば、いまごろはもう洗面所のドアを封鎖するか、ハイウェイのほうへ逃げるか、森に隠れるかしているだろう。でも、いまの状況に確実な点はひとつもない。自分はジョシュのことを勘ちがいしているのかもしれない。すべてはひとつの大きな誤解なのかもしれない。この二か月というもの罪悪感にまみれた抜け殻になっていたので、突飛な想像力が全開になっているのかもしれない。

コンコンと誰かが洗面所のドアをノックする。一度きりの鋭い音にぎくりとして、チャーリーは思わずあえぎを漏らす。

ジョシュだ。

女性ならノックなどしない。女性用洗面所なのだから。何もせずにはいってくるはずだ。そう思っていると、次ははいってくる音がする。ドアがキイッとひらき、べたつくタイルの床を歩く足音がそれにつづく。

一列だけのまともな照明も不安定になり、ほかの列の仲間入りをしそうになる。一瞬真っ暗になったあと、ストロボライトのようにちかちかしはじめる。

最初の個室をノックする音がする。中に誰かいるかどうか確かめているようだ。もう一度すばやくコンコンとたたいたあと、乱暴にドアを押しあける。中にははいらず、次へ移動してまたノックし、ドアを押しあける。

捜しているのだ。

チャーリーを。

ふたつ離れた個室で、チャーリーは両脚を便座にあげてドアの下から脚が見えないようにする。このまま音を立てずにじっとしていれば、ここにはいないと思ってくれるかもしれない。気づかないうちに出ていったのだ、黙って姿を消したのだ。そう考えてくれるかもしれない。

そうしたら立ち去ってくれるだろう。

ジョシュはもう三番目の個室に来ている。チャーリーの個室のすぐ隣に。不安定な照明がジョシュの影をぱっぱっと不規則に床に映すので、正確な位置を追うのが難しい。いまここにいたかと思えば、コンマ数秒後には姿を消し、ほんの少しだけ近くにまた現われる。

床をにらんで、ぎくしゃくと近づいてくる影を見つめていると、隣の個室のドアがあけられる。チャーリーは口を手でぴたりとふさいで、呼吸音を漏らすまいとする。むだなまねだ。胸の奥で太鼓のように鳴っている心臓の音だけでも、自分がここにいるのはばれるだろう。

ジョシュがチャーリーのいる個室の前に立ち、明滅する影がドアの下から彼女をつかまえようとするように個室の中に伸びてくる。

ドアがノックされる。

つづいてもう一度。

ノックの勢いでドアがガタつき、チャーリーは神経がちりちりするような恐怖とともに、自分が掛け金をかけていなかったことに気づく。

あわてて掛け金に手を伸ばすが、時すでに遅し。ドアが内側にあいて、便器の上にしゃがみこんだチャーリーの姿があらわになり、切れかけた照明のちかちかする光にとらえられる。ドアの外に立っているのは女だ。二十代なかば。ぴちぴちのストーンウォッシュ・ジーンズ。根元が茶色になった脱色ブロンドの髪。きゃっ、と悲鳴をあげて後ろへ飛びのく。

「やだもう。誰もいないかと思った」

チャーリーは便器の上に野生動物のようにうずくまったままだ。当然ながら女は反対側の洗面台のほうまで逃げる。洗面台の上の横長の鏡が、明滅する天井灯の光を反射して、女はスローモーションで動いているように見える。

「びっくりさせてごめんなさい」チャーリーは言う。

女はチャーリーをまじまじと見る。「あたしのほうがもっとびっくりさせたみたいだね」

「ちがう人だと思ったんです」チャーリーは便器からおりるが、まだ安心はできない。「どうして個室を全部チェックしてたんですか?」

「だって夜の休憩所にいるわけだし、あたしはひとりだし、ばかじゃないから」

女はそこで言葉を切り、手厳しい残りの言葉は言わずにおく。

〝あんたとちがって〟

洗面所の照明はなおもちかちかしつづける。チャーリーがおびえるのも当然だ。いかにもスラッシャー映画的。いかにもウェス・クレイヴン作品ぽい。その結果、こんどはその女のほうがチャーリーを怖がっている。チャーリーこそがここの脅威だというように。チャーリーが個室から出ていくと、女はぎくりとする。

「駐車場に男の人がいました？」とチャーリーは訊く。「グランダムのそばに」

「うん」女は洗面台に腰を押しつけたまま、チャーリーの後ろの個室を見つめている。用を足したくてたまらないのだが、次の休憩所まで我慢できるかどうか考えているのだ。「あの人と一緒なの？」

チャーリーは思いきってもう一歩、女に近づく。「一緒にいたいかどうかわからなくて。もしかして――もしかして、あなたの車に乗せてもらったりできませんか」

「あたし、ブルームズバーグまでしか行かないよ」女は言う。

それがどこなのかチャーリーは知らない。でも、ここでなければどこでもいい。

「かまいません」と努めて控えめな口調で言うものの、だんだん必死になってしまう。「どこかでおろしてくれたら、あとは自分で家まで乗せてってくれる人を見つけますから」

「どうしてボーイフレンドに乗せてってもらっちゃいけないの？」

「あの人はわたしの――」

ボーイフレンドじゃない。

チャーリーはそう言おうとする。

だが、そう口にする前に洗面所のドアがふたたびあいて、ふらりとマディがはいってくる。

「ハロー、ダーリン」マディは言う。

チャーリーが見ていると、マディは奥へはいってきて洗面台の前に行く。ストーンウォッシュ・ジーンズの女と同じくらい、ありありとリアルに存在している。服装はもちろんマディのほうが上だ。赤紫のドレス、黒のハイヒール、二重にかけた真珠のネックレス。

洗面所にいるもうひとりの女のことは気にもとめず、洗面台の前に立つ。鏡で自分の顔を見つめて唇を突き出すと、深紅の口紅をつける。

「あんた、ひどい顔してるね」とチャーリーに言い、血のように赤くなった唇をこすりあわせてから、ぱっとひらく。「でも、あたしのコートは似合ってるよ」

チャーリーの指がコートのボタンをまさぐる。大きな黒いボタンのせいで、自分がとんでもなく子供になった気がする。おめかしごっこをしている少女に。

「ここで何してるの？」

「お化粧直し」とマディは答える。それだけで死者の国から戻ってきたことの言い訳は完璧に立つといわんばかりに。「それに、どうしてもあんたに言いたいことがあって」

それが何かをチャーリーは訊きたくない。それでも訊いてしまう。訊かなくてはならない。

「言いたいことって？」

「あたしを見捨てていくべきじゃなかったってこと」

そう言うと、マディはチャーリーの髪をつかんで、顔を洗面台の縁にたたきつける。

休憩所の洗面所内――夜

チャーリーははっとわれに返る。洗面台の縁に本当に顔をたたきつけられたかのように体が痙攣（けいれん）している。いやな衝撃音がいまだに聞こえる。骨がゴッッと磁器にぶつかる音が。でも、実際にはそんな音はしなかった。

洗面所内にいるもうひとりの女に聞こえるような音は。そして、ここにはひとりしかほかに人はいない。マディはいなくなっている。彼女の立っていた場所には、ひっきりなしに明滅する天井灯の光に照らされた汚いタイルしかない。

その横でストーンウォッシュ・ジーンズの女が言う。「ちょっと。だいじょうぶ？」

チャーリーはどう答えていいかわからない。たったいま州間高速道の休憩所のトイレで、死んだ親友を見かけたのだ。だいじょうぶであるはずがない。でも、女はマディを見ていない。チャーリーの脳内映画はいつもどおり、たったひとりの観客のために上映されたのだ。

「いいえ」とチャーリーは答え、明らかな事実を認める。

「飲んでるのあんた？」

いかにも酔っぱらいみたいな言いかたになってしまう。声が大きすぎて。強調しすぎて。過剰になりすぎて、明らかに事実ではないと思われてしまう。事実なのに。自分が逆の印象をあたえているのに気づいて、チャーリーは修正しようとする。

「どうしても家に帰らなくちゃならないんです」

チャーリーは女に近づく。すばやく大股に三歩進んで距離を詰める。だが、それは事態を悪化させる結果にしかならない。女はすでに洗面台を背にしていて、逃げ場などないというのに、さらに体を引く。

「乗せてってあげられない」

「お願いです」チャーリーは手を伸ばして女の袖をつかもうとする。袖を引っぱって懇願しようとするが、思いなおす。「奇妙に聞こえるのはわかってます。でも、外にいるあの男？　あの男のことをわたし、信頼していいかどうかわからないんです」

「どうして？」

「人殺しかもしれないので」

驚くかわりに、女はチャーリーに用心深い眼を向ける。まさに予期していたとおりであり、あまりに驚きがないのでがっかりした、といわんばかりだ。

「かもしれない？　確かじゃないの？」女は言う。

「だから奇妙に聞こえるはずだと言ったんです」

女はむっとする。「嘘をついてない？」

「ついてません。人殺しかどうかはっきりしないんです」とチャーリーは言う。「でも、たとえほんのちょっぴりでも、そうかもしれないと思うなら、それはあの男の車に戻るべきじゃないってことですよね？　不安になって当然だってことですよね？」

女はチャーリーの背後の個室を使うという考えをふくめて、すべてに見切りをつけ、チャーリーを押しのけてドアのほうへ向かう。

「あたしに言わせれば、彼のほうこそあんたが車に戻ってくるのを心配するべき。どんなやばいものを飲んでたのか知らないけど、水に切り替えたほうがいいんじゃない？　でなければコーヒーか」

女はドアを押しあけてさっさと出ていってしまう。悪臭のする洗面所にまたひとりきりになったチャーリーは、マディがまだそこにいることを示すものがないかと、あたりを見まわす。マディがまだいるかもしれない――自分の見たものはたんなる脳内映画ではない――という淡い思いは、自分がどれほど現実から遠ざかってしまっているかを彼女に痛感させる。

洗面台の前に行って、汚れだらけの鏡で自分の顔を見つめる。明滅する天井灯の光が、肌を照らすたびに顔から血の気を奪い、チャーリーを病気のように見せる。いや、照明のせいではないのかもしれない。これが自分の実際の姿なのかもしれない。不安に血色を吸いとられて、青ざめているのかもしれない。チャーリーはそう思う。

あの人が逃げ出していったのも無理はない。自分だってこんな顔をした女を見たら、あの人と同じことを言って出ていくだろう。あの人と同じことを考えるだろう。この娘は酔っぱらってるんだ。でなければ、頭がおかしいんだと。

でも、チャーリーは確信が持てない。迷っている。見えているものさえもはや信用できない。ジョシュのことを信用できないなどと言うかわりに、それをあの人に伝えるべきだったのだ。信用できないのは自分自身なのだと、正直に白状すべきだったのだ。

鏡を見つめるのに疲れて、チャーリーは冷たい水を——何かの足しになるわけでもないのに——顔にたたきつけると、出口へ急ぐ。マディがもう一度現われないうちに洗面所から出ていきたい。けれどもチャーリーにはわかっている。いくらあわてて出ていこうと、ほかの場所にマディが現われる可能性はある。実際には何も起きていないのに、自分が勝手に、起きていると考える可能性もある。前触れもなく脳内映画が始まっているのに、自分では気づきもしない可能性もある。

おおかたそれがいま起きていることだろう。

映画に次ぐ映画に次ぐ映画。モールにあるシネコンの映画と同じで、入れ替え時間に係員がこぼれたポップコーンを掃除する暇さえないほど、次から次へと上映されているのだ。

その頻度がチャーリーを不安にする。生まれて初めて彼女はそれを、精神疾患の淵へ沈みこんでいく徴候ではないかと考える。いつかこういう幻覚から覚めなくなるときが来るのではないか。そういう話は聞いたことがある。自分の世界の奥に姿を消したり、空想上の土地で迷子になったりする人たちの話は。

自分ももうそこにいるのかもしれない。
洗面所のドアをあける前に、チャーリーはちょっと足を止める。気持ちを落ちつけてから
ジョシュとグランダムのところへ戻る必要がある。戻るほかはない。ここにはいってきたと
きには、決断をしなければならないと思っていた。
でも結局、自分ではその決断をしなかったことになる。
自分自身を信用できないのなら、ジョシュを信用するしかないのだ。

屋外。休憩所の駐車場――夜

その女がやってきたのは、彼がまだストレッチをしているときだった。両手を頭の上に伸ばして指を組み合わせ、肩と首の凝りを少しばかりほぐそうとしていたら、その車がはいってきたのだ。マフラーとテールパイプがいまにも落っこちそうになったポンコツのオールズモビルが。

オールズモビルは駐車場の反対側に駐まった。グランダムが駐まっているのと同じような街灯の下に。女はおりてきて不安げな眼で彼を一瞥(いちべつ)してから、足早に歩道をトイレのほうへ歩いていった。

心配などしなくてもよかったのに。あの女は彼の好みではないのだから。

だが、チャーリーのほうは大いに彼の好みで、そこが問題だった。

問題はもうひとつある。オールズモビルの女がトイレにはいっていってからすでに五分になる。チャーリーとおしゃべりを始めたのではないか。彼はいまそう気をもんでいる。チャーリーをあんなふうにひとりで行かせてはいけなかったのだ。建物までついていって、本人がトイレに行っているあいだ、自販機でもながめているふりをしているべきだったのだ。

今夜はヘマばかりしている。まずはこのまぬけな口を閉じていなくてはならない。

二十の質問は失敗だった。いまはそれがわかる。だが、チャーリーが質問ばかりしてくるのでわずらわしくなり、いっそゲームにしたら面白いのではないかと思ったのだ。とはいえ、正解を歯にしたのは、ま、名案とは言えなかった。好奇心に負けてしまった。正解に気づいたときのチャーリーの反応を見たかったのだ。けれどもそれがチャーリーを少々かっとさせ、疑惑を抱かせることになってしまった。いまチャーリーとあのオールズモビルの女がトイレで何を話しているかは、知るよしもない。

何もかも自分のヘマだ。それは男らしく認める。

今夜までは、すべてがとんとん拍子に進んだ。驚くほど簡単だった。実際に経験しなければ、とても信じられないほど。キャンパスに着いて一時間もしないうちにチャーリーを見つけたのだから。溶けこむために大学のスエットシャツを着て出向いたときには、チャーリーを捜し出すには何日もかかるだろう、車に乗せるにはむかしながらの暴力も多少必要になるだろう、そう思っていた。

ところが、実際に必要だったのはダイエット・コーク一本だけだった。学生会館でそれを飲みながら学生たちをながめていたら、チャーリーがみすぼらしい小さなビラを持って同乗者募集掲示板の前に現われたのだ。そこからはさらに簡単だった。アクロンに行くと嘘をつき、ちょいと笑顔を見せ、こちらをじっくり観察させ、どんなタイプの男なのかよく知っていると思わせる。それだけだった。彼の外見は天の賜物なのだ。父親があたえてくれた唯一の価値あるもの。ハンサムではあっても、記憶に残るほどではない。見る者が自分の望むものを勝手に投影できるまっさらなスクリーンだ。チャーリーは自分を故郷まで乗せていってくれる信頼できる人間を求めていた。だから彼の車に文字どおり飛び乗ったのだ。

信じられないほど簡単だった。

そのあとはいずれつまずくはずだと気づくべきだった。ものごとというのはそういうものだと。たしかに二十の質問ではヘマをした。だが、今夜起きたそのほかのことはすべて、運が悪かったとしか言いようがない。だからいまチャーリーは目的地――それはオハイオではないし、オハイオの近くでもない――目指してひた走るのではなく、見知らぬ女と一緒にいて、疑惑を打ち明けている最中かもしれないのだ。

チャーリーに怪しまれているのは確かだ。財布が膝に落ちてひらいたとたん、態度が変わった。免許証を見られたのはまちがいない。その直後からひどくビクビクしはじめたのだから。

正直なところ、今夜彼に味方してくれたのはチャーリーの精神状態だけだった。少々おかしくなっているだろうとは思っていた。あんな目に遭ったのだから、おかしくなっていないほうが不思議だろう。だが、これは――これは予想外だった。

脳内映画？

なんたる僥倖。

おかげで、あの二十の質問ごっこの引き起こした厄介な状況から逃れることができた。たしかにヘマはやらかしたが、すぐに挽回（ばんかい）した。彼は機転がきくのだ。そうでなくてはまずい。料金所でチャーリーが車から飛びおりようとしているのを見たとき、彼は咄嗟（とっさ）に決断してカーステレオをふたたびつけ、あの曲を再スタートさせた。そしてそれまでの十分間のできごとはすべて、二十の質問も、歯の話題も、いまいましいパトロールカーが近づいてきたときに冷や冷やしながらブレーキを軽く踏んだことも、実際には起きなかったというふりをした。

乱暴でばかげたアイディアだった。理にかなった計画というより、一か八かの勝負に近い。だが、チャーリーはそれを真に受けたようだった。母親の口癖を借りれば、神様、小さな奇蹟（きせき）をありがとう、だ。

彼はグランダムのドアをあけて運転席に滑りこみ、中央のコンソールをあける。中にはニルヴァーナのカセットテープの空ケースや、ばらばらの小銭、中身が一枚だけ残っているジューシー・フルーツ・ガムの包みとともに、自分の財布がはいっている。それを取り出してひらき、ニュージャージーの免許証と対面する。そこにはニューヨークとデラウェアの免許証にも使った偽名が記されている。ビニールのスリーブからそれを抜き出し、その下にあるもう一枚の免許証を見る。

ペンシルヴェニア。

ジェイク・コリンズ。

彼はその二枚を料金所でこっそり入れ替えていた。ブースの女におべんちゃらを言って愛嬌を振りまいているあいだに、財布を手にして本物の免許証を偽物と交換したのだ。そのあとチャーリーにその免許証を見せ、彼女自身の危うい精神状態を利用して、それ以外の自分の話もすべて信じさせようとした。

するとと、チャーリーは信じてくれた。

たぶん。

彼はあいかわらず気をもんでいる。あのトイレでいま何が起きているのか。チャーリーがあのオールズモビルの女に何かしゃべっているのではないか。だとしたら、自分は何かせざるをえなくなるのではないかと。

車をおり、トランクをあけて、チャーリーの箱とスーツケースを脇に押しやる。自分たちの本当の目的地を知ったら、チャーリーはこんな大荷物をこしらえたことをきっと後悔するはずだ。

チャーリーの荷物をどかすと、彼はそれを積みこむときチャーリーの眼に触れさせたくなかったものを引きよせる。

自分の箱をふたつ。

ひとつは段ボール箱で、中にはニューヨークとデラウェアとペンシルヴェニアのナンバープレートがはいっている。免許証とはちがって、こちらはチャーリーを迎えにいく前に忘れず交換していた。ニュージャージーのプレートが車についていないのを見たら、チャーリーは大騒ぎをするだろうと思ったのだ。が、実際には見もしなかった。

　ナンバープレートの下には、さまざまな長さのロープが巻いて入れてある。箱の片隅には、ハンカチよりは長く、タオルよりは短い白布が一枚押しこんである。

　頼りになる猿ぐつわだ。

　段ボール箱の横には金属の道具箱がある。子供のころ、ろくでなしの父親がガレージに置いていたものだ。その父親もいまは死に、道具箱は彼のものになっている。蓋をあけ、中にあるものを片端から脇によけていく。釘抜きハンマー、鏨（たがね）のように先端の鋭いドライバー、ペンチ。

　それらを掻きわけていくと、ついに探していたものが見つかる。

　ひと組の手錠——鍵はポケットの中のキーチェーンについている——と、一本のナイフが。大型のものではない。ましてハンティング・ナイフでは。ハンティング・ナイフも道具箱のどこかにはいってはいるが。

　これは一般的なスイス・アーミー・ナイフだ。どんな場面にも使えて、しかも隠しやすい。

　彼は手錠とナイフを手にすると、トランクを閉める。トイレのほうへ歩きだす前に、ナイフをジーンズの前ポケットに滑りこませ、手錠を反対のポケットに押しこむ。

　こんなものは使いたくない。

　だが、やむをえなければ使うつもりだ。

午後十一時

休憩所の建物内――夜

チャーリーが洗面所から出ると、ジョシュがそこにいる。

すぐそこに。

ドアのすぐ手前で、ノックをしようと片手をあげている。

チャーリーはぎくりとして体を引く。洗面所の個室にチャーリーがいるのに気づいたときのあのブロンド女性の再現。

「外にいる女に、きみの様子を見たほうがいいと言われたんだ。やばいものをやってるみたいだと」そう言うと、ジョシュは両手をポケットに深く突っこむ。「だから訊かざるをえないんだけど。きみは、その、やばいものをやってる?」

やっていればいいのにと思いながら、チャーリーは首を振る。やっていれば、少なくとも自分の頭の中で起きていることの説明にはなる。でも、チャーリーは酔っているのではなく、舫(もや)いが解けているのだ。潮に乗って沖へ流されていて、懸命に陸のほうへ漕(こ)いでいるというのに戻れないのだ。

「ただの誤解」とチャーリーは言う。

ジョシュは問いかけるように首を傾げて応じる。

「映画がらみの誤解？」

「それしかない」

ふたりが外に出ると、また雪が降りだしている。にわか雪が。埃のようにふわふわと。ジョシュは立ちどまってそれを舌で受けとめようとする。おかげでチャーリーにもその雪が自分ひとりの《市民ケーン》風スノードームではなく、本物だということがわかる。

自分で天候を判断することすらできないというこの事実が、自分は正しい決断をしたのだと教えてくれる。たしかにジョシュを疑ってはいるものの、その疑いは駐車場へ戻る途中で一歩ごとに薄れていく。ジョシュがいつまでも犬みたいに舌を垂らして、雪を受けとめようとしているからだ。そんなのは人殺しのすることではない。子供のすることだ。いい人間のすることだ。

チャーリーの心はジョシュがいい人間かもしれないという考えに傾いていく。ジョシュのついた嘘に惑わされなければいいのだ。ジョシュは明らかにそれを後悔している。だからグランダムに乗りこむ前に、雪で斑になった車の屋根越しにチャーリーを見てこう言う。「ところで、さっきは本当にごめん。嘘なんかつくべきじゃなかった。何もかも正直に話すべきだったよ、掲示板の前で出会ったときから」

「信用する」とチャーリーは言う。無条件に信用しているわけではないけれど。いまは自分自身のほうがもっと信用できないというだけのことだ。

ジョシュの嘘に関して言えば、チャーリーはそれを悪意ではなく、孤独のせいにする。ロビーとノーマばあ以外とは口をきかなくなって以来、孤独がどういうものかはよく知っている。自分たちは孤独な者同士なのかもしれない。

「じゃ、いいかな？」ジョシュは言う。

「と思う」チャーリーは答える。彼女が口にできる精一杯正直な答えだ。

「なら、行こう」

チャーリーは車に乗りこむ。迷いが消えたわけではないものの、ほかに選択肢はない。休憩所にいるもう一台の車、駐車場の反対側でアイドリングしているオールズモビルの持ち主が、洗面所で出会った女だ。車の横に立って煙草を吸いながら、グランダムが走り去るのを見ている。

通りすぎざまにチャーリーは、紫煙のむこうに小さくなっていく女の顔に心配げな表情が浮かんでいるのに気づく。それで疑問がわいてくる。あの人はわたしがまだ洗面所にいるあいだに、ジョシュにほかにも何かしゃべったのだろうか？　わたしの疑念のことを話したのだろうか？　話さなかったとしたら、あの人はいまそれを後悔しているだろうか？　わたしはこの車に戻ったのを後悔すべきだろうか？

いいえ、とチャーリーは自答する。だいじょうぶ。あの人の助言どおりコーヒーでも飲んで頭をはっきりさせるべきだ。そして、長く退屈な帰郷の旅に身をまかせよう。

だが、ジョシュはそうは考えていない。

「で、それはどんな映画だったの？」と彼は言う。「あの女にへべれけだと思われたんだとすると、さぞすごい映画だったんじゃないの？」

　チャーリーの脳裡にはまだ、鏡の前に立って血のように鮮やかな口紅を塗っているマディの姿が焼きついている。それどころか、声まで聞こえてくる。

〝あたしを見捨てていくべきじゃなかった〟

「その話はしたくない」チャーリーは言う。

「つらいやつだったわけだ」

「そう」

　チャーリーはそのすべてを忘れたい。だからジョシュを相手に蒸しかえすつもりはさらさらない。

「正直に言ってさ」とジョシュは言う。「ほんとにそれほどつらかったの？　それとも、まだおれを信用してないから話したくないわけ？」

「わたし、知らない人は信用しないの」

「なら、おれのことをもっと知ってくれよ」ジョシュの顔に親しげな笑みが広がる。「おれたち、ほんとに二十の質問をやるべきかもな」

　チャーリーは笑みを返さない。自分が二十の質問を一ゲーム分まるごと想像できることに、まだ動揺している。自分の脳内映画がそれほど長くつづいたこと、それだけの時間がごっそり消えたことに。

「わたしはやりたくない」

「じゃ、おたがいにひとつずつ質問していこう」とジョシュは提案する。「おれがきみに何か訊いたら、次はきみがおれに何か訊くんだ」

「わたしのことはもう充分知ってるじゃん」

「両親のことをまだ話してくれてない」

「両親のなんのことを?」

「自動車事故で亡くなったんだよね?」

その質問にチャーリーはどきりとする。動揺を隠すためにコーヒーをひとくち飲んで、フロントガラスにぶつかる雪を見つめる。「どうしてそれを知ってるの?」

「知ってるわけじゃない。推測しただけさ」

「へええ。どうやって推測したわけ?」

「まず、きみはお祖母さんと一緒に暮らしてると言ったろ。だから両親はもういないんだとわかる。それに、きみは運転をしないとも言った。だとすればそれは自分で選んだことであって、身体的に運転できないからじゃないだろう。そのふたつを総合して、きみが運転をしないのは両親が自動車事故で亡くなったからだという結論になったんだ。結果は正しかったよね」

チャーリーの動揺にいらだちがちくりと加わる。ジョシュの言うことは推測ばかりだ。その推測がすべて当たっているからといって、プライバシーを侵害されたという気持ちは変わらない。

「その理屈でいくと、わたしはこう推測することになるよ。あなたはお母さんの話を全然しないから、あなたのお母さんも亡くなったんだって」

「そのとおりかもしれない」とジョシュは言う。「わからないけど。お袋はおれが八歳のときに出ていったから。それきり音信不通なんだ」

チャーリーはどう答えていいかわからず、黙っている。

「あれはハロウィーンだった」とジョシュは言う。「なぜ憶えてるかというと、その年はバットマンの仮装をしたからだ。しかもそれは本物の衣装だった。ドラッグストアで売ってるようなちゃちなマスクとビニールのマントじゃなくて。お袋が何週間もかけて作ってくれたもんだ。お袋はミシンが上手だった。それは認めておくよ。最高の衣装を作ってくれた。それを見せびらかせると思うと、おれはうれしくてたまらなかった。わかるだろ？　バットマンになった自分をみんなに見てもらうのが待ちきれなかった」

「なんでバットマンがそんなに好きなわけ？」

「最高にかっこよかったからさ」

「バットマンが？」とチャーリーは信じられずに言う。六〇年代の安っぽいテレビ番組のほうも、ティム・バートンの暗くて陰鬱な映画のほうも見たことがあるけれど、どちらのバットマンもとりたててかっこいいとは思わなかった。

「八歳の子供にはね」とジョシュは言う。「とくにその子が少しばかりへんてこで、不器用で、両親が喧嘩ばかりしてればさ」

　ジョシュの声が穏やかな、打ち明け話をするような調子になる。

「あのころは、家で親父が酒を飲みだして、お袋が非難がましい眼つきをすると、喧嘩が始まるのは時間の問題でしかなかった。だからそうなると、おれはいつもバットマンのコミックを持ってベッドに潜りこんで、自分はそのコミック本の中にいるんだ、壁から壁へと伝い歩いてるんだというふりをした。ジョーカーやリドラーにつかまるのが怖くたって、屁でもなかった。階下で両親がわめき合ってる家にいるよりは、はるかにましだった」

「それがあなたの脳内映画みたいなものだったんだね」チャーリーは言う。

「かもしれない」とジョシュは言う。「きっとそうだったんだな。そんなわけでおれは、ひと晩だけでもほんとにバットマンになりたくてしかたなかった。その衣装をつけて、親父と一緒に〝トリック・オア・トリート〟に行ったら、これまでにないぐらいたくさんお菓子をもらった。衣装のおかげだってことはわかってた。できばえがすばらしいからだってことは。家に帰ったときには、もらったお菓子を全部抱えてたもんだから腕がくたびれてた」

　ジョシュは小さく悲しげな笑いを漏らした。

「するとお袋が、ま、いなくなってた。おれたちが出かけてるあいだに、身のまわりのものを掻き集めて、スーツケースに放りこんで、出てったんだ。書き置きがあった。〝ごめんね〟それだけだった。説明はなし。連絡先も。その短い謝罪だけで。まるで消えうせたみたいだった。いまならわかるけど、人の死ってものとまさに同じ感覚だな。いままでいた人間が急にいなくなって、こっちはその人たちのいない生活に慣れるしかないってのは。でも、何よりきつかったのは、お袋が自分から出ていくことを選んだってことだ。最初からそんなふうに、さよならも言わずに消えるつもりだったんだ。わかるんだよ、その衣装のせいで。お袋がハロウィーンの衣装にそんな時間をかけたのは初めてだった。家を出ていくことをすでに決心してたからなんだろう。だからそのばかげたバットマンの衣装に、ありったけの愛情と真心をこめたんだ。それがおれにしてやれる最後のことだとわかってたんだ」

ジョシュは話を終えて、自分の身の上話の——その長く悲しい物語の——余韻を、煙のように車内に漂わせる。

「いまでもお母さんが恋しくなる？」チャーリーは訊く。

「ときどきね。きみはいまでも両親が恋しい？」

チャーリーはうなずく。「それにマディのことも」

両親よりもマディのほうがいっそう恋しいということは、誰にも認めるつもりがないので黙っている。その気持ちは自慢できるようなものではないし、両親に申し訳ないとも思うからだ。でも、紛れもない事実だ。チャーリーは両親によく似ている。父親はもの静かで内省的だったし、チャーリーもそうだ。母親はチャーリーと同じように、ノーマばあのおかげで熱心な映画ファンだった。チャーリーは父親のハシバミ色の眼と母親の小生意気な鼻を受け継いでいる。だから鏡を見ればふたりに出会える。ふたりはいつも彼女とともにいる。それはふたりを亡くしたつらさを大いに和らげてくれる。

でも、マディはそういう人間ではなかった。チャーリーからすれば、砂漠に育つ熱帯の花のように珍しくてエキゾチックだった。華やかで美しくて貴重だった。だからマディを亡くしたことのほうがつらいし、だからこれほどまでに罪悪感を覚えるのだ。マディのような娘には二度と出会えない。

「どうしてわたしにその話をしたの？」ジョシュに訊く。

「おれのことを知ってほしかったからさ」

「わたしがあなたを信用するように？」

「かもな」とジョシュは言う。「信用した？」

「かもね」とチャーリーは答える。

ジョシュはワイパーを作動させて、たまってきた雪を払いのけると、長いだらだら坂を登るためにギアを一段落とす。

ハイウェイのこの区間をチャーリーはよく知っている。

ポコノ山地。

マディの生まれ育った土地。

マディが脱出したいと願っていたところ。

グランダムは色褪せた看板の前を通過する。宣伝されているのは五〜六〇年代に大流行したあの大型ハネムーン・ホテルのひとつで、いかにも無骨な造りをしている。材木をむきだしにした壁と緑のスレート葺きの屋根が、堂々たる丸太小屋を思わせる。〈山のオアシス山かでかと貼りつけられ、黒い文字でこう記されている。

荘〉と名づけられている。というか、名づけられていた。山荘の写真の上に白い横断幕がで

今シーズンかぎり！

横断幕の様子からすると――隅がぼろぼろになっているものの、看板のそのほかの部分ほどには退色していない――そのリゾート・ホテルの最終シーズンは数年前の夏だったようだ。マディのお祖母さんもこの手のホテルで働いていたが、そこは八〇年代の終わりにつぶれたという。マディは職場にお祖母さんを訪ねていった話でチャーリーを大いに楽しませてくれた――人けのない舞踏室を駆けぬけたり、空いている部屋に忍びこんで、天井部分が鏡張りになった円形ベッドに寝ころんだり、巨大なハート形の浴槽を這いまわったりしたと。

悪趣味。

マディはそのホテルをそう形容した。「セクシーにしようと一生懸命がんばってるんだけど、実際にはなんていうか、最低の、いちばん安っぽいタイプのセクシーになってた。股あきパンティのホテル版て感じ」

ずっとそうだったわけではないことは、チャーリーも知っていた。マディは自分が生まれる数十年前のポコノ山地のことも話してくれた。そのころは映画スターたちがさほど遠くないニューヨークから車を走らせてきては、釣りやハイキングやボート遊びに興じ、フィラデ

ルフィアやスクラントンやレヴィットタウンから来た労働者たちと親しく接していた。マディはお祖母さんがプールサイドでボブ・ホープと一緒にポーズを取っている写真を見せてくれた。

「ビング・クロスビーにも会ったことがあるんだって」とマディは言った。「ふたり同時にじゃないけどさ。いまだったらものすごいことだよ」

チャーリーは溜息をついて窓の外に眼をやり、灰色ににじんで流れ去っていく木々をながめる。

亡霊のような木々を。

それはチャーリーに、このハイウェイで死んだすべての人たちのことを思わせる。自分の両親のような人たちのことを。砕けたガラスを浴びて死んだ人たち。燃える残骸の中で焼死した人たち。何トンものねじれた金属に押しつぶされた人たち。そういう人たちの霊がいまもここを離れられず、路傍に取り憑いたまま永遠に、自分たちのたどりつけなかった目的地へと他人が車を走らせるのを見守っているのだ。

チャーリーはまた溜息をつく。それが聞こえたらしく、ジョシュが言う。

「また車酔い？」

「ちがう。ただちょっと——」

チャーリーの声が止まり、呑みこんでしまった飴玉のように言葉が喉につっかえる。

車酔いになったなんてジョシュに言ったことはない。

現実では。

あれは脳内映画の中のできごとだ。半分忘れかけた映画の。いまはもう実際にはなかったことだとわかっている。右側に州警のパトロールカーが近づいてきたことも。自分が窓にこっそり息を吐きかけたことも。人差し指でガラスをなぞったことも。

でも、実際にはなかったことだとしたら、すべて頭の中のできごとだったとしたら、どうしてジョシュはそんなことを知っているのか？

チャーリーの頭がカタカタと、古い映写機のように音を立てて回転しはじめる。そして、ひとつの考えを紡ぎ出す。もっと早く気がついていなければならなかった考えを。

〈カム・アズ・ユー・アー〉は、チャーリーがあの長く鮮明な脳内映画を見はじめる直前に始まり、われに返ったときにもまだかかっていた。

それは不自然ではない。ものの本によれば、数時間のように感じられる夢をほんの数分で見ることもあるらしいから、脳内映画にも同じことが言えるだろう。曲がスタートし、頭の中で映画が始まり、映画が終わったときにもまだ〈カム・アズ・ユー・アー〉がかかっている——そういうことはありうるだろう。

でも、チャーリーがその脳内映画とされるものから覚めたとき、聞こえてきたのはまだ曲の冒頭だった。それはどう考えても不自然だ。しかもジョシュによれば彼女は五分以上も放心していたというのだから、なおさらだ。

さらに、その間にグランダムが走った距離の問題もある。休憩所で見た地図では、その距離はチャーリーの人差し指の幅ぐらいあった。実際の長さに拡大すれば何キロにもなる。一曲のあいだに走破できるような距離ではない。冒頭の数秒間ではとうてい無理だ。

それはつまり、音楽はつづいていなかったということ。

ジョシュはまちがいなくカーステレオを消したということ。

チャーリーはジョシュがステレオを消すのをやはり見ていたということだ。つまりあれは、ジョシュが彼女に信じこませたのとはちがい、脳内映画ではなかった。現実だった。本当にあったことなのだ。

そしてあれが現実だったとすれば、その直後のできごともまた現実だったのかもしれない。二十の質問をふくめて。

〝じゃ、やろう〟ジョシュはそう言った。

あの質問もすべて、妄想ではなかったのかもしれない。頭の中だけの会話ではなかったのかもしれない。

チャーリーが本当に口にした可能性もある。だとすれば、ジョシュがその質問にひとつひとつ答えて、チャーリーに答えをひとつのものに絞りこませた可能性もまたある——表面的にはまったく悪意がなくても、特定の文脈では恐怖をあたえるもの。

すなわち歯に。

「〝ただちょっと〟どうしたわけ？」とジョシュが言い、チャーリーの言葉が尻切れとんぼになっていることを思い出させる。

「疲れたの」とチャーリーは答える。「すごく疲れただけ」

その言葉が窓を曇らせる。ほんの少しだけ。窓ガラスのそのちっぽけな曇りの中に、文字のようなものの切れ端が見て取れる。

チャーリーの眼がまんまるに広がる。

ショックのあまり。

恐怖のあまり。

心臓はその逆だ。心臓は収縮して胸の奥に縮こまる。危険を察知した亀が甲羅の中に身を縮めてその危険を避けようとするように。でも、チャーリーはいまさら身を縮めても遅いのを知っている。危険はすでに到来している。ここに。

それを確認するため、ことさら息を吐き出すようにしてさらに言う。

「すごく疲れちゃったの」

窓の曇りが大きくなり、灰色の円がふわりと広がる。

その中にはっきりと、自分の震える指で殴り書きされた文字が浮かびあがる。外から見る人が読めるように、右から左に書かれたひとつの単語が。

HELP

グランダムの車内――夜

チャーリーはその単語を見つめる。右眼が、そんなものはこれ以上見たくないというように痙攣する。その痙攣こそ、これが脳内映画ではないことを物語っている。

それでもチャーリーは、願い、望み、祈り、懇願せずにはいられない。これは自分のまちがいであってほしい。自分の見ているものが現実でなくなるのにふさわしいときがあるとすれば、いまをおいてほかにないと。だが、雪は依然としてフロントガラスをたたき、ワイパーは依然として作動し、ジョシュは依然としてハンドルを握り、窓の曇りは依然として縮小をつづけ、その単語は依然としてガラスに残り、すべてが現実だとわかる。

ずっと現実だったのだと。

ジョシュは嘘をついていたのだ。一から十まで。

そしてチャーリーはそれを許してしまった。いや、それに手を貸してしまった。自分の頭を疑うことで。いかにも危うそうな様子を見せることで。この女はなんでも信じこむ、どんなことを言ったりやったりしてもだいじょうぶだと、そう思わせることで。これはまさにあの映画の筋書きにそっくりだ。

《ガス燈》に。

その映画は何度も見たことがあるというのに、実生活ではチャーリーは完全にだまされてしまった。こんなにおびえていなければ、猛烈に腹が立っているところだ。けれども、怒りは恐怖に席を譲る。ジョシュがそんなまねをする理由としてチャーリーに思いあたるものは、ひとつしかないからだ。

ジョシュがキャンパス・キラーなのだ。

〝ことによると〟でも、〝もしかしたら〟でもなく。

明らかに。それはもう疑問の余地がないとチャーリーは思う。直感がそれしかないと告げているし、チャーリーの直感は今夜これまでのところ、彼女の頭より信頼の置ける導き手になっている。ジョシュは歯のことを知っていた。それだけでもチャーリーの頭の中では、ジョシュは充分に犯人だ。しかもジョシュは、この四年間オリファントの近くに住んでいたとも言った。それはキャンパス・キラーの活動期間と一致する。

アンジェラ・ダンリーヴィが四年前。

テイラー・モリソンが三年前。

マデリン・フォレスターが二か月前。

刺され。殺され。記念品がわりに歯を一本引き抜かれている。

チャーリーは幻想を抱かない。ジョシュはチャーリーにも同じことをしようとするはずだ。

しないはずがない。だから彼女はここにいるのだ。これは不気味な偶然ではない。ジョシュの企んだことなのだ。ジョシュは彼女を捜し出したのだ。

〝次はきみを襲おうとするかもしれない〟

そのとおりにしているわけだ。

しかもそうするのは、チャーリー自身のおかげで実に簡単だった。ジョシュはただ掲示板の前に現われ、あの映画スターの笑みを見せて、きみを苦悩と罪悪感から連れ去ってやろうと申し出るだけでよかった。あとはチャーリーがやったのだ。

でも、とチャーリーは考える。どのみちこうなったのではないか。自分が何をしようと、結局はこれと同じ状況に陥ったのではないか。自分はいままで、そんな目に遭って当然なのだと考えていた。だから運命もそれに同意して、これをすべて画策したのではないか。マディを救えなかった罰として。

いま重要なのは、こんなことになった経緯でも理由でもない。この状況からの脱出法を見つけることだ。そんなものがあればの話だが。これはまさに罠が閉じかけたときの鼠の気分ではないだろうか。逃げようとしても遅い。やってしまったことは取り返しがつかない。自分の招いた破滅はもはや避けられない。観念して罠が閉じるのを待つ鼠だ。

「また黙りこんでるね」ジョシュが何食わぬ口調で言う。何も不審な点はないし、自分はそんな人でなしではないといわんばかりに。「ほんとに車酔いじゃないの?」

たしかに気分は悪いけれど、それは車のせいではない。でも、ジョシュにはそう思わせておけばいい。ジョシュの恐ろしい所業を何もかも知っていることがばれるよりはましだ。それを知っておびえていることが。恐ろしさのあまりゲロを吐かない自分に、自分でもびっくりしていることが。

だが、チャーリーの中の無謀で危なっかしい部分は、ジョシュが何者で何をしたのか全部知っていると教えてやりたくなる。ジョシュは明らかにチャーリーをもてあそんでいる。数々の嘘も。あの曲も。気を惹こうとする口ぶりも。チャーリーの感情をもてあそぶのが楽しくてやっているのだ。なぜさっさと教えて、ジョシュにそんな満足をあたえることを拒絶しないのか?

教えたらジョシュはもう、チャーリーを殺すしかなくなるからだ。

チャーリーは——ありえないように思えるほどの深い戦慄とともに——こう考える。ジョシュがわたしを車に誘いこんでハイウェイに乗ったのは、そのほうが簡単だからではないだろうか。そうすれば車をちょっと路肩に停め、わたしの喉を掻き切り、車から押し出すだけですむ。エンジンを切る必要すらない。誰かが路肩で血を流して死んでいるわたしに気づくころには、ジョシュは何キロも先へ行っている。

やはり何も明かさないのがいちばんだ。チャーリーの中のおびえた理性的な一部は、そう自分に言い聞かせる。

いちばん頭脳的で、勇敢で、慎重な行動は、何も知らないふりをすることだ。ジョシュは自分の正体を知られたのがはっきりするまでは、危害を加えようとしないかもしれない。辛抱強い人間で、できるだけ待つつもりかもしれない。知らないふりをしていれば、そのうち逃げ出せるかもしれない。

でも、どこへ？

それが問題だ。

逃げられる場所はどこにもない。いま走っているのはポコノ山地のど真ん中で、ほかに車は見あたらない。グランダムはハイウェイの中央車線を、この雪にもかかわらず百十キロで突っ走っている。車から飛びおりるのはとうてい不可能だ。いくら自分の手がまたドアの把手に戻っていようと、いくら脚と眼がひくひくしていようと、いくらおびえて縮こまった心臓が一拍ごとに飛びおりろと懇願してこようと。

チャーリーは自分にこう言い聞かせる。こんな猛スピードで車を走らせているときには、ジョシュだって手出しはできないはずだ。

車が走っているかぎり自分は安全だ。

グランダムはいずれかならずスピードを落とすはずだから、スピードを落としはじめたらあの料金所でやろうとしていたみたいに、飛びおりて全力で逃げよう。

「聞こえた？　おれの言ったこと」ジョシュがしつこく言う。「ほんとに車酔いじゃないのって訊いたんだけどな」

チャーリーはおし黙っている。何か言ったほうがいい。というか、言わなくてはならない。でも、舌は口の中で死んだように動かず、使いものにならない。しばらく奮闘したあと、ようやくしゃがれた声が出る。

「ちがう」

「きみの言葉は信じられないな」

チャーリーは思わず皮肉な笑いを漏らしそうになる。その気持ちはおたがいさまだ。でもそこで、ジョシュが「ハイウェイをおりよう」と言い、笑いは喉の奥でしぼむ。

「どうして？」チャーリーは訊く。

「食事のできるところを探そう」

「わたし、おなかはすいてない」

「おれはすいてる」とジョシュは言う。「それに、きみも何か食べれば元気になると思うし」

チャーリーにはそれがただの口実であり、来るべき時が来たのだとわかる。自分が最初にこの車に乗りこんだときから用意されていた瞬間が。

出口ランプが見えてくると、ジョシュは右車線に車を入れる。チャーリーは落ちつけと自分に言い聞かせる。

こちらが何もかも知っているのを気取られないこと。

それができれば、もしかしたら助かるかもしれない。

だが、グランダムが出口ランプをおりて、州間高速道とはまるでちがう道に出たときには、できるとは思えなくなっている。ランプのそばで競合する二軒のガソリンスタンドと、シャッターのおりた〈バーガーキング〉の前を通過すると、道は山地の森に延びる二車線だけの舗装道路に変わり、眼の届くかぎり真っ暗になる。ほかに車は走っていない。グランダムと、森と、夜の闇と、フロントガラスを伝い落ちる雪だけ。

その道路の名を記した標識を見てチャーリーは身を固くする。自分たちがハイウェイをおりて走りだしたその道の名は――

デッド・リヴァー・ロード。死川街道。

そんな名前の場所にわざわざ行こうとする人間はいない。むしろ人が避けようとする場所のように聞こえる。道に迷った人間か鈍感な人間しか訪れない場所に。

でも、ジョシュは道に迷ったようには見えない。どこに行こうとしているのかきちんとわかっているらしく、道路脇に迫る木々をヘッドライトの光で照らし出しつつ、自信ありげに森の中を走っていく。行く先をすでに決めてあるからだろう。ちゃんと調べてあるのだ。

いまこそ行動を起こすときであり、いよいよ車から飛びおりるべきだ。チャーリーはそう思うものの、恐怖というあの重くて厄介なものにがっちりと押さえつけられている。

マディも二か月前これと同じ状況に陥ったのだろうか。そうでないことをチャーリーは心から願う。わが身に何が起ころうとしているのか、マディが気づいていなかったことを。マディの最後の時がいつもどおり華やかで生き生きとしていたことを。

「引き返したほうがいいよ」とチャーリーは言う。恐怖を気取られまいとして口調がロボットみたいになる。「ここにはなんにもない」

「あるんだ」とジョシュは言う。「さっきハイウェイで看板を見た」

チャーリーが見たのを憶えている看板といえば、あのつぶれたリゾート・ホテルの看板しかない。

「こんな時間だよ。きっともう閉まってる」とチャーリーは言う。

ジョシュは道路を見つめたままハンドルをきつく握り、腕を強ばらせて運転をつづける。

「まだあいてるかもしれない」

チャーリーはなおも反対する。耳を貸してもらえないのは明らかだとしても、現時点ではそれしかできることがないからだ。

「もう遅いし、わたしたちすごく時間をむだにしてるし、わたしはうちに帰りたいだけなんだから」

〝うち〟という言葉で声がうわずる。悲しみのかけらがはいりこむ。うち。

いまごろノーマばあは、うちでチャーリーの帰りを待っていることだろう。ローブにナイトガウン姿でバーボンをやりながらカウチに座っている姿が眼に浮かぶ。眼鏡にはテレビでやっているバズビー・バークレーのミュージカル映画が映っているだろう。そう思ったとたん、チャーリーの心臓も声と同じようにぴくりと跳ねあがる。

その絶望的な悲しみのあとから、戦いたいという気持ちが湧きあがってくる。このドライブのあいだほとんど逃げ出すことばかり考えてきたチャーリーは、その衝動に自分でも驚く。でも、戦うしか道はないのかもしれない。

やられる前にジョシュをやるしか。

足元のバックパックを見おろす。中にはいっているのは、普通ならハンドバッグにはいっているようなものだ。財布、小銭、ティッシュ、チューインガム。オリファントに入学するときノーマばあがくれた催涙スプレーはもうない。一年以上前になくしてしまい、補充することは考えなかった。身を守るのに使えるものといえば数本の鍵しかない。チャーリーがバックパックを持ちあげると、それが底でカチャカチャと音を立てる。

ジッパーをあけて中に手を突っこみ、手探りで鍵を探す。大した役には立たないだろう。催涙スプレーほどの効果は期待しようもない。でも、指のあいだから突き出すようにして《エルム街の悪夢》のフレディ・クルーガー風に持ったら、ジョシュの攻撃をはねのけられるかもしれない。

もっとも、ジョシュはいまにも襲ってきそうにはとうてい見えない。穏やかにハンドルを握り、前方を指さす。人工照明の光で空がぼんやりと明るんでいる。まもなく一軒のダイナーが見えてくる。映画のセットかと思うほど古風なダイナーだ。

店の正面の広い窓の下にはクロームの外壁がはられ、窓のむこうには、赤いブース席と青いテーブルが見える。入口のドアには一枚のボードがかかっていて、黒地に赤い文字で〝ただいま営業中（イエス・ウイ・アー・オープン）〟と伝えている。屋根にはネオンサインがついており、〝スカイライン・グリル（The Skyline Grille）〟と店名を綴（つづ）っている。最後の〝e〟がややチカチカしているのは、自分でも必要ないのがわかっているからだろうか。

「言っただろ？　あいてる店があるって」ジョシュはそう言いながらグランダムを駐車場に乗り入れる。「もっと人を信用しなくちゃ」

　チャーリーは警戒しつつうなずく。真実はその逆だ。信用したばかりに自分はこんな状況に陥っているのだ。募る一方の疑惑の声に耳を傾けていたら、こんなはめにはならなかっただろう。

　ジョシュが駐車スペースに車を入れているあいだに、チャーリーは状況を検討してみる。だが、戸惑うばかりだ。ジョシュがチャーリーをこんな場所に、彼女が助けを得られる場所に連れてきた理由がわからない。

「さあ、行こう」とジョシュは言う。「きみはどうか知らないけど、おれはもう腹ぺこだ」

　ふたりは車をおり、ジョシュはチャーリーの数歩先を歩いていく。駐車場を横切りながら、チャーリーはバックパックを抱えて、次はどうするべきか思案する。即座に事態を終わらせるのがいちばんだろう。ダイナーに駆けこんで、あの人がわたしを殺そうとしている、と叫ぶのが。あの人は前にも人を殺したことがあるし、これからも誰かに阻止されるまで殺しつづけるはずだと。

　駐車場にはほかに三台の車が駐まっている。黒いフォードのピックアップ・トラックと、箱形の小型車と、運転席のドアにへこみのあるパウダーブルーのキャデラック・ドゥヴィルだ。その三台の運転手のなかに、ジョシュを制止できるような人物がひとりでもいるだろうか。ジョシュは大柄でたくましい。制圧するには同じくらい大柄でたくましくなければならない。

小型車とキャデラックの運転手にその力はないのではないか。となると、あとはピックアップの運転手しかいない。

ただし、その人がチャーリーの話を信じてくれればだ。

それはチャーリーも重々承知している。ダイナーに駆けこんで連続殺人犯がどうのとわめいたところで、厄介な女だと見なされるのがおちだろう。酔っぱらっているか、頭がおかしいか、でなければその両方だと思われるに決まっている。休憩所の洗面所で出会ったあの女性にもそう思われた。チャーリーは自分がその女性にどんな眼で見られたか憶えている。ひどく疑り深く、助けるのは気が進まないという眼だった。〈スカイライン・グリル〉の従業員と客にも同じように見られない保証はどこにもない。いまの自分は休憩所にいたときと同様の切羽つまった危ない顔をしているはずだ。それでは相手に助けようという気を起こさせるのは難しいだろう。人間というのは、同じ人間にそんな途方もない残虐性が備わっているとは信じたがらないものだ。自分が出会う人々はみな自分と同じような人間だと思いたがる。

いい人間だと。

チャーリーも掲示板の前でジョシュに出会ったときにはまさしくそう考えた。それどころか、休憩所でもそう考えた。ジョシュが舌で雪を受けとめるのを見て、ジョシュと――もう一度――車に乗りこむのがいちばん賢明な行動だと判断した。

ところがそれはまちがいだった。

だったらいまの危惧もまちがいで、ダイナーにいる誰かはチャーリーの言うことを信じてくれる可能性はある。

でも、もし誰も信じてくれなかったら――誰もが休憩所の女性と同じような眼でチャーリーを見たら――チャーリーの行動は結局、ジョシュがどんな人間かこちらは知っているのだという事実を本人に明かすことにしかならない。いい人間ではないという事実を。たとえいまは、親切ぶってチャーリーのために店の入口のドアをあけたまま押さえていてくれようと。

そのとき、ドアのほうへ歩いていくチャーリーの眼に、もっといい選択肢が――もっと頭脳的で勇敢で慎重な選択肢が――店の外にあるのが見える。建物の横のほう、右側の角から一、二メートルのところに。

まともに使えそうな一台の公衆電話が。

適当な言い訳をして外に出てくれれば、警察に電話できる。警察はチャーリーの話を信じざるをえない。それが仕事なのだから。警官が派遣されてきたら、彼女は店の外で待っていて、ジョシュについて知っていることを洗いざらい話す。警官が彼女の話を信じようとせず、ジョシュが彼女をだましたように警官までだましても、彼女は大騒ぎすればいい。酔っぱらいか頭のおかしな女だと思わせれば。留置所や泥酔の罪など、ジョシュが企んでいることに比べればはるかにましだ。

チャーリーは心を決める。

公衆電話でいこう。

いまやらなくてはならないのは、それを使えるだけのあいだジョシュから離れることだ。

ダイナーの店内――夜

店内に人影はほとんどない。ウェイトレスがひとりと、奥に姿の見えないコックがひとり、あとは窓ぎわのブースにカップルがひと組。このふたりは二十代後半の男女で、酔っぱらいの倦怠感を漂わせている。チャーリーの助けにはあまりなりそうにない。

それはウェイトレスも同じで、こちらは六十の坂をとうに越えているように見える。髪を高く盛りあげ、珊瑚色の口紅をつけ、ミントグリーンの制服の袖から染みの浮いた腕を棒のように突き出している。

「どこでも好きなところに座って」と入口のそばでガラスのデザートケースの中のパイをならべなおしながら言う。「超特急で行くから」

チャーリーは店の左側に、カップルの座っているほうへ行こうとする。隣の席にさっさと座ってしまおうと思ったのだ。人が多ければ怖くない。だが、女のほうがその瞬間を選んでけたたましい酔っぱらいの笑い声を立てて、ジョシュを店の反対側の隅のブースに追いやる。壁に押しつけられたジュークボックスの隣に。しかたなくチャーリーもそちらに行く。

そのブースに滑りこんでジョシュのむかいに座ったあとも、コートを着たままでいる。電話をかけるためにすぐに外に出るのであれば、脱いでもしかたない。それに、着ているともうひとついいことがある。闘牛士のケープと同じで、その鮮やかな赤が店内のほかの人たちの眼を惹くのだ。いつもなら目立つのを嫌うチャーリーだが、いまはその注目がありがたい。全員の眼が彼女に注がれていれば、ジョシュもおとなしくしているほかはない。

だが、流れがチャーリーのほうに向いていたのはほんの束の間にすぎない。腰をおろして窓の外を見たとたん、彼女の心臓は胃の中まで落ちこみ、胃は店の床まで落ちこむ。

あの公衆電話がすぐ外にある。

窓のすぐ反対側に。

ジョシュにまる見えだ。

数十センチしか離れていない。

チャーリーは大きく息を吸い、落ちつきを保とうとする。計画を変更して、とにかく騒ぎを起こすべきかもしれない。チャーリーはもう一度すばやく店内の人々の様子をうかがう。反対側の隅にいるカップルは、コートを着たり手袋をはめたりしている最中で、明らかに帰り仕度をしている。女のほう――ふたりのうちでとくに酔っているほう――がマフラーに髪をからませてしまい、またけたたましく笑う。

「運転してだいじょうぶ？」出ていくふたりにウェイトレスが声をかける。

「だいじょうぶ」と男が言う。

「なら好きにして」とウェイトレスは言い、「立木にぶつかっておっ死んでも、あたしゃ知らないよ」と小声で付け加える。

ウェイトレスはふたりが駐車場に駐まっている小型車に乗りこんで走り去るまで見送る。それを見てチャーリーは、彼女が他人のことを気づかう様子に感銘を受ける。警察に電話するという考えを捨てて、直接ウェイトレスに助けを求めることにしたら、そのぶっきらぼうな気づかいが必要になるかもしれない。

ウェイトレスはデザートケースを閉めてスイッチを入れる。ケースがクリスマスのウィンドウ・ディスプレイさながらにライトアップされ、三段にならべられたパイが中でゆっくりと回転しはじめると、ウェイトレスはメニューを二枚つかんで、ふたりのテーブルにやってくる。

チャーリーはそのウェイトレスに見憶えがあるような気がするが、思い出せない。テレビ番組で見かけた性格俳優を、ほかになんの番組で見たんだっけ、とひと晩じゅう考えても思い出せないのと同じだ。たぶん映画に出てくる典型的なウェイトレスにそっくりだからだろう。耳に鉛筆をはさんでいるところまでそのままだ。

それでも、チャーリーは名札を確認する。

マージ。

「飲み物はなんにする、おふたりさん？」マージはいかにも喫煙者らしいしゃがれ声で言う。

ジョシュはコークとコーヒーを注文する。チャーリーは紅茶を頼む。

「火傷するぐらい熱くしてください」先のことを考えてそう言う。ジョシュの顔に熱湯を引っかけてすばやく逃げなければならなくなる場面を想定したのだ。

マージはいかにもプロらしくメモは取らない。「地獄みたいに熱いやつね。了解」

マージが立ち去ると、ふたりはメニューをながめる。メニューはビニールのスリーブに収められていて、ジョシュの財布にあった免許証を思い出させる。もっともあの財布は実際にはジェイクの財布だろう、とチャーリーは思う。二十の質問ごっこと同じで、もはやあの財布も脳内映画の一部だったとは思えない。たぶんジョシュはどこかの時点で免許証を入れ替えたのだ。おおかた料金所で係員とおしゃべりをしているあいだだろう。実に抜け目がない。それは認めざるをえない。

ならばこちらはそれ以上に抜け目なくふるまう必要がある。

「きみはなんにする？」ジョシュが訊く。

チャーリーはメニューをながめる。何かを食べると考えただけで胃がむかむかする。でも、ジョシュに怪しまれないためには何かを注文するしかない。フレンチフライをひと皿頼むことにする。それなら必要とあらばどうにか呑みくだせるかもしれない。

マージが飲み物を持って戻ってきて、チャーリーの前にカップを置く。中のお湯は直前まで沸騰していたらしく、まだ落ちついていない。つづいてリプトンのティーバッグと、小さな器に入れたレモン・スライスひと切れと、プラスチック容器入りのクリーマーをふたつ。

「お砂糖は調味料の横」とマージは言う。「それと、気をつけてね。火傷しないでよ」

チャーリーはティーバッグを引っぱり出してお湯につける。カップはひどく熱くなっていて、把手まで熱い。彼女はかまわず指をかける。カップを持ちあげて中身をジョシュに引っかけることを阻むのは、皮膚に感じるその熱だけだ。

その様子を想像する。脳内映画ではなく空想で。紅茶が飛ぶところを。ジョシュが悲鳴をあげ、身を縮め、ブースから転げ落ち、自分がその隙に逃げるところを。マージがジョシュの飲み物を持って戻ってくると、空想は終わる。「決まった？」とマージは言う。

「フレンチフライだけお願いします」チャーリーは言う。

マージは耳にはさんだ鉛筆を取り、エプロンの深いポケットから注文票を取り出す。「グレービーは添える？」

「何も添えないで」

マージはジョシュを見る。「あんたは？　ハンサムさん」

「日替わり定食は何？」ジョシュはまだメニューを見ている。

「ソールズベリー・ステーキ」マージは答える。

ジョシュはマージにメニューを返す。「いいね、それにしよう」

「おいしいわよ」マージはそう言うと、ウィンクをして立ち去る。

マージは店の奥にあるスイングドアのむこうに姿を消す。ドアについた丸窓からひょこひょこと、姿の見えないコックに注文を伝える彼女の盛り髪がのぞく。

それでまたチャーリーとジョシュのふたりだけになる。

「この店には音楽が足りないな」ジョシュはそう言うとブースから滑り出て、ジュークボックスの前に行く。五〇年代を舞台にしたドラマ《ハッピーデイズ》に出てくるような、古めかしい大型のジュークボックスだ。二十五セント玉を二枚投入してから、曲を選ぶ。

最初にかかったのはドン・マクリーン。

〈アメリカン・パイ〉

ジョシュがブースに戻ってくると、チャーリーは行動を起こすときが来たのを悟る。自分には計画がある。それを実行に移さなくてはならない。バックパックをつかみ、窓の外の公衆電話を身振りで示す。

「ちょっとだけボーイフレンドに電話してくるね。途中で電話を入れろと言われてるの。すぐに戻る」

ブースから滑り出て、ドアのほうへ向かう。はやる気持ちを抑えるように、強いてゆっくり歩いていく。ジョシュが見ているはずだ。それはわかっている。ジョシュは今夜ずっとチャーリーを監視していた。監視していないように見えるときでも、監視していた。だからチャーリーの行動をすべて予測できたのだ。

でも、それもあとほんの少しで終わりだ。

いまわたしは逃げ出す寸前なのだから。

ダイナーの外――夜

外に出たとたん、チャーリーはいまの考えを訂正する。

もう逃げ出す寸前ではない。逃げ出したのだ。外に出て公衆電話のほうへ歩いている。あとは警察に電話して、大至急来てくださいと伝え、外で待っていれば、ものの数分で警察が来てくれる。

チャーリーは店の角を曲がって公衆電話の前で立ちどまる。窓のすぐむこう側にジョシュがいて、コーヒーを飲んでいる。チャーリーのほうなど見てもいない。

よし。

受話器をフックから持ちあげ、切れ目のない発信音のうなりを耳にあてる。だが、そこで迷う。次はどうすればいいのか？　これまで公衆電話から九一一番通報したことなどない。硬貨を入れる必要があるのだろうか？　0を押してオペレーターを呼び出すのだろうか？それとも誰かが応答してくれることを期待して、ただ九一一を押せばいいのだろうか？

鳴りつづける発信音に急きたてられて、チャーリーは三番目を選ぶ。

9を押す。

1を押す。

もう一度1を押し、落ちつかない視線を窓に向ける。

ブースが空だ。

ジョシュがいなくなっている。

チャーリーの心臓が止まるのと同時に、受話器からカチリという音が聞こえる。九一一番の担当者が電話に出たのだ。だが、チャーリーにとってそれは、自分が恐怖にがっちりととらえられた音だ。

「九一一番です。緊急事態ですか?」担当者が言う。

チャーリーは黙りこむ。ひとつには怖くなったからであり、もうひとつには誰かが近くにいるのを感じ取ったからだ。店の角のすぐむこうでぶらぶらしている。ぎょっとするほど近い。

ジョシュだ。

あわてて受話器をフックに戻すのと同時に、建物の角からジョシュが完全に姿を現わす。

「どうしたんだ?」ジョシュは言う。

チャーリーは何か言えと自分に念じる。言うしかない。「番号をまちがえちゃった」普通の口調を必死で保とうとしながらそう答える。

「自分のボーイフレンドの番号もわからないのか?」

「指が滑ったの」ばかなわたし、と肩をすくめてみせる。

「もう一度かけてみないのか？」

チャーリーはバックパックを持ちあげる。「小銭がなくなっちゃった」

「まかせてくれよ」ジョシュはポケットに手を突っこんで硬貨をひとにぎりつかみ出し、チャーリーに差し出す。チャーリーはそれを受け取るものの、手と手が触れあうと心の内で身を縮め、その気持ちが外に表われていませんようにと願う。

頭脳的に、
勇敢に、
慎重に、だ。

「ありがとう」手のひらの小銭が焼けるように熱く、石炭みたいにオレンジ色に光って見える。地面に落としたいという衝動と闘う。

「かまわないから、かけてみなよ」とジョシュは電話のほうへ顎をしゃくる。「おれのことは気にしないで。ちょっと新鮮な空気を吸いにきただけだから」

もはやチャーリーはロビーにかけるしかない。ほかに選択肢はない。九一一番にかけたら、ジョシュはチャーリーの言うことを残らず聞いて、ぬかりなく対処するはずだ。警察が到着したときにはもう、チャーリーはここにいないだろう。自分がどれほど華奢(きゃしゃ)か、どれほど弱いかをチャーリーは知っている。彼女をつかまえて、グランダムの車内へ引きずりもどすことなど、ジョシュには造作もないことだろう。あるいは、もっと悪くすれば、この駐車場でチャーリーを刺し殺して、すべてにけりをつけることだってできる。ナイフを何度かすばやく突き刺し、口から歯を一本引っこ抜いて、姿を消すだけでいいのだ。

チャーリーは指が憶えている番号をすばやく押す。もちろんロビーの番号は暗記している。その点はジョシュの言うとおりだ。かけまちがいなど、しようとしてもできない。

受話器を通して、録音された音声が七十五セントを電話機に投入しろと指示してくる。チャーリーは言われたとおりにする。指がひどく震え、投入口に二十五セント玉を三枚どころか、一枚入れるのもひと苦労だ。電話機の奥深くへ硬貨が一枚ずつチャリンと音を立てて落ちると、呼び出し音が鳴りはじめる。

一回。

チャーリーはジョシュを見る。ジョシュは二、三メートル後ろへ下がって、ダイナーの角に立ち、両手をポケットに深く突っこんでいる。

二回。

ジョシュがチャーリーのほうをちらりと見て微笑み、空を見あげる。

三回。

ジョシュが口笛を吹きはじめる。軽い、せっかちなトリルを。それを聞いて彼女は《疑惑の影》のチャーリー叔父さんを思い出す。チャーリー叔父さんも口笛を吹いていた。ジョシュのものとはちがうけれど、同じように神経にさわる曲を。

ロビーは四回目の呼び出し音で電話に出ると、くたびれきったかすれ声で、もしもし、と言う。

「あ、わたし」チャーリーは自分の声がおかしいのに気づく。かぼそくて、少々おとなしすぎる。「途中からちょっとかけてみただけ」

「どんな調子？　〝順風満帆さ、スイートハート〟ってところ？」

チャーリーはジョシュに眼をやる。聞いていないように見えても聞いているのがわかる。口笛が止まっている。

「実はね、〝ちょいと遠まわりしているんだ〟」

「またまた」とロビーは真に受けない。

「まじめに言ってるんだよ」チャーリーはまじめとは反対の口調で言う。そうせざるをえない。ジョシュがひと言も聞き漏らすまいと耳をそばだてているのだから。「わたしたち、もうハイウェイを走ってないの」

「どういうことさ」とロビーは言う。「いまどこにいるの？　何があったの？」

「長くは話せない。ちょっと声を聞きたかっただけだから」

「チャーリー、どういうことなのか話してくれなくちゃ」ロビーはうろたえた口調で言う。パニックが声に表われている。「ヒントだけでも教えてよ」

「ああ、それがね、走ってたらおなかがすいちゃって、ハイウェイをおりることにしたの」

そう言いながらチャーリーは笑みをこしらえて、それがロビーと同じように声に表われることを願う。といっても、ロビーのためではない。もちろん自分のためでもない。

ジョシュに聞かせるためだ。ジョシュはまだ両手をポケットに突っこんだまま、また空を見あげている。

「場所は？」とロビーは言う。「場所は言える？」

「ポコノ山地。すっごくかわいいダイナーにいるの。〈スカイライン・グリル〉っていうお店」

チャーリーはロビーが全部書きとめていてくれることを願う。少なくとも記憶にはとどめていてくれることを。そして彼女が電話を切ったらすぐさま警察に電話してくれることを。

「逃げられる？」とロビーは訊く。

「いまはだめ。もうすぐ食事が来るから」

「くそ」ロビーは途方に暮れてちょっと考えこむ。「ぼくはどうしたら力になれる？　何をしたらいいか教えて」

チャーリーはどう答えていいかわからない。暗号は使い果たしている。これ以上のことはふたりとも考えていなかった。早い話がたんなる冗談だったのだから。別れの寂しさを紛らすために考え出したものなのだから。ところがいま、チャーリーの生死は彼女が次に言うことで冗談ではなく決まるかもしれないのだ。

「映画でも見てよ。《疑惑の影》を」

チャーリーはそう言い、ロビーがそのヒントを理解してくれますようにと祈る。もちろんロビーはその作品を見ている。つきあいはじめた最初の月に、彼女が自分の名前の由来を知ってもらうため見せたのだ。彼女はいま、その映画の筋書きが現実になりつつあることに、現実が芸術を最悪の形で模倣していることに、ロビーが気づいてくれますようにと祈る。

「四時間ぐらいでうちに着くはず」とチャーリーはこんどは完全にジョシュに向けて言う。わたしのボーイフレンドはわたしが特定の時刻までに家に着くものだと思っている、そうならなければ心配するはずだ、というかなり露骨な警告だ。「着いたらまた電話するね」

「チャーリー、待って――」

彼女はロビーがほかに何か言わないうちに電話を切る。こんなにうろたえて途方に暮れたロビーの声はこれ以上聞いていられない。それに、めそめそした別れは避けたかった。最後の言葉など言い残すつもりはない。やむをえないときが来るまで。

「すんだ?」とジョシュが言う。

チャーリーはうなずく。

「よかった。外は寒いからさ」ジョシュはあの完璧な笑顔を見せる。「早く中にはいらないと死んじゃうよ」

ロビーのアパートメント内――夜

チャーリーが電話を切ってから一分はたつというのに、ロビーはまだ受話器を握っている。両親から誕生日プレゼントにもらったもので、近頃流行りのあの高価なコードレス電話だ。無意味なものだと思っていたが、いまその便利さがわかる。もつれたコードに邪魔されることなく寝室内を歩きまわれる。

だから彼は歩きまわる。

行ったり来たり。

行ったり来たり。

いつまでもこうしていたら絨毯(じゅうたん)が擦りきれてしまう。何もせずにいたら。だが、そんなわけにはいかない。何かしなくてはならない。

そこで＊69を押し、自分のところに最後にかかってきた番号にかけなおす。

電話が鳴っているあいだも彼は歩きまわる。

行ったり来たり。

行ったり来たり。

五分前、ロビーはぐっすり眠っていた。

どんな夢だったのかもはや思い出せない夢を見ていると、ナイトスタンドの電話が鳴り、彼は釣り針にでもかかったように現実に引きもどされた。起こされたことにむっとして、すぐには電話に出なかった。頼んだとおりチャーリーがかけてきてくれたのだろうと見当はついたものの、出ないで放っておきたいという誘惑に駆られた。なぜならチャーリーの言ったとおりだったからだ。チャーリーはニュージャージーからオハイオに向かっている。それ以上退屈なドライブはこの国に存在しない。

だが、それだけが理由で電話に出るのが遅れたわけではない。なんだかんだ言っても、チャーリーはロビーを捨てたのだ。正式にではないが。事実はそうなのだ。きっぱりした絶縁とは対極にある、長くて緩慢な苦痛に満ちた関係解消なのだ。おかげでロビーは、その晩の残りを悲しみと自己憐憫（れんびん）にまみれて過ごした。

だから電話が鳴ったとき、チャーリーからだろうと見当はついても、傷ついたけちな心の一部は、出るのをいやがった。出ないで放っておけば留守だと思ってもらえるかもしれない、と考えたのだ。キャンパスの近くに数多（あまた）あるバーのどれかに行っているのだろう、彼とならと喜んで一緒に帰りたがる大勢の女子学生のひとりとおしゃべりをしているのだろう、そう考えたらチャーリーは嫉妬するだろう。嫉妬したら、ぼくのことが恋しくなるかもしれない。恋しさが募れば、ぼくのところに戻る気になってくれるかもしれない。そう考えたのだ。

だが、結局ロビーは電話に出た——そうなるのは自分でもわかっていた。チャーリーみたいに特別な女の子を無視できるわけがない。

だから受話器をつかんで、もしもしと答え、短い様子うかがいと多少のぎこちないおしゃべりに備えた。するとまったく予想外の言葉が聞こえてきた。彼が冗談で考え出したあのくだらない暗号が。

〝ちょいと遠まわりしている〟

最初ロビーは、チャーリーがふざけているのだと思った。映画をネタにしたちょっとしたユーモアで、まだあなたのことを愛している、あなたのことを考えている、そう伝えているのだと。ところがそのあと、チャーリーは〝まじめに言ってるんだよ〟と言い、それですべてが一変した。

だからいま、ロビーはこうして室内を歩きまわっている。

行ったり来たり。

行ったり来たり。

その間も電話は呼び出しをつづけ、彼はチャーリーが電話に出てくれることを祈りつづける。いまのは全部冗談、なんの問題もない、〝順風満帆さ、スイートハート〟だよ、と言ってくれることを。

五回目の呼び出し音が鳴っても誰も出ないので、ロビーは電話を切り、歩きまわるのをやめ、別の手でいくことにする。

番号案内の四一一番にかける。信頼できる確かな情報源に。こんどは誰かが応答する。ロビーはチャーリーがそこにいると言っていたダイナーの名前を伝え、場所はペンシルヴェニア州内のどこかですが、正確にはどこにあるのか教えてください、と頼む。ありがたいことに、オペレーターは瞬時に調べてくれる。

モンロー郡。ピーク町。死川街道。

「ピーク町の警察の電話番号もすぐにわかりますか？」ロビーは訊く。

オペレーターはわかりますと言い、そこにつないでくれる。二度の呼び出し音のあと、電話は地元警察の通信指令係につながる。

「ガールフレンドのことが心配なんです」とロビーは言う。「トラブルに巻きこまれていると思います」

「どんなトラブルですか？」

「わかりません」

「そのかたはいまあなたと一緒にいますか？」

「いいえ」とロビーは答える。「彼女はポコノ山地にいます。そちらの町の、〈スカイライン・グリル〉というダイナーに」

「そこからあなたに連絡してきたんですか？」

「そうです」

「危険にさらされていると言いましたか？」

「はっきりとは言いませんでした。曖昧にせざるをえなかったんです。男が一緒にいるので。その男がそばで聞き耳を立てていたんだと思います。ふたりは一緒にオハイオまで行くことになっていて、途中で州間高速道をおりて、いまはダイナーにいるんです」

数秒前まで冷静できびきびとしていた通信指令係の声が、にわかに懐疑的になる。「すみませんが、それは緊急事態とは言えませんね」

「言えるんです」とロビーは言う。

チャーリーは《疑惑の影》を見ろと言った。おそらくそれも暗号だろう。主人公の名前がチャーリーなのだから。そしてそのチャーリーは自分の叔父が人殺しなのに気づくわけだから、ロビーはその暗号を、自分のチャーリーも同乗者が人殺しなのに気づいたという意味だと解釈した。

「お願いです、信じてください」と彼は言う。「一緒にいる男のことを、彼女はよく知りません。その男のことを怖がっているようです。本当に危険にさらされているかもしれません。せめて警官を派遣して、彼女が無事かどうか確認してもらえませんか？」

「ガールフレンドのお名前は？」と通信指令係が言う。声がまた和らいでいる。

「チャーリーです」

「チャーリー？」

「はい」とロビーは言う。「話せば長くなります」

「もう充分長くなってますけどね」通信指令係は溜息をつく。「確認のために巡査をひとり行かせるようにしてみます」

ロビーは礼も言わずに電話を切る。状況を考えれば多少の失礼は大目に見てもらえるだろう。それに、通信指令係は巡査を行かせるようにしてみるとしか言わなかった。それはつまり、すぐには行かない可能性もあるということだ。あるいは、まったく行かない可能性も。だが、チャーリーはいまこの瞬間にも危険にさらされているかもしれない。

ロビーは服を着る。Tシャツを着て、靴下と靴をはく。スエットパンツをジーンズにはきかえるのはやめ、コートと財布と車のキーをつかんで部屋を出る。

ここにいても、チャーリーがもう一度電話をかけてくるのを願って、ひたすら部屋を歩きまわるしかない。

いまは行動あるのみ。

チャーリーとのあいだには長い距離があるのだから、ぐずぐずしている暇はない。

ダイナーの店内——夜

ふたりが中に戻ると、ジュークボックスからはまだ曲が流れているものの、ドン・マクリーンはミス・アメリカン・パイにバイバイを言うのをすでにやめ、こんどはビートルズがジュードにヘイと言っている。ジョシュにやたらと礼儀正しく勧められて、チャーリーはやむなく先にドアをくぐり、敗北感と恐怖を同時に味わいつつ奥へ歩いていく。

いまの計画は完全に失敗だった。次はどうしたらいいのか、なんの考えも浮かばない。ジョシュに追いつかれませんようにと祈りながら店から駆け出すよりましな選択肢といえば、ウェイトレスのマージに事情を話すことぐらいだ。

大した選択肢とは言えない。

マージは、チップ目当ての威勢のよさと小うるさいお節介の恐ろしいコンボではあるものの、ジョシュの敵ではない。ジョシュは必要とあらばマージに暴力をふるうだろう。それからチャーリーを殺す。それで終わりだ。

コックのほうは姿を見せてもいない。元プロレスラーでもないかぎり、あまり役に立つとは思えない。

　できることはとりあえずほかにないので、チャーリーは席に戻る。ブースに腰を落ちつけ、おびえているのを懸命に隠しながら新たな計画を考え出そうとする。と同時に、ロビーがヒントを理解して警察に電話してくれることをまだ期待してもいる。五分後には店に警官があふれていることを。

　そのとき、外で公衆電話が鳴りだす。窓ガラスを通してリーンとベルの音が聞こえてくる。それを聞いて、ジョシュは問いかけるような眼でチャーリーを見る。

「電話がかかってくることになってた？」

　二回目のベルが鳴る。

「なってないよ」チャーリーは答える。

　三回目。

「ほんとに？」とジョシュは言う。「出たほうがいいんじゃないかな」

　四回目。

　チャーリーは電話機を見つめる。ロビーが＊69を使ってかけなおしてきたのだ。なぜわかるかといえば、自分がロビーの立場だったら絶対にそうしているからだ。

　五回目。

　ジョシュはブースから出ようとする。「わかった。じゃ、おれが出ようかな」

「だめ」とチャーリーは言い、テーブル越しにジョシュの腕をつかむ。腕は太く、筋肉が張りつめている。体のほかの部分も同様だろう。たくましい。わたしよりずっとたくましい。そう思って彼女は手を離し、ずるずるとテーブルの上から引っこめて膝の上におろす。

　外では、電話が鳴りやむ。

「遅すぎた」とジョシュは言う。「彼氏の電話に間にあわなかったな」

「いまのはわたしのボーイフレンドじゃない」チャーリーは言う。

「あ、そう。ならいいんだけど」とジョシュは懐疑的な口調で言う。

　ふたりは黙りこむ。チャーリーは火傷するほど熱い紅茶を見つめ、ジョシュのほうはコークとコーヒーを交互に飲む。やがてマージが店の奥から食事を持って現われる。

「お待ちどおさん」と陽気に言い、ふたりの前にそれぞれ皿を置く。「冷めないうちに食べちゃって」

　チャーリーは皿に盛られたフレンチフライを見つめる。油でぎらぎらしていて、見ただけで胃がむかつく。むかいではジョシュが、ピクニックに来た田舎者のように紙ナプキンをシャツの襟にたくしこむ。それからフォークと、驚くほど鋭いステーキナイフを手に取り、自分の皿に載った食べ物を見る。グレービーのかかった円形の肉、クリーム・コーン、マッシュポテトのつもりだと思われる灰色のかたまり。そこでいったんフォークをおろすが、ナイフは握ったままだ。

「気になってたことがあるんだ。きみが外で友達と電話で話してたとき」

「ボーイフレンドだよ」とチャーリーはやんわり訂正し、その言葉が効果を発揮してくれることを願う。発揮してくれるかもしれない。それはチャーリーのことを本気で気にかけてくれている人物がいることを意味する。チャーリーの身に何かあったら憤慨する人物が。

ジョシュはうなずく。「ボーイフレンドね。そうそう。その彼と話してたとき、きみ、暗号みたいなものを使ってた？」

チャーリーはフレンチフライを一本つまみ、緊張しながらひと口かじる。そのあとこんどは、まだ熱すぎる紅茶でそれを流しこむ。「なんのこと？」

「なんのことかよくわかってるだろ。〝ちょいと遠まわりしている〟？　そんなしゃべりかたをする人間はいないよ。映画の中でならともかく、実生活じゃ」

自分が電話でしゃべっていることがどれほど滑稽に聞こえるか、気づいていなくてはいけなかったのだ。ジョシュの言うとおり、そんなしゃべりかたをする人間はいないのだから。ジョシュはそこに気づいたからこそ、こうしてテーブルのむこうからチャーリーをにらみつけ、ステーキナイフを握りしめたまま刃を彼女のほうに向けているのだろう。刃先が照明できらりと光り、鋭さをチャーリーに見せつける。たやすく肉にめりこみそうだ。

「わたしになんて言ってほしいのかわからない」とチャーリーは言う。それは事実だ。説明を求めているのか、謝罪を求めているのか、それともたんに彼女の心臓にそのナイフを突き立てる理由を求めているのか、よくわからない。

「何も言う必要ないよ。おれはただ認めてくれたらうれしいなと思ってるだけだ」

「何を？」

ジョシュはテーブルのむこうから手を伸ばしてチャーリーのフレンチフライをひとつつまみ、自分の口に放りこむ。「まだおれを怖がってることを」

チャーリーはマージかコックの姿が見えないものか、できればほかのカップル客がはいってきてくれないものか、と店内を見まわす。でも、自分とジョシュしかいない。自分とジョシュとそのナイフだけだ。

鋭くきらりと光るジョシュの手の延長だけ。

ジョシュはチャーリーがそれを見つめているのに気づいて言う。「おれはただ、怖がらなくていいと言おうとしてるだけだ。きみに危害を加えるつもりはないよ、チャーリー。おれたちは友達だろ？　少なくとも敵じゃないだろ？」

ジョシュは害意のないことを証明するようにナイフを置く。だが、チャーリーの気分は少しも楽にならない。状況は何も変わっていない。自分たちは依然としてふたりきりで、ジョシュは依然としてキャンパス・キラーだ。

「なあ」とジョシュは言う。「こんなことはもうやめるのがいちばんだと思うんだ。きみはこれを食べおえたら、ここに残るべきじゃないかな」

チャーリーは聞きまちがえたのかと思ってちょっと首を振る。「え？」

「きみはここに残れよ。おれは車に戻っていなくなるから、きみは別の方法を見つけて家に帰るといい」

「本気で言ってるの？」

「ああ、本気だ」ジョシュはブースにもたれ、奇術師が袖にはもうタネも仕掛けも隠していないことを示すように、両の手のひらを上に向けてみせる。「そりゃまあ、きみをこんなところに放り出していくのは気が進まないけどさ。でも、きみは明らかにおれを信用してない。それにはおれも傷つくけど、きみがつらい経験をしたのもわかってる。友達が殺されたりとか。そんな経験をすれば誰でも怪しげに見えるもんだ。おれはここまできみを乗せてこられて満足してる。ここからは別々の道を行こう」

チャーリーはすっかり黙りこみ、身じろぎもしなければ瞬きもしない。

嘘だ。

そう考えずにはいられない。

この男は本気で申し出ているわけではない。おれは黙って立ち去る、きみを無条件でここに残していく——そんなのはまったく筋が通らない。したがって欺瞞だ。

それとも本気で言っているのだろうか。チャーリーには理解できないささやかな奇跡が起きて、本当に解放してくれる気になったのだろうか。こんな女には危険を冒す価値も、無理をする値打ちもない、そう判断したのだろうか。それとも、もてあそぶのに飽きたのだろうか。憐れに思いはじめたのだろうか。

「じゃあ、わたしを解放してくれるの？　あっさりと？」

「解放するなんて言うと、まるでおれがきみを人質にしてたみたいじゃないか」とジョシュは言う。「それはちがう。おれはきみを無理やり車に乗せたわけじゃない。きみが自分の意思で乗りこんだんだ」

チャーリーはそうは思っていない。たしかにジョシュの申し出にいそいそと応じはしたものの、それはオリファントを逃げ出したくてたまらなかったからであり、ジョシュが適当な嘘をならべたからにすぎない。しかもジョシュはさらに嘘をつきつづけ、チャーリーがジョシュの正体と所業に気づいたあとも、長いあいだ車にとどめておいた。だから、グランダムに無理やり連れこまれたとは言えないにしても、だまされて乗りこんだのはまちがいない。

そればかりか心のどこかでは、まだだまされていると考えてもいる。こんどは脳内映画ではなくジョシュにもてあそばれていると。大いに希望をあたえておいてからそれをすべて奪い取り、打ちひしがれた彼女の反応を見て楽しむつもりなのだろうと。

首筋にぽつりと火照りが生じる。ちりちりとした怒りが。それはいまの気分にふさわしい。ひと晩じゅう〝ガス燈〟で焙(あぶ)られていても熱くなってこないとしたら、そのほうがよほどどうかしている。火照りとともに、怒りも急速に広がるのがわかる。

チャーリーは嘘をつかれるのにうんざりする。

だまされるのにうんざりする。

いつもこんなにめちゃくちゃに悲しいことにうんざりする。

罪悪感を覚えて戸惑うことにも、頭の中で空想の映画を作りあげてやりすごすしかないほど惨めな人生を送ることにも、うんざりする。

あまりにうんざりするので、自分は何もかも知っているのだとジョシュに言ってやりたくなる。ジョシュが作りあげてきた〝いいやつ〟の仮面をたたき壊してやりたい。それがばらばらに砕け落ちるのを見てやりたい。その仮面の陰に隠れた怪物の正体をあらわにしてやりたい。そんな途方もない衝動に襲われて、チャーリーはそれを実行しかける。食いしばっていた歯をゆるめ、舌を自由にし、真実を解き放つ準備をする。

だが、そこでマージが現われる。コーヒーポットを持ってスイングドアからやってくる。

「注ぎたさしてもらうわね、ハンサムさん」と、ジョシュのコーヒーはまだほとんど減っていないのに言う。

カップになみなみと注ぎたしてから、マージは体を引く。肘がテーブルの上を移動してくる。チャーリーはそれを、ジョシュの皿の横に置かれたナイフと同じほど鋭くかぼそい肘を見つめる。肘は動きつづけ、チャーリーのティーカップにぶつかる。

あとは一瞬のことで、とても避けられない。

肘は動きつづけ、

ティーカップは滑りだす。

どちらも止まらず、カップはついにテーブルから落ちてチャーリーの赤いコートに紅茶をぶちまける。

チャーリーはあわてて立ちあがり、紅茶をぽたぽたとしたたらせる。それはもう火傷するほどではないものの、濡れた服を通してひりひりするほどにはまだ熱い。マージはびっくりしてあとずさり、染みの浮いた片手を口にあてる。反対の手はコーヒーポットをしっかりと握ったまま。

「やっちゃった。ごめんなさいね、お姉さん」

チャーリーはナプキンをコートの前に押しつけながらブースから滑り出る。

「だいじょうぶです」腹立たしいというよりむしろほっとしながら彼女は言う。マージの粗相のおかげで席を立つチャンスが手にはいったのだ。ジョシュから離れて考えをまとめなおすチャンスが。「お手洗いはどこですか?」

マージはスイングドアの隣の小さなアルコーブを指さす。「あすこよ、ハニー」

チャーリーは一直線にそこへ向かう。ナプキンはまだコートに押しつけているものの、もはやぐしょ濡れで、指のあいだから紅茶がじくじく染み出てくる。アルコーブにはいるとドアがふたつあり、一方には〝ガイズ〟、もう一方にはなんと〝ドールズ〟と記されている。チャーリーは〝ドールズ〟のドアを押しあけると、最後にもう一度ジョシュを見たりもせず、すばやく中にはいる。

ジョシュにしてみればこれは〝別々の道を行く〟絶好の機会のはずだが、でもチャーリーにはいやな予感がする。ジョシュはどこへも行かないのではないかと。

チャーリーがトイレから戻っても、まだチャーリーを待っているのではないか。

ダイナーの店内――夜

　マージは介入するつもりなど誓ってなかったのだが、ふたりが店にはいってきたときからトラブルは感じ取っていた。何かがおかしいのは、ふたりの態度や表情から明らかだった。赤いコートの娘（むすめ）はおびえているように見えたし、連れの男のほうはいかにも不機嫌に見えた。マージの経験では、決していい組み合わせとは言えない。

　それでもマージは口をつぐんでいた。その口はたびたび災いの元になってきたからだ。本気で心配になると、彼女はつい口を出してしまう。まだ千鳥足だったあのもうひと組のカップルが帰っていったときもそうだ。あのふたりはマージの言うことになど耳を傾けなかった――あの年頃の連中はみんなそうだ――が、マージは何か言わずにはいられなかった。たとえ自分の良心を満足させるためだけだとしても。だから彼女は忠告し、ふたりはそれを無視した。あとはどうなろうと彼女が気に病むことではなかった。

　だからこのふたりもマージの知ったことではなかった。マージの見るところ、車の中で喧嘩をして、頭を冷やす場所を求めて立ちよったカップルのようだった。そんなカップルはごまんと見ている。

本当に気になりだしたのは、不機嫌そうな男の注文を聞いたときだった。

「日替わり定食は何？」

男がそう訊いたとき、マージはふたりを観察しながらその娘がまるで人質のように見えることと、その事実が自分をひどく不安にさせることについて考えをめぐらせていた。それから娘は電話をかけに出ていき、男もそのあとを、獲物に逃げられるのを恐れるストーカーか何かのように追いかけていった。それもまた気がかりの理由になった。

そのあと、マージは絶対に何かをしなくてはならないのを悟った。してはいけないのはわかっていたが、自分を抑えられなかった。手をこまねいているのは性に合わないのだ。

そこでいれたてのコーヒーのポットを持ち、それに合わせて肘を曲げた。マージの肘はとがっている。それは結婚してからずっと言われていたので、よくわかっている。亡くなったハワードはいつも、寝ているあいだにマージの肘がめりこんでくる、と文句を言っていた。「おい、マージ。おまえ、寝る前にそのいまいましい肘を鉛筆削りにでも突っこんでるのか？」とよく言われたものだ。

癌（がん）で骨と皮ばかりに痩せ細ったいまの姿を見たら、ハワードはなんと言うだろう。

ポットを手にしたマージは隅のブースにもう一度出向いて、そのとがった肘の片方を利用した。そんなまねはしたくなかったが。紅茶のカップをひっくり返すようなまねは。それもあのきれいな赤いコートになど。けれどもマージの見るところ、ほかに手はなかった。どうしてもその娘をひとりにする必要があったのだ。

いまその娘はトイレにいて、マージはきれいな布巾を厨房から持ってくる。厨房に汚れた皿が山積みになっているのは、いつも皿洗いをしてくれている高校生の男の子に、今日は来なくていいと伝えたからだ。十一月の火曜日の晩だ。客が押しよせてきたりはしない。それはいいことだ。そう思いながらマージは、ソーダファウンテンの下の小型冷蔵庫から炭酸水を一本取り出す。

それはほかの客に邪魔されるつもりはないということ。

自分と赤いコートの娘にはたっぷりと話をする時間があるということだ。

ダイナーのトイレ内——夜

トイレは狭くて窓もない。まるで監房だ。胃薬の〈ペプト・ビスモル〉を思わせるピンクの壁をした監房。そこにやはりピンクの個室がひとつと、白いけれど排水管のまわりが錆で汚れている洗面台がひとつ。液体石鹸のディスペンサーの横の壁にはこんな貼り紙がある。

従業員は手を洗うこと。

チャーリーはコートを脱いでUFO形の天井灯の青白い光にかざし、被害状況を調べる。染みは大きくて目立つ。テキサス州のような形に黒々と濡れている。紅茶が生地にすっかり染みこんでいるのを見て、涙がこみあげてくる。よりによってこんなことで今夜自分が涙ぐんでしまうのも皮肉な話だが、泣きたくなる理由も理解できる。

このコートはまったく自分の趣味ではないけれど、マディの残した数少ない形見だ。それがいま、完全にだめになったわけではないにしても、汚れてしまった。もう一度着ることはできるし、着るのもまちがいないけれど、これもマディの思い出と同じようになってしまうだろう。

　取り返しのつかない汚点が残ってしまうはずだ。

　トイレのドアにノックがあり、つづいてウェイトレスのマージの喫煙でしゃがれた声が聞こえる。

「だいじょうぶ？」

「だいじょうぶです」とチャーリーは答えるが、なぜそう答えたのか自分でもわからない。何ひとつだいじょうぶではないのだから。何もかもだいじょうぶとはおよそかけ離れている。

「布巾と炭酸水を持ってきてあげた」とマージは言う。「必要じゃないかと思って」

　チャーリーがドアをあけると、マージが申し訳なさそうな顔でおずおずとはいってくる。チャーリーからコートを受け取って洗面台に行き、自分のしでかしたことに舌打ちしながら、染みに炭酸水をかけて布巾でぽんぽんとたたきはじめる。

「ごめんなさいね」とマージは言う。「ほんとごめんなさい。帰る前に住所を教えて。小切手を送るから、それで新しいコートを買ってちょうだい」

　チャーリーはマージにとても本当のことを言えない。そのコートはマージと同じくらいの年齢だから、そう簡単に替えは見つからないのだとは。そのコートが自分はとくに好きでもないことも、マディの形見だから着ているにすぎないことも。

「ありがたいお申し出ですけれど。でも、けっこうです。失敗は誰にでもありますから」

「あたしにはない。何十年もこの仕事をしてるけど、お客さんにものをこぼした回数は片手で数えられる。ましてやこんなすてきなコート」マージはコートをひっくり返してラベルを検（あらた）める。「ピエール・バルマン。高級品ね」

「友達からもらったんです」チャーリーは言う。

「ずいぶん気前のいい友達ね」

「そうでした。そのときは充分に感謝できなかったんですけれど」

チャーリーは懸命に泣くまいとした。ここでは泣くまいと。薄汚いダイナーのトイレで、それも赤の他人の前で泣きたくはない。でも、マディならこの店がすごく気にいっただろうと、どうしても考えてしまう。ここはいい意味でとてもレトロだ。マディならマージとおしゃべりをしたり、ジュークボックスでペギー・リーをかけたり、女性用トイレのドアの〝ドールズ〟という標示を見て大笑いしたりしただろう。ジョシュではなくマディと一緒にここにいたらと想像すると、眼に涙がどんどんたまってくる。ひと粒が頰を伝い落ちると、チャーリーはあわててそれを拭う。

洗面台ではマージがまた少しコートに炭酸水をかけ、なおもぽんぽんたたきつづける。

「あなた、名前は？」

「チャーリーです」

「チャーリー？」とマージは驚きを隠そうともせずに言う。「これまで大勢のチャーリーに会ったけど、あなたみたいなチャーリーは初めてだね。家族に伝わる名前？」

「みたいなものです」チャーリーは答える。

「いいわね。家族は大切。家族はすべてよ、あたしに言わせれば」

マージは言葉を切り、考えていることを言おうかどうか迷うそぶりを見せるが、それはマージには珍しいことだろうとチャーリーは思う。マージは言いたいことを我慢したり曖昧にしたりするタイプには見えない。

「ねえ、チャーリー、余計なお世話だとは思うけど、あなただいじょうぶ？　むこうでお連れさんと一緒のところを見たら、なんだかちょっと、その、困ってるみたいだったけど」

その言葉のなかでチャーリーが驚いたのは〝ちょっと〟という部分だけだ。チャーリーはすごく困っている。とりわけいまは恐怖と怒りのあいだで揺れている状態なので。それがもうひとつの驚き——自分はあの席でものすごく怒っていたのだ。それはチャーリーにしてみれば新しい感情だった。マディが死んでからというもの、自分にばかり怒りを向けていたのだから。

でも、いまはまちがいなくジョシュに怒りが向いている。たとえジョシュの存在にすっかりおびえ、ジョシュのしてきたことと、するかもしれないことに震えあがってはいてもだ。怒りと恐怖を同時に抱くことができるとは思わなかったけれど、いまの彼女はたしかにその状態にある。その結果が、マージにはそう見えたのだ。

困っているように。

「言ったとおり、あたしが口を出すことじゃないとは思うけど、彼——」とマージはいったん言葉を切り、気づかいを見せようとする。「あなたのことをちゃんとあつかってくれてる？」

ジョシュのことをマージに話してもかまわないのがわかる。話すべきなのが。マージは信じてくれるだろう。ふだんの皺に加えて眉間にも皺を寄せてコートをせっせと布巾でたたいている姿を見ているうちに、チャーリーはマージがテーブルで紅茶をこぼしたのはうっかりではないのではないかと思いはじめる。マージはプロだ。そんな新米みたいなヘマをするはずがない。チャーリーが困っている様子を見て心配してくれ、ふたりだけになる方法を考え出してくれたのではなかろうか。こうしてふたりきりになった以上、いまチャーリーがすべきことは、マージに事情を打ち明け、店の電話を使わせてほしいと頼み、ジョシュに気づかれないようこっそり警察に電話することだ。そうすれば、この長く恐ろしい夜も終わる。

だが、そんな夜はひょっとしたらもう終わっている可能性もある。それはチャーリーを置いていくというジョシュの言葉が本気かどうかにかかっている。でも、本気ではないだろうとチャーリーは思う。ジョシュはずっと嘘ばかりついてきた。いまになって嘘をつくのをやめる理由はない。それはいずれにせよマージを巻きこむべきではないということだ。巻きこめば事態はさらに悪化しかねない。ジョシュにチャーリーを置いていくつもりがなく、チャーリーがマージに疑惑を伝えたことを彼に勘づかれたら、ふたりとも危険にさらされるおそれがある。

そんなことにはなってほしくない。マージは親切な人だ。いい人だ。いい人をこんなことに巻きこむべきではない。

「疲れてるだけです」とチャーリーは言う。「長いこと車に乗っていたので」

「なるほど」とマージは言う。「夜のこんな時間だしね。あたしが言いたいのは、遠慮なくしばらくここにいてちょうだいってこと。もし彼と一緒にいて不安を感じるならね」

「だいじょうぶです。ほんとに」とチャーリーは言う。

マージはコートをもう二回ぽんぽんとたたいてから、できばえを検分する。「あらま、びっくり。炭酸水が効いたみたい」

コートを持ちあげて、紅茶の染みのあったところがただの水濡れになっているのを見せる。「もうちょい乾かしてやれば、新品みたいに見えるはず」そう言いながらチャーリーにコートを返す。

チャーリーは濡れた部分をじっくりと見る。ウールがいくぶん毛玉になり、布巾の綿屑（わたくず）がぽつぽつ残っているものの、それはかまわない。マディなら味が出たと言うだろう。

マージはドアの前で立ちどまる。「あんなこと訊いて不愉快にさせるつもりはなかったの」

「わかってます。不愉快になんかなってません。ご心配なく」

「あなたのことが気になっただけ」とマージは言う。「女はみんなそうする必要があるの、わかるでしょ。おたがいを気づかう必要が。そうしない女には、地獄でとっておきの場所が待ってる」

「感謝します」とチャーリーは言う。「心から。でも、わたしはだいじょうぶですから。コートをきれいにしてくださってどうも」

マージはうなずくと、トイレから出ていく。「お安いご用よ」

ひとりになると、チャーリーはコートを着てトイレの鏡で自分の姿を見つめ、ショックを受ける。顔がグレタ・ガルボみたいに青白い。これまたノーマばあのよく使う言いまわしだ。〝あんた、ガルボみたいに真っ青だよ〟と。

たしかにそのとおりだが、それが似合うのはグレタ・ガルボのような凜とした美人であって、いまのチャーリーはたんに気分が悪いようにしか見えない。いまにも気絶しそうにしか。それは本当に気絶しそうだからだろう、とチャーリーは思う。脚に力がはいらずふらふらし、涙のせいで眼の焦点がぼやけたり合ったりする。いつ床にへたりこんでも不思議はない。今夜経験していることを考えれば、それも無理はないだろう。

幽霊みたいになりはてた自分を見つめながら、チャーリーはみずからにこう言い聞かせる。マージにジョシュの正体を話さなかったのは正解なのだ。このほうがいいのだ。これなら危険にさらされるのは自分ひとりですむのだからと。

でも、それが嘘なのもチャーリーは承知している。助けを求めても誰も本気にしてくれないだろうと考えるのも。ジョシュはうまく言い繕うだろうと考えるのも。置いていくとはっきり言われたのに、ジョシュにそのつもりはないはずだと考えるのも。

すべて嘘だ。

それはジョシュが今夜ずっとチャーリーにつきつづけてきた嘘とはちがうものの、嘘であることに変わりはない。それを隠すために、チャーリーは心もとない言い訳をする——自分は心のどこかでジョシュから離れたくないと思っているのだ。

いまはまだ。

実家を出るとき、チャーリーは若い女が直面する数々の危険を漠然としか理解していなかった。それはまあたしかに、ヤングスタウンは牧歌的田舎町ではなかった。いやな事件はしじゅう起きていた。デート・レイプや暴行ばかりでなく、無数の小さな脅しが女たちに向けられていた。でも、チャーリーはあまり真剣に考えたことはなかった。高校で保健の先生が性的暴行についての授業をしたときも。オリファントに出発する日にノーマばあから催涙スプレーの小さなピンクのボトルをもらったときも。オリファントの女子学生ならオリエンテーション週間に全員が受講しなければならない護身術のレッスンを受けたときも。

マディが殺されて初めてチャーリーは、世の中には平気で女を傷つける男がいるのだという残酷な真実に気づいたのだ。

ジョシュのような男たちの存在に。

けれどマディが殺されたあとも、チャーリーはそれについて自分にできることは何もないだろうと考えていた。彼女もマディもおたがいを愛していたから、ロビーがなんと思おうと永遠に友達でいるはずだった。ところがマディは殺されてしまい、燃えるような怒りだけがあとに残された。だからチャーリーはその怒りを内向させて自分を責めた。

マディを置いてきてしまったことで。

去りぎわに〝うるさいな〟と言ってしまったことで。

バーの外でジョシュを見かけたのに顔を憶えていなかったことで。

チャーリーは自分を責め、自分を嫌悪し、自分を罰した。なぜなら女というのはそうするように教えられてきたからだ。世のアンジェラ・ダンリーヴィたち、テイラー・モリソンたち、マデリン・フォレスターたちは。自分を責めろ、被害者を責めろ。自分たちはみな同じように性的暴行について授業を受け、催涙スプレーの小さなボトルをもらい、護身術のレッスンに耐えたのだから、襲われたのも、レイプされたのも、殺されたのも、自分のせいにちがいないと、そう自分に言い聞かせろと。

それはあなたがたのせいではないとは誰も教えてくれない。責任はひとえに、おぞましいまねをする非道な男たちと、そういう連中を育て、作りあげ、弁護してやるめちゃくちゃな社会にあるはずなのに。世間は自分たちのあいだにモンスターがいることを認めたがらないので、モンスターどもはいつまでも野放しにされ、暴力と非難のサイクルはいつまでも断ち切れない。

チャーリーの脳裡に突然、ポンという音が聞こえるほど勢いよく、ひとつの考えが浮かぶ。頭の奥に光が灯り、シナプスが花火のようにはじける。

ジョシュが立ち去れば自分の身はとりあえず安全になる。でも、ジョシュがほかの誰かに危害を加えるのを阻止するものは何もない。マディのような誰かに。世界はそんな女であふれている。ジョシュを野放しにしておくかぎり、女はひとりとして安全ではない。

マージの言ったとおりだ。助けあわない女たちには本当に地獄でとっておきの場所が待っている。チャーリーはそれをよく知っている。この二か月間そこにいたのだから。そろそろ脱出するときだ。

胸の奥で何かが固まりはじめる。

心臓だ。

マディが死んだあとうち砕かれていた心臓。それがふたたびまとまりはじめ、破片がおのおのの場所に収まって怒りでつなぎあわされていく。

もう一度鏡を見ると、それがはっきり見て取れる。自分がたしかに変わりつつあるのが。顔に血色が戻ってきている。トイレの壁より鮮やかなピンクのつやが、頬にも額にも鼻梁（びりょう）にも広がっている。

心臓と同じように、眼も力を帯びてくる。さきほどまでそこには絶望しか見えなかったが、いまは炎がちろちろのぞいている。

勇気がわいてきて、

恐怖が消え、

自分が危険な女になったのがわかる。

マディの赤いコートをまとっていると、あこがれの映画の中のタフな女たちが自分に乗り移ったような気がしてくる。《深夜の告白》のバーバラ・スタンウィック。《上海から来た女》のリタ・ヘイワース。どの作品でもすばらしいジョーン・クロフォード。男からすれば、キスしたいのか殺したいのかわからない女たち。爪を立てたり引っかいたりせざるをえないがゆえにそうしながら生きていく女たち。

こんどはわたしの番だ。

わたしはもはやキャンパスを出たときの臆病な、自己嫌悪にまみれた女の子ではない。それとは別のもの。

そう、魔性の女(ファムファタール)だ。

このトイレを出たら、ジョシュとともに店を出て、もう一度あの車に乗りこもう。

場所も方法もまだわからないけれど、かならずジョシュに悪事の報いを受けさせてやる。

わたしはそれを楽しむつもりだ。

「**チャーリー?**」

ダイナーのトイレ内――夜

名前を呼ばれてチャーリーははっと現実に引きもどされる。マージだ。つづいてドアがノックされる。

「何か問題でもあったの？」

「いいえ、何も。ちょっと顔を洗ってるだけです」チャーリーは答える。

鏡で自分の姿をもう一度見る。はいってきたときのままの青白く情けない顔。脳内映画でかぶっていたタフな人格の仮面は蛇の皮のようにはがれ落ちている。その自分と眼の前に見えている自分に共通しているものといえば――

ジョシュをひとりで行かせるわけにはいかないという認識だけ。

それが実際に自分が考えたことなのか、それとも脳内映画の一部なのかは判然としないが、その点はどうでもいい。いずれにしろ自分の脳から生まれたものなのだから。プロセスは邪道でも、理解したことは理解したことだ。

頭を離れないその理解とは、ジョシュは阻止される必要があるということであり、それは自分がやらなければならないということだ。ロビーが警察に通報してくれただろう、警察がいまにも現われてジョシュを逮捕してくれるはずだ——そう考えるのは希望的観測であって、あてにはできない。

それに、人のいいマージに協力してもらうわけにもいかない。マージは火傷するほど熱い紅茶のカップなら機敏にあつかえるかもしれないけれど、そんなものはジョシュの手元にナイフがあるときにはなんの役にも立たない。

さきほどチャーリーは、自分がジョシュの車に乗りこんだのは運命なのだと考えたりした。マディをあんなふうにあつかった罰だろうと。でも、いまはこう考えている。状況の形成に運命が手を貸したとしても、それはまったくちがう目的のためではないか。

罰ではなく、贖罪（しょくざい）のためではないかと。

自分はいま、良心のやましさを払拭するチャンスを手にしているのだ。うまくいけば、この二か月間つきまとわれてきた罪悪感が瞬時に消えるかもしれない。完全に立ちなおれるかもしれない。そのために必要なのは、ジョシュをひとりでは立ち去らせないようにすることだけだ。

それは自分に対する義務であり、

マディに対する義務だ。

マディの家族に対する義務であり、ジョシュが殺したほかの女たちに対する義務、ジョシュが将来殺すかもしれない女たちへの義務でもある。ここでジョシュを逃がしてしまえば、さらに犠牲者が出てしまう。

そんなまねをさせるつもりはない。

このトイレを出たら、ジョシュとともに店を出て、もう一度あの車に乗りこもう。

それは頭脳的でも、慎重でも、おそらく勇敢でもないだろう。だが、そんなことはもうどうでもいい。これは自分がやらなければならないことなのだ。そして、こうなった以上自分には、もはや失うものは何もない。

チャーリーは最後にもう一度鏡を見る。脳内映画で見たように眼が力強くなっていることを期待したのだが、逆に、潤んで縁が赤らんでいる。力強さなどかけらもない。それどころか、体じゅうから力が抜けて無力になった気がする。だがそれでも、チャーリーはトイレのドアを勢いよくあけて客席エリアに戻る。

ジョシュはまだテーブルにいる。背中を丸めてコーヒーカップの中をのぞきこみ、チャーリーが戻ってくるのを待っている。ジュークボックスではローリング・ストーンズの曲が終わるところだ。

〈悪魔を憐れむ歌〉

なんとも皮肉だ。隅のブースにいま悪魔がひとり陣取っていること、その悪魔には憐れみの心だけはないことを考えると。

チャーリーはジュークボックスの前で足を止めて、セレクションを見ていく。大半はクラシック・ロックだが、いまどきの曲も交じっている。ブライアン・アダムスとマライア・キャリーのほか、少なくともジョシュには悪夢のふたり、エイミー・グラントとポーラ・アブドゥルも。たんにジョシュをいらだたせるために、そのふたりを立てつづけにかけてやろうかと考える。だがそこで、ちがう考えが浮かぶ。別の曲が眼にとまったのだ。絶対にかけるしかない曲が。

公衆電話の前でジョシュにもらった二十五セント玉のひとつをジュークボックスに投入し、レコードの番号を押す。まもなく曲が店内に響きわたる。

チャーリーが今夜すでに二度聞いたギター・リフ。

〈カム・アズ・ユー・アー〉

それを聞いてジョシュが顔をあげる。ゆっくりと。自分の悪事がばれたことを知った映画の悪党のように。ジェイムズ・スチュアートの望遠レンズにとらえられていたのを悟ったときの、《裏窓》のレイモンド・バーのように。

ジョシュは首をわずかにまわして耳を澄まし、聞きちがいではないことを確かめる。

「名曲だよね」とチャーリーは言いながら自分の席に滑りこむ。「曲が終わるまで待つ？それともわたしたちもう出発する？」

「わたしたち？」

チャーリーはごくりと唾を呑む。自分はいま、人生を永久に変えてしまうかもしれない眼に見えない敷居をまたごうとしているのだ。殺されるはめになるかもしれない。でも、それを避けることはできない。

　ほかの人たちがジョシュを阻止してくれるのを待つわけにはいかない。

　自分でやる必要がある。

　やりかたは見当もつかないが。

「そう」とチャーリーは答える。「ふたりであなたの車に乗りこんで、最初に約束したとおりオハイオまで行くってこと」

「それは中止だ」とジョシュは言う。「理由はもう説明しただろ」

「ならわたしも、そう簡単にはわたしを厄介払いできないことを説明してあげる」そう言いながらチャーリーの体は恐怖でざわつく。いよいよやるのだ。本当に実行するのだ。「わたしの考えはこう。状況は変わっていない。わたしはどうしてもヤングスタウンに帰りたい。あなたはわたしをそこまで連れていける。だから、おたがいに時間をむだにするのをやめて出発することもできるし、警察がやってくるのを待つこともできる」

「なんだよ警察って?」

「わたしのボーイフレンドが通報したの。あなたの見抜いた暗号をわたしが使ったあとにね」チャーリーはそう答えるが、ロビーが通報してくれたかどうかは定かではない。してくれたのなら、いまごろはもう警官が現われているはずだろう。

　ジョシュは黙りこむ。公衆電話での会話を頭の中で再生しているのだ、まちがいなく。ジョシュが聞き耳を立てていたのはわかっている。だからチャーリーは慎重に言葉を選んでしゃべった。おかげでいまジョシュは、それらの言葉が正確には何を意味するのかわからずにいる。

「はったりだね」とジョシュは言う。「だいたいなぜおれが警察を恐れなくちゃならないんだ？」

「あなたが教えてよ、ジ、ェ、イ、ク」

出会って以来初めてジョシュは不安げな顔をする。それを隠そうとしてコーヒーをがぶりと飲み、ブースにもたれて腕組みをするが、不安になっているのはまちがいない。眼を見ればわかる。

「きみは自分が何をしゃべってるのかわかってない。頭が混乱してるんだよ。それにちょっとふさぎこんでる」

チャーリーは肩をすくめる。もっとひどい言われようをしてきたのだ。

「なら待ちましょう」

そのままおたがいに相手を見つめて座っていると、やがて曲が終わる。そこで初めて、店内が静寂に放りこまれてようやく、ジョシュはチャーリーが見かけよりタフかもしれないと判断する。ひょっとしたら――ひょっとしたらだが――はったりではないかもしれないと不安になり、彼は手をあげて、カウンターの中からずっとふたりを見ていたマージに合図する。

「伝票を持ってきてくれる？」

「了解」マージは驚いたような顔で答える。ふたりが食事にほとんど手をつけていないからだろう。チャーリーはそれを申し訳なく思う。全部むだになってしまうのだから。マージが伝票を持ってきてテーブルに置き、チャーリーに言う。「あなたの注文は消しといた。コートを汚しちゃったから、せめてものお詫び」

「もう充分にしてくれましたよ」チャーリーは心からそう言う。マージがいなければ、自分はやらなくてはならないことに気づかなかったかもしれない。チャーリーからすれば、マージはこの状況が災難ではなくむしろ僥倖ではないかと気づかせてくれた人なのだ。

「あんなのはどうってことない」とマージはチャーリーの眼を見つめながら言う。「あたし、人助けができるときにはかならずするの」

テーブルのむかいでは、ジョシュが伝票に眼をやりながら財布を引っぱり出す。彼が紙幣を抜き出すのを見ながらチャーリーは言う。「チップをたっぷり置いてね」

ジョシュは二十ドル札をテーブルにたたきつける。チップがたしかにたっぷりなのに満足してチャーリーは言う。「じゃあ、行きましょう」

ジョシュは動かない。何かに気を取られている。チャーリーの肩越しに彼女の後ろを、正面の窓の外を見ている。チャーリーが座ったまま後ろをふり返ると、ジョシュの見ているものがわかる。

地元警察のパトロールカー。

それが一台。

店の正面に停まる。

チャーリーは自分の眼が信じられない。なんと、自分ははったりを口にしたわけではなかったのだ。自分でさえはったりだと思っていたのに。メッセージはロビーにきちんと伝わり、ロビーは本当に警察に通報してくれたのだ。その事実にチャーリーは誇らしさと、安堵と、感謝を覚える。

ジョシュがマージを手招きする。マージはすでにカウンターの中に戻って、この数時間は誰ひとり座っていないはずのカウンター席の天板を律儀に拭いている。

「あんたは働きすぎだよ、マージ」とジョシュは言い、自分の横のスペースをぽんぽんとたたいてみせる。「こっちへ来て、ひと休みしなよ」

「それはボスがあんまり喜ばないと思う」とマージは言う。

「ボスはここにいるの？」

「いない」

「なら、あんたがボスだ」

チャーリーの関心は外のパトロールカーと、カウンターの中でくすくす笑うウェイトレスに二分される。すべてをとらえようと、チャーリーはテニスの試合でも見ているように顔を左右に行ったり来たりさせる。

警官がパトロールカーからおりてくる。

マージが布巾をカウンターに置く。

警官が入口のドアにのんびりと、少しもあわてずに歩いてくる。

マージがふたりのテーブルにやってきて、ジョシュの隣に腰をおろして言う。「ちょっとぐらい足を休ましたって罰はあたんないかもね」

警官が店にはいってきたとき、チャーリーはまた別のことに注意を奪われる。

ステーキナイフ。

それがテーブルから消えている。

ジョシュがふたたび手に持っている。映画の悪役が飛び出しナイフをかまえるような手つきでそれを握り、先端をなんとなくマージのほうに向けている。

チャーリーの視線が店内を跳ねまわる。ナイフからマージへ、マージからカウンターの前に立った警官へと。警官はひょろりとしていて、背が高く、若い。聖歌隊の少年みたいな顔をしている。

「あら、トム、こんばんは」とマージが言う。「今夜あんたが来るとは思わなかった。火曜はピザ屋を襲うもんだと思ってた」

最初チャーリーは、その警官にジョシュの持っているステーキナイフが見えるだろうかとやきもきする。この数秒でナイフがさらにちょっぴりマージのほうへ近づいたように見えるのに気づいただろうかと。だが、カウンターから自分たちのテーブルまで警官の視線を追ってみて、ジョシュの肩から下にあるものはすべてブースの背にさえぎられて見えないことに気づく。

「仕事で来たんですよ」とトム巡査はマージではなく、隣に座っているジョシュを見ながら言う。「危険な状況が生じてるかもしれないという通報があったもんでね」

「うちで？」とマージは呆れたように言う。「うちじゃ何も起きてないわよ。いつもどおりの暇な晩」

「ぼくらはただの通りすがりです」とジョシュも言う。

トム巡査はチャーリーのほうを向く。「それはほんとですか、ミス？」

「わたし？」

チャーリーは警官と、ジョシュの手にしたナイフとが同時に視野に収まるような角度に顔を向ける。ナイフはさらにマージに近づいたように見える。でも、それは気のせいかもしれない。想像力にはこれまでもだまされている。

「ええ。ほんとです」

チャーリーはトム巡査の腰のホルスターと、そこに収められた官給品の拳銃を見つめ、こんな若い警官にいったいどれほどの経験があるのだろうかと考える。ナイフを持った男と対峙したことはあるのだろうか。人質事件を穏便に解決したり、職務で人を撃ったりしたことはあるのだろうかと。

ふたたびすべてを包含する眼でその場を見わたし、視線をトム巡査の拳銃からジョシュのナイフへ、ナイフからマージへと順に移動させてまた巡査に戻し、三者の距離を測る。

チャーリーは悩む。この男は殺人犯なんです、とトム巡査に叫ぶべきだろうか。

叫んだらトム巡査は、ジョシュがステーキナイフをマージのおなかに突き刺す前に銃を抜けるだろうか。

抜けたとしたら、ジョシュに発砲するだろうか。

直後の惨状が眼に浮かぶ。自分はブースで身を縮めて両手で耳をふさぎ、ジョシュはジョシュはテーブルに突っ伏して死んでおり、マージは床で血を流し、トム巡査の拳銃の銃口からはまだ煙が漂っている。

これも、この状況も、すべて脳内映画にすぎないのだろうか。ジョシュとマージに警官が見えていても、ふたりが警官と会話できても、それはかまわない。それもすべて映画の一部なのかもしれない。希望と否定と願望から作りあげられた白日夢なのかもしれない。

だとしてもチャーリーは驚かない。脳内映画はもうさんざん経験しているから、パターンはわかっている。出現するのは彼女がストレスにさらされ、おびえ、現実のつらさから守られる必要があるときで、まさに目下の気分に合致する。

そのブースに座って、実在するのかどうかわからない警官を見ながら、チャーリーは現実を確認したくてたまらなくなる。酒飲みが酒を渇望するような激しい欲求に襲われる。でも、トム巡査にあなたは現実ですかと尋ねるのは名案とは言えない。それは休憩所の洗面所で学習ずみだ。自分の考えていることを口にしても、頭のおかしなやつだと思われるのがおちで、信じてはもらえない。

それに、マージのことも考えなければならない。なんの罪もないマージは、自分のおなかのすぐそばに脾臓（ひぞう）をえぐり出せるほど鋭いナイフがあることにまだ気づいていない。チャーリーが少しでも疑わしい言動を見せれば、ジョシュはマージを傷つけるかもしれない。殺すかもしれない。そんなことはさせられない。ただでさえ重荷を負っているチャーリーの良心は、そんなことにとても耐えきれないだろう。

「じゃ、なんの問題もないんですね？」トム巡査が言う。

チャーリーは無理に微笑んでみせる。「ええ、何も」

「まちがいないですか？」トム巡査の眼が一瞬さっとジョシュに向けられる。「そちらの男性と一緒にいて不安はないですか？」

「あるわけないさ」とジョシュが言う。

「わたしはそちらの女性に訊いています」トム巡査は言う。

テーブルのむこうから、ジョシュが不安げな眼でチャーリーを見る。冷ややかな笑み、暗色の眼、重苦しい凝視。手にしたナイフは依然としてぎらぎらしている。

「不安はまったくありません」とチャーリーは答える。「でも、心配してくださってどうも」

トム巡査は驚くほど鋭い眼でチャーリーをじっと見つめ、その言葉を信じたものか判断に迷う。

「どうせいたずら電話だよ」とマージがかわりに判断してやる。「どこかの悪ガキが退屈しのぎに騒ぎを起こそうとしてるんだろう。さ、お客さんを困らせるのをやめてくれたら、夜勤用のコーヒーをいれてあげる。店の奢り」

マージは立ちあがる。

ジョシュはステーキナイフをテーブルに戻す。

チャーリーはほっと小さく安堵の吐息を漏らす。

マージはカウンターのトム巡査のところへ行き、持ち帰り用のカップにコーヒーをつぐ。

「ありがとね、トム、様子を見にきてくれて。でも、ここは問題ない。そうよね、お客さん?」マージはチャーリーとジョシュのほうをふり返って、おおげさなウィンクをしてみせる。

「ああ、問題ない」ジョシュが言う。

「ええ、問題ないです」とチャーリーも力なく繰りかえし、ジョシュを見る。「ていうか、わたしたちもう出るところだったんです。そうよね?」

ジョシュは不意をつかれて返答が一瞬遅れる。「そう。そうなんですよ」

ジョシュはブースから滑り出る。チャーリーもブースを出ると、自分が救出される最後のチャンスをふいにしようとしているのを承知のうえで、ジョシュのあとから出口へ向かう。

それは引き受けなければならないリスクなのだ。

二年前、選択科目の心理学の授業で、ある誘拐被害者たちのことを知った。彼女らは脱走できるようになったあとも長らく犯人のもとにとどまったという。ストックホルム症候群。時間がたつにつれて心がゆがんで、ついに自分を拉致した相手に共鳴するようになるらしい。当時のチャーリーはその若い女たちに批判的だった。被害者はみな若い女だった。最初のチャンスに逃げるという分別もない、か弱く、無力で、虐げられた女たちだった。

「わたしだったら絶対にそんなことしないな」とチャーリーはマディに言った。

だが、いまのチャーリーは理解している。

その女たちが逃げなかったのは、か弱かったからではない。

おびえていたからだ。

脱走が失敗したときのことを恐れていたのだ。状況が現在よりも悪化するのを。そして悪化する可能性はつねにあった。

いまの場合〝悪化する〟とは、ジョシュがやけになって、チャーリーばかりでなくマージとトム巡査まで一緒に傷つけることだ。でも、これはマージたちには関係ない。

チャーリーとジョシュのあいだのことなのだから。

したがって、いちばんいいのは店を出て車に戻ることだ。そこなら危険にさらされるのはチャーリーだけだ。ときには、頭脳的になることと勇敢になることと慎重になることが同時にはできない場合もある。どれかを選ばなければならない場合も。

ジョシュのあとについて出口に向かうことで、チャーリーは勇敢さを選んでいる。

のんびりと回転している明かりのついたデザートケースの横まで彼女が来たところで、トム巡査がカウンターから声をかける。

「バックパックを忘れてますよ、ミス」

「あら、いけない。どうも」わざとらしく聞こえないことを願いながらチャーリーは言う。

ブースに戻り、わざと置き忘れたバックパックをつかむ。それから肩越しにちらりとふり返って、マージとトム巡査に見られていないのを確認すると、テーブルのステーキナイフをひっつかんでコートのポケットに滑りこませる。

深夜零時

グランダムの車内——夜

チャーリーはグランダムのサイドミラーで遠ざかっていくダイナーを見つめる——まもなくクロームとネオンは見えなくなり、夜空と、月の光と、道路脇に迫る幽霊のような灰色の木々ばかりになる。ふたたび辺鄙な土地にはいったのだ。ふたりきりで。

どちらも黙りこくって前を向き、ヘッドライトの照らし出す前方の道路をじっと見つめている。州間高速道のほうへ向かっているのか、あるいは離れつつあるのか、チャーリーには見当もつかない。だが、それは別にかまわない。どこへ向かっているにせよ、絶対にオハイオではないだろう。それはもうわかっている。もはや後戻りはできないことも。

「どこまで知ってるんだ？」ほかの車にも建物にも出くわさないまま二キロ近く走ったあと、ジョシュが言う。

「何もかも」チャーリーは答える。

ジョシュは驚きもせずにうなずく。「そうだろうと思ったよ。なぜ車に戻ったんだ？」

「戻るしかなかったから」

本当にそれだけなのだ。マージとトム巡査を危ない目に遭わせるわけにいかなかった。それにジョシュをひとりで行かせるわけにも断じていかなかった。そんなまねをしたら、ジョシュはマディにしたのと同じことをほかの女たちにもしてしまう。だからチャーリーはこうして殺人犯の横に座っているのだ。

これを運命と呼ぶか。

カルマと呼ぶか。

それは勝手だが、チャーリーは自分こそがジョシュを阻止しなければならないのだと理解している。阻止するのが自分の義務であり、自分にしかできないことなのだと。

でも、だからといって恐怖が薄れたわけではない。オリファントを出てからいまがいちばんおびえている。懸かっているものを知ってしまったからだ。

ジョシュが逃げるのを阻止するか、阻止しようとして死ぬか、どちらかだと。

問題はどうやってジョシュを阻止すればいいか、具体的にわからないことだ。チャーリーはコートのポケットに手を突っこんだまま、ステーキナイフの柄を何度も握りなおす。いますぐジョシュを襲ってけりをつけてしまいたいという誘惑に駆られている自分もいる。実行しないのは、誰かを刺す――他人の体に文字どおりナイフをめりこませる――と考えるだけで、自分がジョシュにどんな目に遭わされるかを考えるのと同じくらい恐ろしくなるからだ。

「普通の人間ならそんなことはしないな」ジョシュは言う。

「じゃあ、わたしは果敢だってことになるのかしら」

それを聞いてジョシュはくつくつと笑う。チャーリーのほうを向いたとき、その眼には賞賛としか思えないものが浮かんでいる。

「ああ、たしかにきみは果敢だ」そこでジョシュは考えていることを言うべきかどうか迷うようにいったん言葉を切り、結局、言ってしまうことにする。「おれはきみが好きだよ、チャーリー。そこがこれのひどく厄介な点なんだが。おれはきみと話すのが好きなんだ」

「わたしに嘘をつくのがでしょ」とチャーリーは言う。「そのふたつは全然ちがう」

「まいったね。たしかにおれは事実じゃないことをたくさん言った。それは否定しない」

「名前はジョシュだとかね」

「ああ、それもそのひとつだ。本名はジェイク・コリンズ。でも、それはもう知ってたよな」

チャーリーはうなずく。知っていた。ジョシュに心理戦をしかけられている最中でさえ、心のどこかでその点については自分が正しいとわかっていた。

「あなたの本名。本物の免許証。二十の質問ごっこ。それを全部わたしに空想だと思わせたのはなぜ？」

「きみを車に乗せておく必要があったからだ」とジョシュは答える。「いまにも飛びおりそうだったからさ、その場で考え出したんだよ。効果はあったんじゃないかな」

たしかに効果はあった。嘘を信じた愚かな自分にチャーリーは腹が立つ。でも、腹を立てるべきではないのだ。人間の最善の部分を信じたいと思うのは愚かではない。誰かを善人であり、生まれながらの悪人ではないと考えてしまったことで、自分に腹を立てるべきではない。

「今夜わたしに話したことで、ほんとのことってあるの？」チャーリーは言う。

「お袋の話。あれは事実だ。ほんとにハロウィーンの日に出てったんだ。その話はあんまり人にしたことはないけど」

「どうしてわたしには話したの？」

「きみと話すのが好きだからさ。それも嘘じゃない」

　コートのポケットの中では、チャーリーの手があいかわらずナイフの柄を握ったり放したりしている。さっきは助手席のドアの把手で同じことをしていた。あのときは逃げ出したくてうずうずし、いまは戦いたくてうずうずしている。

　でも、ジョシュはチャーリーを襲うようなそぶりはいっさい見せない。急ぐでもなく淡々と運転をつづけ、何かを言おうかどうか迷っている。

「親父はずっとおれを責めてた。お袋が出てったのはおれのせいだと最後まで言いつづけてた。死んだその日まで」

「お父さんのことも嘘だったんだ」

「そうでもない」とジョシュは言う。「親父はほんとに脳卒中を起こしたんだ。それで死んだんだよ。それにおれは、親父の世話をするためならほんとに仕事を辞めただろう。必要なら。いくら親父に嫌われてたとしてもさ。ま、おれのほうも親父を嫌ってたと思うけど」

「お母さんのことであなたを責めてたから？」チャーリーは言う。

ジョシュは首を振る。「いや。悪いのはおれだと思いこませたからさ。お袋は自分自身で出ていくと決めたんだけど、そんなことは関係なかった。おれは自分のせいだと思いこんだ。いまでも思ってる」

その気持ちはチャーリーにもわかりすぎるほどわかる。あまりに重たくて、わずらわしくて、消耗させられるので、それから逃れるためならなんでもするだろう。死ぬことだって。

なぜわかるかといえば、やりそうになったからだ。今夜ではない。その前に。四日前に。

「わたしは自殺しそうになった」とチャーリーは言う。

その言葉はジョシュを驚かせる。それ以上にチャーリーを驚かせる。いままで認めていなかったからだ。自分自身にさえ。

「なんで？」とジョシュは訊く。声にまだショックが残っているが、ほかにも何かがあるのにチャーリーは気づく。心配の響きだ。

「罪悪感が消えてほしかったから」

「じゃ、それが理由で見ず知らずの男の車に乗ることにしたわけか」

「そう。まさにそれが理由」

ジョシュはしばらく黙りこんで考える。「しそうになったって、どんなふうに？」

「うっかりのみすぎちゃったの。睡眠薬を」

それはオレンジ色の錠剤がもたらすいらいらを静めるために処方された白い錠剤だった。でも、チャーリーはあまりのまなかった。夜は眠ってしまうよりも、復讐の空想にふけるほうが好きだった。いま経験している現実の復讐とは似ても似つかぬ復讐の。

ところがその晩は、いつも痛めつけているのっぺらぼうのシルエットのかわりに自分の鏡像が現われた。彼女はひどく狼狽し、ビデオデッキに一本の映画を押しこんでベッドに潜りこみ、その白い錠剤をひとつかみのんだ。

わたしには睡眠が必要なのだ。そう自分に言い聞かせた。

選んだビデオテープが《雨に唄えば》なのは偶然なのだと。チャーリーはかつてそれを、自分が死ぬ前に見たい最後の映画だとマディに語ったことがあった。これほど天国に近い映画もないもん、と。

体が反抗して錠剤を吐き出し、残ったわずかな錠剤もすべてトイレに流したあとも、なおチャーリーは自分に嘘をつきつづけた。ありとあらゆる言い訳を自分に考えさせた。疲れていて何をしているのかわかっていなかったのだ。頭がまともに働いていなかったのだ。うっかりミスなのだと。

それがオリファントをただちに去らなければならなかった本当の理由だ。感謝祭まで、あるいはロビーの手が空くまで待てなかった理由、掲示板の前に行ってあのビラを貼り、ジョシュの車に同乗するチャンスに飛びついた理由だ。

怖かったのだ。このままではまた同じようなうっかりミスをして、こんどはちがう結末が訪れるのではないかと。

けれども、翌朝の後ろめたさと悲しみを思い出すにつれてチャーリーは真実を悟る。あれはうっかりミスではなかったのだ。

ほんの一瞬だが動揺して、あと一分罪悪感にさいなまれるくらいなら死んだほうがましだと思ってしまったのだ。

でもいまは生きたい。何よりもまず。

「大ごとにならなくてよかったよ」とジョシュは言う。「それに、こんな形できみと出会ったのも残念だ。ちがう状況で出会ってれば、きっと楽しかったと思う」

チャーリーは何も言わない。自分も同じ気持ちだと認めるよりは、そのほうがいい。このドライブに疑惑と不安がはいりこんでくる前には、実際に何度かジョシュを〝好き〟だと思ったこともあった。ジョシュに親近感を覚えた。自分と同じくらい世間になじめないからだろう。それに孤独だからだ。いまでさえそれはわかる。似た者同士。ジョシュは奇妙なゆがんだ形で、チャーリーのことをよく理解してくれているように思える。マディが理解してくれた以上に。

それとも単純にマディのせいで、チャーリーはジョシュと結びついていると感じるのだろうか。ジョシュがマディを餌食に選んだのにはわけがあるはずだ。もしかしたらチャーリーがマディに惹かれたのと同じ理由で、ジョシュもマディに惹かれたとか。それもチャーリーがダイナーで、理屈にも理性にも逆らってジョシュと一緒に車に戻った理由なのかもしれない。要するに知りたいのだ。

わけを。

なぜジョシュはマディを選んだのか。

なぜバーの外でマディに近づいたのか。

なぜマディを殺すことにしたのか。

だが、チャーリーはその問いを口にはせず、沈黙をつづける。沈黙は車内を重苦しく満たし、ふたりは前方から眼を離さない。どうやら道幅が狭くなったらしく、両側に森が迫ってくる。裸の枝々が頭上で弧を描いて、老夫婦のように手をつないでいる。常緑樹の枝には雪のかたまりがまだ載っており、ときおりそれが落ちてきては車の屋根をドスッとたたく。

「で、これからどうするの？」チャーリーはついに口をひらく。

「ドライブをつづける」

「でも、オハイオには行かないんでしょ」

「ああ。行かないと思う」

「ドライブが終わったら何が起こるの？」

「答えはもうわかってるんじゃないか」

チャーリーの手がふたたびポケットの中のナイフを握る。こんどは放さない。きつく握りしめたまま。あとは覚悟ひとつだ。

「いますぐドライブを終えるべきかもよ」チャーリーは言う。

ジョシュはチャーリーを見る。「ほんとにそんなことを望んでる？」

「いいえ」とチャーリーは言う。「でも、望まないことなんかいっぱい経験してきた」

「両親のこととか？」

「そう。それにマディのことも」

チャーリーはついにそれを感じ取る——心臓が鋼になるのを。それをずっと待っていたというのに、必要なのはマディを殺した男に向かってマディの名をはっきりと言うことだけだった。ただしその気分は、脳内映画で経験したようなものとはまるで似ていない。怒りはもちろん感じるものの、悲しみも感じている。精も根も尽きはてるほどの悲しみを。

「そう」とジョシュは言う。「それにきみの——」

突然、鹿が一頭、道路に、車のすぐ前に飛び出してくる。ヘッドライトで眼がきらりと光る。

ジョシュは急ブレーキを踏み、チャーリーは一瞬前方に投げ出されるが、すぐにシートベルトがロックして後ろへ引きもどされる。座席の背に頭をぶつけるチャーリーの横で、ジョシュは鹿をよけようと右に急ハンドルを切る。鹿はぴょんぴょんと道を渡って森に飛びこむが、車は停まらない。まず横滑りし、それから回転しはじめて後部が路上に弧を描く。

ようやく停まったとき、グランダムはまだ路上にあるが、逆方向を向いている。

車はアイドリングしたまま、エンジンはカタカタと音を立て、ヘッドライトはふたりがいま来たばかりのほうを照らしている。ふたりはしばらくそのまま座っている。

「だいじょうぶ？」ジョシュが訊く。

「だと思う」そう答えたあと、立てつづけにふたつの考えがチャーリーの脳裡に浮かぶ。

ひとつめ。わたしを殺すつもりなら、ジョシュはなぜわたしのことを気づかうのか？

ふたつめ。ドライブは終わった。

ジョシュは自分のシートベルトをはずす。「鹿をかすめたかもしれない。フロントをチェックしてくる」

そう言うと、動きを止めてチャーリーが何か言うのを待つ。だが、チャーリーは言葉を返せない。ふたつめの考えがサイレンのように頭の中に鳴りひびいているからだ。

ドライブは終わった。ドライブは終わった。ドライブは終わった。

三つめの考えがそこに加わる。

これからどうなるんだろう？

でも、本当はわかっている。

ダイナーを出たときからわかっている。

ジョシュはチャーリーを殺そうとし、チャーリーもジョシュを殺そうとし、どちらかひとりだけがそれに成功するのだ。

コートのポケットに手を突っこんで、ナイフをしっかりと握りしめたまま見ていると、ジョシュは返事を待つのを諦めて車をおりていく。車の前を横切り、スエットシャツがヘッドライトの光に照らし出される。ジョシュがフロントバンパーをチェックするために身をかがめたとき、チャーリーはグランダムのボンネットから湯気が立ちのぼっているのに気づく。一瞬ののち、その理由がわかる。

エンジン。

それがまだ回転しているのだ。

いつでも走りだせる。

いますぐこれにけりをつけるには、運転席に移動してギアを一速に入れ、アクセルを踏めばそれでいい。

チャーリーはすばやく動く。

シートベルトをはずし、

ハンドルをつかんで支えにし、

中央のコンソールをそっと越える。

運転席に半分滑りこんだところでジョシュがチャーリーの動きに気づく。たちまち車の横に戻ってきて、チャーリーがロックボタンを押す前に運転席のドアをあける。ジョシュが強引に乗りこんでくると、チャーリーはあわてて助手席に戻る。

ジョシュは遺憾の眼でチャーリーを見つめる。

「なあ、チャーリー」と彼は言う。「おれはきみを痛い目に遭わせたくはないんだよ、わかるか？　でも、できるんだ。痛い目に遭わせることは。やろうと思えばいくらでもできるんだよ。つまり、これにはふた通りのやりかたがあるわけだ。おとなしくしているか――おれはこっちを薦めるが。あるいは抵抗しようとして、しかたなくおれに手荒にあつかわれるか。それは——繰りかえすが——おれはほんとに、ほんとに気が進まない」

助手席のドアに背を押しつけたまま、チャーリーはポケットに手を戻そうとする。

「その手はおれの見えるところに出しておけ」とジョシュは言う。「そのほうが身のためだ」

ジョシュはジーンズの前ポケットに手を突っこむと、何かを引っぱり出してチャーリーに放ってよこす。受け止める気になれず、チャーリーが身を縮めると、それはガチャンと床に落ちる。

見ると、ひと組の手錠だ。

「ひろって、かけろ」ジョシュは言う。

チャーリーは首を振る。すると眼から涙が飛ぶ。驚き。自分が泣いているとは思わなかった。

「ここは利口になる必要があるぞ」とジョシュは警告の口調で言う。「ひろえ」

「いや——」恐怖と怒りと悲しみで声がしゃがれ、途切れる。「ひろいたくない」

「頼むから手荒なまねはさせないでくれ」とジョシュは言う。「きみもいやだろうが、おれもいやなんだ。だから三つ数える。数え終わったときには、その手錠がきみの両手首にはまっててほしい」

ジョシュは言葉を切る。

それから数えはじめる。

「ひとつ」

チャーリーはなおも首を振り、なおも泣きながら足元の手錠に手を伸ばす。

「ふたつ」

身をかがめて片手で手錠をすくいあげながら、反対の手をコートのポケットにもぞもぞと潜りこませていく。

「みっつ」

チャーリーは体を起こす。手錠は冷たく左手に、ナイフは熱く右手に握られている。

彼女は動かない。

「くそ、チャーリー。手錠をかけろってんだ」

ジョシュは中央のコンソールを越えて襲いかかり、瞬時に運転席から助手席へと身を乗り出す。

チャーリーはポケットからナイフを引き出す。

そして眼をつむる。

それから、車の窓が震えるほどの叫び声とともにナイフを突き出して、ジョシュの腹に突き刺す。

もっと簡単にめりこむものだと思っていた。映画ではナイフというのは滑らかに刺さっていく。バターに突き立てるみたいに。でも、実際には力が要る。歯を食いしばり、うんうん言いながら力をこめて、まずジョシュのスエットシャツを突きとおし、肉を突きとおし、さらに深く、考えたくもない場所まで刃を押しこむ。ようやく力をこめるのをやめたのは、両手が血で濡れているのを感じ、ジョシュのうめき声と自分の名前が聞こえたときだ。

「チャーリー」

グランダムの車内――夜

チャーリーは眼をあける。

それから首をめぐらす。

ゆっくり。

ひどくゆっくりと。

視線をじりじりと左へ移動させ、ルームミラーに下がった木の形の芳香剤が視野の端に見えたところで止める。

息を吸い、強すぎる松の香りをかぐ。

「おお。気がついた？　チャーリー」横で声がする。

チャーリーはさらに首をめぐらす。こんどはすばやく。首がぽきりと鳴るほど勢いよく左へまわすと、ジョシュがそこにいる。運転席に座ったまま面白そうに、期待するように彼女を見ている。長いあいだ待っていた瞬間がようやく訪れてうれしいというように。

「これって現実？」チャーリーは言う。

ジョシュは彼女に調子を合わせて自分の手の甲をしげしげと見る。「おれにはまったく現実に見えるけどな。きみはまた例の、その――」

「――映画を見てたのか？」

「ああ」

「わかんない」

でも、どうかそうであってほしい。いま空想の中の自分がしたようなことは、現実の自分にはとてもできないと思いたい。

「わからないなんてことがあるの？」ジョシュは言う。

「だって――」

怖かったから。

とても怖くて、具体的で、こんがらがっていたから。おかげでめまいがする。灰色の雲が視野に浮かんだり消えたりしている。それに合わせて頭ががんがんしている。まるで《オズの魔法使》の最後で眼が覚めたドロシーと同じで、極彩色の世界から急にセピア色の世界に放りこまれたみたいな気分だ。

「何がなんだかわかんない」チャーリーは言う。

実際、本当にわからない。自分のいるところが現実なのか、映画の中なのか、記憶の中なのか。その三つすべてなのかもしれない。それがまさしく映画というものだ。映画とは現実と空想と幻想とが合体してできた集団的な夢のようなものだ。いまのこの瞬間が大きなスクリーンに投影されて、暗がりにいる大勢のセレブたちに見られているところを、チャーリーは想像する。

　いまならもうどんなことにも驚かないだろう。

　車はまだ道の真ん中に停まったままだ。フロントガラスのむこうには車の両側に迫る木々が見える。夜空を背にした灰色の骸骨のような裸の枝々が。

「ドライブを中止する必要はないよ」ジョシュの声はどこか希望を帯びている。「このまま行けばいい」

「オハイオまで？」

「ああ、それがきみの望みなら」

「でなければ、映画を見にいってもいいかも」とチャーリーは言う。

　その提案にジョシュはくすりと笑う。「おれはかまわないよ。まったく」

「じゃあ、わたしを殺そうとはしない？」

「できないよ」とジョシュは言う。「おれはもうきみに殺されてるんだから」

　チャーリーは自分の手を見おろす。左手はひと組の手錠をつかんでおり、右手は血にまみれている。車内の反対側からジョシュが声を絞り出す。

「チャーリー」

グランダムの車内――夜

チャーリーの眼がひらく。みずからぱっと。

眼の前の運転席に、ぐったりと横に倒れこんでいるジョシュが見える。頭を窓にもたせかけ、苦痛のうめきを漏らしてはガラスを曇らせている。彼が痙攣すると、髪の毛がガラスにクラゲのような模様を作る。

ナイフはまだ脇腹に刺さったままで、柄が肉用温度計のように外に突き出ている。ジョシュは眼を見ひらいて汗を掻きながらそれを見つめ、左手でつかもうとしている。

「チャーリー。助けてくれ」とジョシュはうめく。

チャーリーは凍りついたまま、まぶただけをぱちぱちとすばやく動かす。そうすればこの悪夢のような脳内映画から覚めるのではないかと。なぜならこれは映画に決まっているからだ。

それしかありえない。

現実のはずがない。

チャーリーはそう思うが、それでも現実のように見える。ジョシュのスエットシャツに血が染みこみはじめている。ナイフの周囲に広がるてらてらした染みは、映画に使われる偽物の血よりも黒っぽい。ほとんど黒に近い。血というよりも、どろどろした原始物質のようなものに見える。

それを見てチャーリーは助手席のドアにぶつかるまで体を引く。ドアの把手を手探りで探して引く。ドアがあくとグランダムの車内灯がぱっと灯り、残酷な光を車内に投げる。黒っぽかった血は、その光に照らされてテクニカラーのような鮮やかな色に変わる。

チャーリーはまた瞬きを始める。こんどはもっと速く。まぶたの動きが、フルスピードでは作動していない映写機のようにあらゆるものをちかちかさせる。チャーリーは後ろ向きで車から滑り出て、すとんと道路に落ち、腰をしたたかに打つ。

蟹のように後ろ向きのまま這って車から離れる。ここにいたくない。どこでもいいからちがう場所にいたい。ちがう時間に。眼が覚めたらまったく別の世界にいたい。ジョシュも、その車も、その血もない世界に。

ジョシュを刺すことを考えたとき、やりとげたらどんな気分を味わえるのかよくわからなかった。勝利感だろうか。満足感だろうか。誇らしさだろうかと。

やってみると、たんに怖いだけだ。

でも、それはどこか奇妙な怖さだ。

自分の身に起こるかもしれないことはもう怖くない。自分のしてしまったことが怖いのだ。

チャーリーは立ちあがる。
最後にもう一度グランダムを見る。
それから走りだす。

グランダムの車内——夜

彼はナイフを一気にぐっと引き抜く。一気に抜くほうがいい。徐々に抜いたりすれば途轍(とてつ)もなく痛む。痛みならもうたっぷり味わっている。刺された傷が空気に触れたとたん、新たな激痛が体を駆けぬけ、彼は絶叫することしかできない。

それが終わって、チンチンに沸騰していた痛みがフツフツぐらいにまでどうにか鎮まると、彼は何度か深呼吸をしてから傷を検める。まず気がつくのは——というより見逃しようがないのは——その血だ。チャーリーに刺された側が、腰から腋(わき)まで深紅に染まっている。スエットシャツの吸湿性がいいからなのか、本当にそれだけの血を失ったからなのかはわからない。どちらにしろ、見ただけでめまいがしてくる。

スエットシャツをめくりあげて実際の傷口を見るにはかなりの努力が要るだろう。血の染みこんだ生地が肌にべったりと糊(のり)のように貼りついている。包帯がわりにそのままにしておこうかとも考えてみる。だが、前にも刺された経験があるので、何もしなければさらに失血し、感染し、死ぬことになるのは承知している。

いやだろうがなんだろうが、この傷は縫う必要がある。

そこでスエットシャツも、ナイフを抜いたときと同じ要領で一気にすばやくめくりあげる。新たな痛みの爆発を乗りきって左の脇腹を見ると、三センチ弱の切り傷が見える。

幸いにもナイフは小さかった。

だが、あいにくと長かった。

それが残した傷は深く、重要な臓器にまで達していたり、どこかの神経を切断したりしているのではないかと不安になる。が、だとすればもっと痛むはずだ。あるいは死んでいるはずだ。自分は生きているし、激痛で動けないわけでもないので、運がよかったのだろう。彼はそう判断する。

運転席の下に左手を伸ばして、緊急時に備えて置いてある救急箱を探す。動くたびに新たな痛みの波が誘発されて、彼は今夜のいっさいを呪う。

楽勝のはずだったのに。いまやくそまみれだ。誰のせいかはよくわかっている。

チャーリーだ。

彼女と話すのが好きだと言ったのは嘘ではなかった。最後に誰かと会話を楽しんだのがいつのことか、もう思い出せない。人間というのはおよそろくでもないものだ。だから彼はこんなことをしているのだ。たいていの人間は自己本位で、強欲で、豚みたいにがつがつするのをやめられない。そいつらにきちんと報いを受けさせるのが彼の仕事だ。

しかし、チャーリーはちがう。ひどく変わっていて、傷ついているし、いまならわかるが、激しさを秘めてもいる。だから彼は油断してしまった。誰にも絶対に話したことのないことを話してしまった。その返礼が脇腹へのナイフだ。

座席の下で指がようやく、つるつるしたプラスチックをかすめる。救急箱だ。それを引っぱり出し、刺されていないほうの脇腹の横におろして、蓋をあける。中を掻きまわし、消毒用アルコールの小瓶と、ガーゼパッド、医療用テープ、針、小さな糸巻きに巻かれた糸を探し出す。どれもちょっとした素人手術に必要なものだ。

これからがつらいところだ。やりたくはないが、チャーリーに追いつくつもりならやらざるをえない。それはわかっている。それに、どうしても追いつかなければならないことも。チャーリーとの関係は終わっていない。まだ。

大きくひとつ息を吸って覚悟を決めると、アルコールを傷口にかけ、痛みが治まるまで絶叫する。手がひどく震え、四回試みてようやく針に糸を通すことができる。準備が整うと、彼は歯を食いしばり、うめき声をあげつつ傷口を縫いはじめる。

ダイナーの駐車場――夜

たどりついたときにはダイナーはもう闇に包まれている。あまりに暗いので、夢中で道を走ってきたチャーリーは、もう少しで店を見落としそうになる。店の輪郭ではなく光を探していたからだ。入口付近のピンクと青のネオン。看板の派手な明るさ。広い窓からこぼれてくる暖かな輝き。それらはすべて消えており、不気味な闇があたりを支配している。

閉店したのだ。

誰もいない。

だがそこで、駐車場に一台だけ駐まっている車に気づく。さきほど来たときに見かけたパウダーブルーのキャデラック。まだ誰かいるということだ。

チャーリーはドアの前まで行く。脚は重く、胸は苦しい。少なくとも三十分は走ったはずだ。生まれてこのかた、これほど長く走ったことはない。

この寒さにもかかわらず、汗だくになっている。コートの下にそれを感じる。湿ったシャツが肌にべったりと貼りついているのを。心臓の上に手をあてたとき、まだ手錠を持っているのに気づく。あまりにもきつく握りしめていたので、指を無理やりほどかなければならない。

ほかにどうしていいかわからず、ジーンズの前ポケットに押しこむ。名案だ。証拠になってくれるだろう。その手錠があれば、ジョシュがチャーリーにそれをかけようとしたことも、チャーリーがジョシュを殺したのは身を守るためだったことも証明できる。

そう考えたとたん、チャーリーは息ができなくなる。

自分は人を殺したのだ。

いや、ジョシュが死ぬところは見ていない。見届ける気にはなれなかった。でも、死んだのはわかっている。チャーリーは血のこびりついた両手を見る。コートできれいに拭ってはみるが、心の底ではむだだとわかっている。殺した相手が人殺しでも関係ない。自分の手は永遠に汚れてしまったのだ。

チャーリーはダイナーの入口のドアをいちおう試してみる。窓にはすでにブラインドがおろされているし、ドアのボードも裏返しにされて〝閉店〟になっているが、把手を押してみると、錠はまだおりていない。

ドアを細くあけて中をのぞく。見える光といえば、デザートケースとジュークボックスの光だけだ。ケースの中のパイはあいかわらず回転しながら明るく照らされている。ブースはすべて空だ。椅子はカウンターの上に逆さまにして載せてある。足元の床は濡れてつやつやしている。モップをかけたばかりなのだ。

「すみません」

　返事があるのを期待してチャーリーは待つ。何も返ってこないので、中にはいってもう一度声をかける。「お願いです。助けてください」

　一時間前に自分とジョシュのいたブースのほうを見て、短時間のあいだに何もかも変わってしまったことに愕然とする。六十分前、自分はただのおびえた学生だった。それがいまは人殺しだ。

　そのとき店の奥から物音が聞こえてくる。厨房のドアのすぐむこうだ。チャーリーがくるりとふり向くと、スイングドアを押しあけてマージが現われる。まだ制服を着ている。濡れ布巾を手にしている。チャーリーに気づくと、驚いてドアのすぐこちらで立ちどまる。

「チャーリー？　どうしたのいったい？」

　自分がこのウェイトレスにどう見えるか、チャーリーは想像するしかない。

　荒い息をし、
　汗だくで、
　血まみれ。

「ジョシュが」とチャーリーは言う。「あいつが襲ってきたから。わたし――あいつを刺したんです」

　骨ばった手がマージの口をおおう。「だいじょうぶあなた？」

　体がチャーリーのかわりに答える。ショックと恐怖とここまで走ってきた疲れのせいで、脚の力が抜ける。上体がゆらゆらする。初めは小さく、だんだん大きく。不意にがくりと傾くが、その間にチャーリーはどうにか完全な文を口にする。

「警察に知らせなくちゃいけないと思うんです」

「そりゃそうよね」とマージは言いながらチャーリーのほうへ駆けてくる。「そりゃそうよ」

傾きつづけるチャーリーのもとにたどりつくと、マージはすっと背後にまわる。見えないところへ。最初チャーリーは、自分を支えようとしてくれているのだと思う。だがそこで、マージの片手がチャーリーの鼻と口を押さえる。

その手はあの濡れ布巾を持っている。それがいまチャーリーの肌にひやりと押しつけられ、白黴と何かのにおいが鼻をつく。何か強烈なものの。それがチャーリーを痙攣させ、めまいを起こさせる。

チャーリーはまだ傾きつづけている。店は回転するよりもむしろ霞んでいき、壁も床も天井もすべてぐるぐるまわりながら霞になっていく。最後はジュークボックスだ。その色とりどりの光が、吹き消される寸前のマッチさながらにぱっと燃えあがる。

それから、その光も消える。

午前一時

寮の室内——昼間

チャーリーはベッドで眼を覚ます。

自分のベッドだ。

オリファントの寮の部屋にあるベッド。眼をあけなくてもそれはわかる。真ん中がハンモックみたいにへこんでいるからだ。おかげでいつもよく眠れるのだが、眼が覚めると腰がずきずきする。

でも、いまはずきずきしない。体が浮いている気がする。ベッドに寝ているのではなく、ベッドの少し上に、《エクソシスト》のリンダ・ブレアのように浮揚している気が。

誰かがそばにいる。ベッドの横に立っている。煙草の煙とシャネルの五番のにおいがする。マディだ。

「さあ、起きて起きて」とマディは言う。

チャーリーの眼がぱちぱちとひらき、親友のうれしい姿が見える。シャネルのスーツを着ている。ジャッキー・ケネディがダラスで着ていたような、クラシックなスーツだ。ただしマディのはピンクではなくライムグリーンで、袖口に毛玉ができている。白手袋をはめた片方の手にはシャンパンのグラス。もう片方の手にはひと切れのケーキの載ったお皿。

「お誕生日おめでとう、チャーリー」

マディは微笑む。

にっこりと。

赤い唇がゆがんで歯がむきだしになり、犬歯のあるはずの場所に一か所、暗い隙間が見える。そこはまだ出血している——下唇から絶え間なく血があふれて顎を伝い落ち、深紅のしずくになってぽたりぽたりとケーキに垂れている。

ダイナーの店内――夜

チャーリーははっと眼を覚ます。

ベッドには寝ていない。寮の自室には。

木の椅子に座っている。ギシギシいう座り心地の悪い椅子に。まっすぐな背もたれのせいで背筋を不自然に伸ばしていなければならず、背中がひどく疲れる。前かがみになろうとしてみるが、できない。まるで椅子に接着されているようだ。

腕を動かそうとして初めて、両腕がロープで固定されているのに気づく。手首が左右とも椅子の腕にぐるぐると縛りつけられている。皮膚に食いこむほどきつく縛られているため、手に血が通っていない。指が白くなっている。動かしてみても何も感じない。

爪先も、足首を椅子に縛りつけているロープのせいで何も感じない。

上体も二か所がロープでぐるぐる巻きにされている――胸郭のすぐ下と、首の付け根を。あまりにもきつく縛りつけられているので、息をするのも苦しい。パニックが水のようにこみあげてきて、チャーリーは溺れそうになる。

「助けて！」と、肺が本当に水びたしにでもなったような、ごろごろした声で叫ぶ。「お願いだから誰か助けて！」

暗がりからマージの声がする。ハスキーな押し殺した声。

「誰にも聞こえやしないよ。あたし以外にはね」

明かりがパチリとつく。天井からぶらさがる裸電球がチャーリーの周囲に明るい光を惜しみなく投げる。

小さな部屋だ。

真四角の。

壁ぎわには天井まで届く棚がぐるりとならび、缶詰や箱や紙パックや瓶がぎっしり詰めこまれている。マージは棚のひとつに寄りかかってチャーリーを見つめている。

「お帰り」

マージの後ろの戸口から、狭い廊下のむかい側にあるウォークイン冷蔵庫が見える。冷蔵庫の扉はぴたりと閉まっており、奥からブーンとくぐもったうなりが聞こえる。冷蔵庫の右側には木箱が積みあげられ、そのむこうに厨房がちらりと見える。

まだダイナーにいるのだ。

なぜなのかはわからないけれど。

チャーリーは縛め（いましめ）の下でもがき、椅子がギシギシと揺れる。「どういうこと？」

「静かにしてたほうが身のためだよ」マージは言う。

そんなわけにはいかない。貯蔵室みたいなところで椅子に縛りつけられているのでは。

「なぜこんなことをするのかわからないけど、いまからでも遅くない。解放してくれたら、わたしはここから出ていって誰にもしゃべらない」

その考えはマージにはあまり受けなかったようだ。マージはむすっとして片手をエプロンのポケットに突っこむ。

「わたしに乱暴するつもり？」チャーリーは言う。

「まだわからない」とマージは答える。「するかもね。それはあんたしだい」

その情報をチャーリーはどう考えていいかわからない。脳内に早瀬の中の巌のように居すわる――流れが周囲で渦を巻いていても、どっしりとして動かない。

「わたしになんの用があるの？」

マージの後ろの冷蔵庫上に光の輪が現われ、どんどん大きくなる。駐車場に車がはいってきたのだろう。ハイビームにしたヘッドライトの光が、ダイニングルームにつづくドアの丸窓から射しこんでくるのだ。ということは、ドアとダイニングルームは左側にあるのだろう。逃げるときに役立つ情報だ。逃げるチャンスがあればの話だが。巻きつけられたロープはチャーリーがいくら力をこめてもびくともしない。

冷蔵庫に映る光が消える。

車のドアがゆっくりとあく音が聞こえる――というか、聞こえる気がする。二秒後にバタンという明瞭な音が聞こえてようやく確信する。

まちがいなく車のドアだ。

外に誰かいるのだ。

マージの顔をよぎった不安の表情からすると、人が来るとは思っていなかったようだ。耳の奥でどくどくと心臓の鼓動が聞こえる。チャンスかもしれない。助けてもらえるかもしれない。チャーリーは叫ぼうとして口をあけるが、声を出す前に襲いかかってきたマージに布巾を口に押しこまれる。かすかに食器用洗剤の味がする。たまらず空嘔（からえずき）をする間に、マージは布巾の両端をチャーリーの頭の後ろできつく結ぶ。

表では誰かが店の入口のドアをあけようとし、施錠されているのに気づく。だが、くじけずにガラスをノックする。

「すみません。どなたかいますか？」

チャーリーは猿ぐつわの下であえぎ、また洗剤の味を喉の奥に送りこんでしまう。

その声は一キロ離れていても聞き分けられる。

ロビーだ。

「すみません」と彼はまた声をかけ、ふたたびガラスをノックする。

チャーリーはじっと黙りこんで、自分は誤解しているのではないかと考える。ロビーのはずがない。別人に決まっている。警察か。おなかをすかせた運転手か。とにかくロビー以外の誰かだ。ロビーなら、ここまで車を走らせてくるのに一時間以上はかかる。その考えが誤りだと証明されたのは、外の人物がこう叫んだときだ。「チャーリー？　中にいるのか？」

本当にロビーだ。

助けに来てくれたのだ。

ロビーなら簡単にマージをねじ伏せられる。

ものの数秒でこんなことはすべて終わる。

チャーリーはそう考えるが、そこで別の考えが浮かぶ。もう少し絶望的な考えが。

これも――いまのこの瞬間も――また脳内映画かもしれない。マージにもロビーの声が聞こえているのも、マージの唇がいらだたしげにゆがんでいるのも別に不思議ではない。それも映画の一部、まぶたの裏に映し出されたばかげた希望の一部かもしれないと。

ロビーはまたチャーリーの名前を呼び、それを聞いたマージはエプロンのポケットに手を入れて、そこに隠していたものを取り出す。

拳銃だ。

小型の。どことなく優美な。握りには象牙があしらわれ、青みがかった灰色の銃身はぴかぴかに磨かれている。

「ひとつでも音を立てたら、あの男を撃つからね」

マージはそうささやくと、貯蔵室をあとにしてダイニングルームにはいっていく。ひとり残されたチャーリーは、胸の奥で希望と恐怖がぶつかりあうのを感じる。間に合わせの猿ぐつわの下で息を殺して耳を澄ましていると、マージが入口の鍵をあけてドアを細くあける音が聞こえてくる。

で言う。

「悪いわね。もう閉めちゃったの」マージはあの威勢はいいがくたびれたウェイトレス口調

　銃をエプロンのポケットに隠してデザートケースの脇に立つマージと、マージの後ろを、店の奥をのぞこうとするロビーの姿が眼に浮かぶ。

「さっき女の子が来ませんでしたか？」ロビーが訊く。

「女の子は大勢来るの」

「今夜は何人来ました？」

「さあ、数えてたわけじゃないからね」

　チャーリーは物音を立てたくなる。猿ぐつわに抗って叫ぶとか、椅子を倒すとか、棚に体をぶつけてみるとか、何かしたくなる。ロビーならマージをたやすくねじ伏せられるのはわかっている。身長で二、三十センチ、筋肉で二十キロは勝っているのだから。チャーリーをおとなしくさせているのは銃だけだ。

　今夜までチャーリーは、マージのような人が他人に危害を加えることがあるなどとは思いもしなかった。でも、わずか数時間のあいだに、そうではないことを知ってしまった。いまでは、普通の人間でも暴力をふるえるのを知っている。他人に乱暴なまねができるのを。たとえばこの自分は、人の腹にナイフを突き刺し、置き去りにしてきた。

　だからマージを試すつもりはない。おとなしくしているつもりだ。ロビーに危害を加えさせるわけにはいかない。後悔ならすでに一生分抱えている。これ以上は抱えきれない。

「さきほどぼくのガールフレンドが、ここから電話してきたんです」とロビーは言う。「二時間ほど前に」

「ここからかかってきたのは確かなの？　うちみたいな店はこのあたりにたくさんあるけど」

「確かです」とロビーは答える。「店の名前を言いましたから。〈スカイライン・グリル〉だと。危険にさらされてると言ってました」

「どんな危険？」

「言いませんでした。でも、彼女がここにいてトラブルに巻きこまれてたのはわかってるんですよ――」口調が激してきて、ロビーは冷静を装うのをやめる。「それ以来連絡がないんです、心配でたまらないんですよ」

「どんな感じの娘？」とマージは知らないふりをして訊く。

「若い娘です。二十歳で、髪は茶色。色白で、名前はチャーリー。赤いコートを着てるはずです」

「ああ、思い出した」とマージは言う。「かわいい娘だった。感じがよくて。帰りぎわにあたしにさよならを言ってくれた。男と一緒だったわね。大柄で、ハンサムな男と」

「でも、もういないんですか？」

「あたししかいないわよ、ここには」

ロビーはしばし黙りこんで考える。姿を見ることはできなくても、チャーリーは彼が顔をうつむけて右手の親指で下唇を左右にこすっているのがわかる。ロビーが思案するときの癖だ。

「何かにおびえているように見えましたか？」とロビーは言う。「あるいは、危険にさらされているみたいに」

「いいえ、あたしの思い出せるかぎりじゃね」とマージは答える。「長居はしなかった。食事と飲み物を注文して、ぱっと平らげて帰っちゃった」

「どんな車に乗っていたか見ましたか？」とロビーは訊く。「あるいは、どっちのほうへ行ったかとか」

「見なかったわね。あのふたりが出てったとき、あたしは厨房にいたから。戻ってきたらテーブルは空だった。代金を置いて出てったの」

叫びが喉の奥でふくれあがり、こみあげてきて、いまにも漏れそうになる。**嘘よ！　わたしはここにいる！　ここにいるの！**　そう叫びだしたくなる。

チャーリーはその言葉を無理やり呑みこみ、帰ろうとしているロビーの声を聞く。

「もしその娘が戻ってきたら、ロビーが捜していたと伝えてもらえますか？」

「いいわよ」とマージは答える。「でも、あたしもあんまり長くはいないけどね。もうじき帰るとこだから。悪いけど、それ以上は力になれない」

「気にしないでください」とロビーは言う。「お邪魔しました」

「どういたしまして。その娘と早く連絡がつくといいわね」

ドアが閉まって錠がガチャリとおろされる音につづいて、車のエンジンがかかる音が聞こえてくる。冷蔵庫の扉にふたたび光の輪が現われ、流れ去っていく。一瞬ののち、マージが貯蔵室に戻ってくる。拳銃はエプロンのポケットに戻し、こんどは焦茶色の瓶とハンカチを手にしている。

「彼氏があんたによろしくって。献身的な男じゃないの。感謝しなさいよ」

チャーリーはうなずく。しゃべれないうえに、すっかり打ちのめされてしまい、それしかできない。

ロビーには心から感謝している。彼自身にはとうていわからないほど。ここまで捜しにきてくれたのだから。チャーリーがロビーを捨てようとしていたのに――ロビーの心をうち砕こうとしていたのに――はるばる助けにきてくれたのだから。涙がひと粒チャーリーの頰を伝い落ち、口の端までたどりついたあと、猿ぐつわに染みこむ。

「泣くようなことなんかないでしょ」とマージは慰めるというより非難する口調で言う。「あんたが静かにしてたから、あたしは彼氏を傷つけなかった。約束は守ったじゃない」

それでもまたひと粒、涙がこぼれる。チャーリーにはどうしようもない。彼女はロビーとの関係を投げ出そうとしていた。なぜなら罪悪感を感じていたから。ロビーにふさわしい女ではなかったから。じきにロビーに捨てられるはずだったから。ところがロビーは駆けつけてきてくれ、チャーリーはいま自分がまちがっていたことに気づく。たしかに彼女は罪悪感を感じているし、ロビーにふさわしい女でもないが、ロビーは彼女を捨てようなどとはさらさら考えていなかった。取りもどしにきてくれた。なのにそれはもう手遅れかもしれないのだ。

「じゃあ、ここを出るからね」とマージは言う。「それにはもう一度こいつを使う必要がある」

マージは瓶とハンカチを持ちあげてチャーリーに見せる。

「いまから猿ぐつわをはずすけど。叫んだら撃つよ。抵抗しても撃つ。わかった？」

チャーリーはうなずく。

「よし」とマージは言う。「それが嘘じゃないといいけど。あたしゃ警告したからね、ハニー、怒らせないほうが身のためだよ」

マージが瓶の蓋をあけると、有毒な気体のにおいが貯蔵室の反対側にいるチャーリーのところまで漂ってくる。マージは瓶の口にハンカチをかぶせてから、瓶を傾けてハンカチを湿す。それからチャーリーのほうへやってくる。

「やめて」とチャーリーは猿ぐつわの奥から言葉を絞り出す。「お願い」

マージはチャーリーの口から乱暴に猿ぐつわをはずす。しゃべれるようになると、チャーリーは言う。「お願いだからわたしを逃がして」

「なんだってあたしがそんなまねするわけ？」とマージは言う。「あんたは出てくはずじゃなかったんだから。きっと戻ってくるとは思ったけど、まさかひとりで戻ってくるとは思わなかった」

マージの言っていることが理解できるまでにチャーリーはしばらくかかる。頭がまだぼんやりしているのだ。立てつづけに見た脳内映画と、ストレスと、ショックと、マージがハンカチにふくませている液体のせいで。クロロフォルムだろう、おそらく。普通の食堂の平凡なウェイトレスが持ちあるくようなものではない。

マージはチャーリーを待ちかまえていたのだ。これは思いつきの寄り道ではなかったのだ。ジョシュは意図的にチャーリーをここへ連れてきたのだ。

今夜のことはすべてあらかじめ計画されていたのだ。

「あなた、ジョシュの仲間だったの？」

「誰の？」

「ジェイクの」とチャーリーは言いなおす。「ジェイク・コリンズ。あなた、ジェイクの仲間だったの？」

「ていうより、彼があたしの仲間だったわけ」

マージはチャーリーに襲いかかり、ハンカチをチャーリーの鼻と口に押しあてる。チャーリーは息を吸うまいとするが、長くはつづかない。マージの手で鼻と口をふさがれた体が空気を渇望する。ハンカチの下で悲鳴をあげたとたん、鼻と口と肺に気体がどっとはいりこんでくる。

すべてが霞みはじめる。マージの顔も、貯蔵室も、自分の考えも。周囲のものがまたしてもぼやけていくなかで、いまのマージの言葉に刺激されたひとつの考えだけはどうにか形になる。
〝彼があたしの仲間だったわけ〟マージはそう言った。
ということは、ジョシュはキャンパス・キラーではないということだ。
少なくとも、単独犯ではないということだ。

ダイナーの駐車場――夜

　十五分後、チャーリーはまだクロロフォルムでぼんやりしたまま、よちよちとダイナーの外に出る。クロロフォルムは脳内映画よりずっとあとを引く。脳内映画はほぼ瞬時にぱっと覚めるが、クロロフォルムはたっぷりと時間をかけて消えていく。いまはまだチャーリーの世界は半分しか戻ってきていない。すぐ眼の前にあるものしか。周辺のものはあいかわらずぼやけている。流動するただの霞だ。

　それでもマージがすぐ後ろにいて、腰に銃を突きつけているのはわかる。銃口が背骨にこつこつあたるのを感じながら、ふたりでもたもたとマージのキャデラックのほうへ歩いていく。

　貯蔵室で気がついたら、チャーリーはさながら展示されたミイラのように、立ったまま棚に立てかけられていた。またしてもロープでぐるぐる巻きにされていたことを考えれば、ミイラというのはあたっている。両の足首に巻きつけられたロープが、こんどは狭い間隔で左右の脚をつないでいた。だからよちよちとしか歩けないのだ。

両手首も縛られており、前腕をぎこちなく体の前でくっつけているほかない。マージは身体検査をしなかったようだ。していたら、ジーンズの前ポケットに押しこんだままのジョシュの手錠を見つけて、それを使っていたはずだ。そうしてくれていたらチャーリーはもっと楽だっただろう――だが、チャーリーを楽にすることなどマージの計画にははいっていないようだ。

銃を手にしたマージは、制服の上に黒いパーカーを着こんで、かさばった鞄を肩から下げている。鞄の中身がカチャカチャぶつかる音を聞きながら、ふたりは車の後ろをまわる。チャーリーの足の下で何かがバリバリと音を立てる。見ると、駐車場のアスファルトに赤いプラスチック片が散らばっている。

「乗りな」とマージは言いながら助手席側の後ろのドアをあける。

チャーリーは車内を見つめ、逃げることを考える。不可能なのはわかっている。手脚をこんなふうに縛られていては。たとえ可能だとしても、マージはたやすくチャーリーの背中に弾を撃ちこめる。

だが、それでもチャーリーは考えてしまう。

マージから飛びのき、老人のへっぽこ弾がそれてくれることを祈りつつ、駐車場から道路へぴょんぴょん跳ねていく。そのまま立ちどまることなくハイウェイまで行けば、きっと誰かが気づいてくれるだろう。トラックの運転手か、トム巡査みたいな警官か、仕事から帰る途中の誰かが。路肩をよたよたと歩いている、パニックむきだしの眼をしたチャーリーを見かけたとたん、どこかの親切な人が急ブレーキを踏んでくれるだろう。

チャーリーは車の横に立ったまま、どのくらいすばやくそれを実行できるか検討してみる。

不可能だろうと結論するのに長くはかからない。

たとえ駐車場を出るのに十秒しかかからなかったとしても、マージもその同じ貴重な十秒を使って車に飛び乗り、エンジンをかけ、追いかけてくることができる。たとえマージがそれに数分——一分か、五分か、十分か——かかったとしても、チャーリーはまだ死川街道をよちよち歩いているはずだ。親切な運転手に出くわす保証もないまま。なにしろこんな時間なのだから。

「乗りな」とマージはまた言い、こんどは銃身で背中を押す。

チャーリーはひどくしぶしぶと、そしてそれ以上に苦労して車に乗りこむ。両手を縛られているため、しかたなく後ろ向きになって腰を曲げ、お尻から中に滑りこむ。それから両脚をひねって中に入れ、ぎこちなく背もたれにもたれる。

マージはドアを閉め、車の前をまわりこんで運転席に乗りこむ。キーをまわす前に、ボタンを押してドアをいっせいにロックする。

チャーリーは閉じこめられる。またしても。

キャデラックは砂利を後ろへ跳ね飛ばしてすばやく駐車場をあとにし、ハイウェイ方面へ向かう。

窓の外に眼をやると、ジョシュと一緒に逆方向からダイナーにやってきたときに通過したのと同じ風景が見える。あれから二時間、チャーリーはいま別の車に別の拉致犯とともに乗っている。

変わらないのは恐怖だけだ。

ボルボの車内――夜

ロビーはドアにへこみのあるキャデラックが駐車場を出ていくのを見送る。尾行しているのを気づかれたくないので、少し先へ行かせてからあとを追うつもりだ。

ついていくのは難しくないだろう。街道にほかに車は見あたらないからだ。それに、駐車場でキャデラックのテールライトを片方、たたき割っておいたからでもある。チャーリーのおかげで学んだ手口だ。彼女に見せられた四〇年代の白黒映画のひとつに出てきた。どれもたいていは退屈だったが、テールライトの手口は憶えていた。キャデラックはいま、その壊れたライトでロビーにウィンクしつつ、街道を走り去っていく。

これほど早くあのダイナーに到着するのは容易なことではなかった。アパートメントから駆け出すと、ロビーは自分のボルボに乗りこんで大急ぎで八十号線へ向かった。州間高速道に乗ると、猛スピードでポコノ山地を目指した。警察に停められることなど気にもしなかった。それどころか、停められればいいとさえ思っていた。そうすれば警察にエスコートしてもらえるかもしれないと。

〈スカイライン・グリル〉にたどりついたら何が待っているかはわからなかった。店がまだ営業中で賑わっていて、チャーリーがミルクシェークでも飲んでいてくれればいいと思っていた。すべてがまったくの誤解であればいいと。ところが、店はすでに閉まっており、残っているのはウェイトレスひとりのようだった。そのウェイトレスは明らかに嘘をついていた。チャーリーは帰りぎわにさよならを言ってくれた——そう言ったかと思えば、そのあとにこんどは、チャーリーが出ていくところは見ていないとも言った。

そこでロビーはテールライトを壊したあと、二、三百メートル先までボルボを移動させて待つことにした。そこなら店の正面はまだ見えた。ウェイトレスが出てくるのが見えたらあとを尾け、さらにいくつか質問をして、必要なら警察を呼ぶつもりだった。警察は最初に電話したときには役に立たなかったが。あの通信指令係の態度からすると、本当に警官を店に行かせたかどうかも怪しいものだった。

だからロビーは車の中に座り、エンジンは切ってもキーはイグニションに挿したまま、ウェイトレスが現われるのを待っていた。ロビーが予想もしていなかったのは、ウェイトレスと一緒にチャーリーが現われたことだった。刑場に連行される死刑囚のように店から出てきた。あまりの光景に、ロビーは助けにいこうと車から飛び出しかけた。

だがそこで、ウェイトレスがチャーリーの背中に銃を突きつけているのが見え、いま駆けつけるのは最悪の手だと考えなおした。チャーリーが車の後部席に乗りこむとき、ロビーは彼女をよく見ようとした。距離があるうえに暗いのではっきりはわからなかったものの、怪我はしていないようだ。

そのままでいてくれますように。ロビーはそう祈る。

チャーリーから電話がかかってきて以来ずっと理解できないのは、大学からここまでのあいだにいったい何があったのかだ。チャーリーが電話で話したわずかな言葉からは、彼女が車に乗せてもらった男が関係しているらしいが。

ジョシュ。

たしかそんな名前だった。

だが、ウェイトレスが嘘をならべているあいだに店の奥をのぞいてみても、男がいる気配はなかった。それに、駐車場から飛び出していったキャデラックの車内にも、ほかに人が乗っているようには見えなかった。

そのジョシュという男が何者なのかも、いまどこにいるのかも不明ながら、あのウェイトレスの仲間だろうと考えるしかない。

そのふたりがチャーリーになんの用があるのか――

それはキャデラックが向かっている場所に行ってみるまではわからない。

前方で、壊れたテールライトが地平線の下に消える。行こう。ロビーはすばやくエンジンをかけ、ギアを入れると、尾行を開始する。

グランダムの車内——夜

彼は車を運転してダイナーへ向かっているが、実際にやっているのは運転などと言えるものではない。進むのと進路を維持するのを同時にやっているだけ。しかもそれすらまともにできていない。死川街道をカタツムリの這うようなスピードで進みながら、車線からはみださないようにするのがやっとだ。

刺し傷のせいだ。ペダルを踏んだりギアを切り替えたりするたびに脇腹から激痛が走り、肩から膝まですべてが燃えあがる気がする。

縫合し、ガーゼをあて、大量の医療用テープでそれを押さえたおかげで、少なくとも出血は止まっている。縦横に貼りつけたテープのせいで皮膚がひりひりし、体を動かすたびに引きつれて、また別の、もっとちりちりした痛みが加わる。

それでも自分で自分の傷を縫っているあいだよりはましな気分だ。縫われたことは何度もある。それは慣れている。それに、現役時代ベイルートに派遣されていたときには、状況によりやむをえず仲間の傷を縫ったこともある。だが、両方を同時にやるはめになったのは初めてだ。

楽しい経験ではなかった。

人がみずからを傷つけようとするときには、神経が脳に信号を送って、痛みを引き起こすような行為は中止するよう自分に命じる。

単純だ。

それほど単純ではないのは、脳がなんと命じようと、自分がおびただしい痛みを自分にもたらそうとしているのを承知のうえで、あえてそれを実行することだ。針を刺しては休み、抜いては休みというプロセスを五回繰りかえして、ようやく脇腹の傷口は完全にふさがった。

かくしていま彼はグランダムを運転している。

もしくは、運転しようとしている。

病院にではなく〈スカイライン・グリル〉に向かって。行くべきところはまちがいなく病院のはずだが、彼は病院が好きではない。救急室であれこれ質問されるのが嫌いなのだ。素人の手で縫合されて大量のテープを貼られた傷を見せたら、まっさきに訊かれるのは、「誰に刺されたんです？」だ。

だから病院には行きたくない。とりあえずいまは。

明日にはそれを避けられなくなるときが来るかもしれない。そのときが来たら、なぜ脇腹をステーキナイフで刺されるはめになったのか、きっと何か言い訳を思いつくだろう。チャーリーの名を出すつもりはない。それは賢明とは言えない。

だからダイナーへ行く。痛みが脇腹を駆けあがるたびに、車線からふらふらとはみだしながら。なぜダイナーに行かなければならないかといえば、そこがマージのいるところだからだ。それにチャーリーもそこにいる可能性が高い。このあたりではほかに行くところなどない。

〈スカイライン・グリル〉しか。

チャーリーは本来そこに残る予定だったのだ。

それが計画だった。最低限の。チャーリーを見つけ、どんな手を使ってもかまわないから車に乗せ、あのダイナーに連れていく。そのすべてに彼は成功した。

店にはいり、マージが注文を取りにきたとき、彼は暗号になじみがないわけでもないチャーリーに気づかれることなく、マージに合言葉を伝えた。

〝日替わり定食は何？〟と。

翻訳すれば——これがその娘だ。

あとはマージの返答しだいだった。もしマージが〝うちは日替わりはやってないの。あるのはメニューに載ってるものだけ〟と答えれば、それはすべて中止になったという意味だった。逆に、マージが〝ソールズベリー・ステーキ〟と答えれば、すべてはまだ継続中で、チャーリーを店に置いていけという意味だった。

計画には絶対になかったのは、マージがわざとチャーリーに紅茶をこぼして、チャーリーとふたりだけになる時間を作ったことだ。そんなまねをした理由はわかっている。マージは彼の仕事ぶりがあまりよくないと考え、その仕事ぶりのせいでチャーリーが予測不能の行動を取るおそれがあると考えたのだ。

結果はマージの思ったとおりだった。

チャーリーがジュークボックスであのくそいまいましい曲をかけて、すべてではないにしろ、かなりの部分まで気づいていることを明かしてみせるとは、彼はまったく予測していなかった。一緒に車に戻るなどと言いだすことも、まったく予見できなかった。彼が同意したのは、数分で簡単に連れもどせるのがわかっていたからにすぎない。それに、チャーリーがトイレにいるあいだに店を出てしまい、それきり二度と会わないよりましに思えたからでもある。少しドライブをして、もう少しおしゃべりをするのも悪くないのではないか、手錠をかける前にきちんとさよならを言おう。そう思ったのだ。

するとチャーリーに刺されてしまい、彼はいま脇腹を五針も自分で縫ったあげく、皮膚をテープでつっぱらせ、スエットシャツを乾いた血でばりばりにしている。

なにが、きちんとさよならを言おうだ。

七、八百メートル先にダイナーが見えてくると、彼は店の明かりが消えて駐車場が空っぽになっているのに気づく。ところが街道のほうは、こんな時間のこんな界隈(かいわい)にしては異常なほどまだ賑わっている。グランダムとダイナーの中間あたりの路肩に、ヘッドライトを消してエンジンを切ったボルボが一台停まっている。はるか先には片側のテールライトが割れた車が一台、州間高速道の入口ランプのほうへ走っていくのが見える。

彼はブレーキを踏み、グランダムのライトを消して、次に起こることを興味津々で待つ。テールライトの壊れた車が視界から消えると、ボルボは息を吹きかえして車線に出る。もう一台の車と同じ方向へ走り去るそのボルボのバンパーに、彼はオリファント大学のステッカーが貼られているのに気づく。

ボーイフレンドだろう。

チャーリーを救出しにきたのだ。

そのボーイフレンドがただの行きずりの車を尾行しにはるばるここまでやってきたとは思えない。ということは、テールライトの壊れた車はマージの車だろう。チャーリーを乗せているのだ。

彼は思わず、痛みに染まった笑みを漏らす。

やはり、さよならを言えるかもしれない。

ボルボが充分に遠ざかるのを待ってから、彼はグランダムのヘッドライトをまた点灯し、ふたたび車を走らせる。こんどは本気で。カタツムリのようなスピードで走るほうがはるかに楽だが、歯を食いしばり、ハンドルをきつく握りしめ、痛みをこらえる。

ほかに選択肢はない。彼にはわかっている。どうしてもボルボについていかなくてはならないことも、今夜はすでにめちゃくちゃだが、まだまだこんがらがってくるはずだということも。

キャデラックの車内――夜

クロロフォルムはもうすっかり消えているというのに、チャーリーの世界はあいかわらず端のほうがぼやけている。キャデラックが猛スピードで走っているせいだ。窓の外のすべてが――おおかたは林だが、ときおり樹木の生えていないところや空き地もある――灰色の縞になって流れ去っていく。

マージがどこへ連れていこうとしているのかチャーリーにはわからない。それに、自分たちがいまどこにいるのかもはやわからない。ハイウェイに乗ると思っていたのに、マージはハイウェイにつづくインターチェンジを猛スピードで通過して、それもまた灰色の縞に変えてしまった。

いまチャーリーは不安におののきながら、どこへ連れていかれるのだろう、連れていかれたらどんな目に遭わされるのだろうと考えている。ジョシュの車でダイナーから連れ出されたときと気分はまったく同じだ。おびえと戸惑いと不安で吐きそうだ。このまま永遠に走りつづけてほしいという気持ちと、さっさと終わりにしてほしいという気持ちがせめぎあっている。

そのときといまの状況の主なちがいは、車を運転している人物だけではない。前回のチャーリーは武器を持っていたが、いまは何も持っていないということだ。

チャーリーは血でピンクに染まった自分の手を見る。たしかに、ジョシュはまだ生きているかもしれないし、チャーリーがあんなことをしたのは身を守るためだ。それはわかっている。でも、生きている人間にみずから進んでナイフを突き刺したという事実は変わらない。あの行為の記憶は生涯頭を離れないのではないかと不安になる。

さらにつらいのは、その一瞬の暴力が事態を何も変えなかったことだ。チャーリーはいまも囚われの身で、ジョシュはいまもなんらかの形で関与している。それについてマージはもはや何も言わず——車に乗ってからはいっさい口をきいていない——おかげでチャーリーはひたすら、この沈黙は何を意味するのかと首をひねっている。考えついたシナリオは無数にあるばかりでなく、どれも不穏なものだ。これまでに起きたこととこれから起こることのどちらがいっそう恐ろしいのか、もうわからなくなる。

前の席ではマージが無言のまま運転をつづけている。ハンドルを握って暗い前方の道を見つめながら、自分の世界に没頭しているように見える。ルームミラーでチャーリーの様子をこっそり確かめようとさえしない。

もっとも、こんなふうに縛りあげられたうえドアもロックされていては、チャーリーに逃げ場はない。できることといえば、手脚を縛られたまま恐怖におびえながら、いずことも知れぬ場所へ車を走らせるマージを見つめることだけだ。

「どこへ連れていくつもり？」とチャーリーは猛烈に腹を立てて言う。マージは気にくわないだろうが、どうしようもない。裏切られたという悔しさが恐怖をうち破る。チャーリーはマージが好きだった。マージを信頼した。世話好きなおばあちゃんみたいな人だと思った。ノーマばあとそれほどちがわないと。その結果、自分の身の安全に集中すべきだったときに、わざわざマージをかばってしまった。

マージが返事をしないので、チャーリーはもう一度訊く。「なんでこんなことをするのか教えて！」

返事はやはりない。チャーリーの言葉が聞こえたことを示すものといえば、ルームミラーに映るチャーリーにちらりと向けた険悪な視線だけ。いっそう腹を立てたしかめ面。

もうひとつチャーリーが気づいたのは、マージの髪の毛の変化だ。あの高く盛りあげた髪が、いまは頭の上でほんの少し傾いでいる。

鬘（かつら）だ。

マージが突然ハンドルを左に切ったので鬘がさらにずれ、キャデラックは林になかば隠れた脇道にはいる。前方の路肩に大きな看板がそびえているのが見える。その下にスポットライトがふたつついているが、どちらも消えている。それでも、なんと書いてあるのかは月明かりで充分に読める。

〈山のオアシス山荘〉

チャーリーはその名前に憶えがある。州間高速道で見かけた看板にあったのと同じ山荘だ。あのぼろぼろの看板と同じく、こちらもだいぶ古びている。オアシスの〝O〟の字が脱落して、文字の跡だけが陽に焼けた周囲のペンキからくっきり浮かびあがっている。

その看板のむこうに、一本の鎖が道を横切るようにだらしなく地面を這っている。その鎖に、いまはこれも地面にぺたりと横たわっているが、看板が取りつけられている。

立入禁止

マージはそのまま走りつづけ、タイヤが鎖をガチャンガチャンと乗りこえる。

森は鬱蒼(うっそう)としている。山の斜面に針葉樹がびっしりと生え広がっている。木々のあいだから山の中腹に建つ大きな建物が垣間見える。車に随行するように、どこか近くからザーザーという沢の音が聞こえてくる。まもなく森がひらけて、〈山のオアシス山荘〉がその老いさらばえた雄姿をふたりの前に現わす。

州間高速道の看板はその姿をきちんととらえていなかった。

その山荘は大きい。窓と壁とむきだしの材木が、石積みの基礎からスレート葺きの屋根まで、五層にわたってごてごてと積み重なっている。尾根の上に危なっかしく建っており、組み立て式の丸太小屋(リンカーン・ログズ)のおもちゃのようにいまにも倒壊しそうに見える。かたわらには広い沢があり、山荘の東側を流れて崖を越え、十五メートル下の峡谷へ滝となって落下している。

かつてはきっとすべてが美しかったことだろう。今は不気味にしか見えない。青白い月光を浴びて尾根の上に暗く静かにたたずむその姿は、チャーリーに霊廟を思い起こさせる。幽霊であふれた霊廟を。

途中で、車はその滝の下の峡谷にかかる橋を渡る。橋は狭く、車が谷川に転落するのを防ぐものといえば低い木の欄干しかないうえ、滝にひどく近いので、落下してくる滝の水しぶきが、通過するキャデラックのフロントガラスに跳ねかかる。窓の外をのぞくと、三メートルほど下で暗い水が渦を巻いているのが見える。

橋を渡ると道は登りになり、林檎の皮むき器で削り取ったのかと思うほど曲がりくねった山道に変わる。急なカーブを次々に曲がりながら、キャデラックはゆっくりと山腹を登っていく。

道がまた曲がって滝に近づくと、こんどは木の欄干ではなく自然石の壁が、そのカーブに沿って積みあげてある。マージがそこをゆっくりと通過すると、またしても水しぶきがびしゃびしゃと窓をたたく。

さらにもうふたつ急カーブを曲がると、キャデラックはようやく尾根筋に出る。そこで道はふたたび曲がり、こんどはぐるりと円を描いて山荘の真正面に到着する。全盛期にはこのロータリーに車が引きもきらず押しよせたにちがいない。いまはマージのキャデラックだけだ。玄関屋根の下に車を乗りつけると、マージはブレーキを踏み、エンジンを切る。

「なぜこんなところへ来たの?」チャーリーは訊く。

「話をするため」

マージは二本指を鬘の下に滑りこませて頭皮を掻く。頭の上で鬘が前後にずれるが、マージはそれを直すより、鬘をむしり取って助手席に放るほうを選ぶ。鬘はそこで死んだ動物のように毛むくじゃらのかたまりになる。マージの地毛は真っ白で、一ミリほどの毛がまばらにとげとげと生えているだけだ。

「病気なのね」とチャーリーは口調を変えて言い、同情がマージを軟化させてくれることを願う。

だが、そうはいかない。マージは鼻でフンと嗤い、「言われなくてもわかってるよ」と言う。

「癌?」

「ステージ4」

「あとどのくらいあるの?」チャーリーは訊く。

「医者は数週間ぐらいだって。ふた月ならラッキーだってさ。こんなことのどこがラッキーなんだか知らないけど」

最終目的地だと思われる場所に到着したというのに、マージは車からおりようとしない。ということは、計画していたことを実行するのを考えなおしているのかもしれない。それはたぶん、沈黙のなかに閉じこもらずにマージを会話に引きこんだからではないか。チャーリーはそれを、話しつづけろというサインだと解釈する。

「いつからなの？」

「ずっと前らしい」とマージは答える。「医者がいつ気づいたのかはまた別の話だけど」

「それがこんなことをしてる理由？　もうあまり時間が残されてないのがわかってるから？」

「ちがう。やっても罰を免れられるから」

　そう言うとマージはドアをあけ、鬘はそのままにして鞄だけを持って車からおりる。それから車の反対側にまわってきて後ろのドアをあけ、チャーリーが外に出るまでのあいだ、こめかみに銃を向けている。

　チャーリーが外に出ると、また背中に銃を押しつけて、山荘の玄関まで歩かせる。玄関は背の高いマホガニーの両開き扉で、対になるステンドグラスの窓がそれぞれにはまっている。

「あけな」とマージは指示する。「鍵はあいてる」

　チャーリーは肩で扉を押しあける。奥は真っ暗だ。

「はいれ」とマージは言う。

　チャーリーはまた言われたとおりにする。逆らわないようにしなければならない。なぜなら、マージの言うとおり、マージは何をしようと罰を免れられるからだ。病状は末期的で、すでに死を宣告されているのだから。

　チャーリーが映画から学んだことがあるとすれば、それは、失うものがない人間以上に危険なものはまずないということだ。

山荘の大広間内——夜

山荘の内部は真っ暗だ。チャーリーには、あいた扉から長方形に射しこむ青白い月光の周辺しか見えない。それでも玄関の大広間が、山荘の外観からうかがえるとおり広々としていることはわかる。寄木細工の床を歩くと、高い天井に足音が反響する。

建物全体が放置臭を放っており、それが闇のせいでいっそう強調される。強烈なのは埃くささだが、ほかにもある。黴のにおい。湿気のにおい。内部にはいりこんだ動物たちの残した臭気。鼻がむずむずしてくる。チャーリーは鼻を搔こうとするが、手首のロープのせいでそこまで手を動かせない。

背後でマージがごそごそと、チャーリーから銃をそらさずに鞄の中を搔きまわす。やがて大きな懐中電灯を取り出してスイッチを入れる。光が大広間をよぎると、チャーリーの眼にちらりと埃まみれの床と、装飾をはぎ取られた壁、頭上の暗がりに消えていく支持材が見える。

マージはチャーリーの背中を銃でつつき、ふたりは大広間の奥へ進む。そこにもうひとつ入口がある――両側に背の高い窓がずらりとならぶ一対のフレンチドアが。ドアのガラスは両面とも汚れで曇っている。窓のカーテンはすべてきっちりと閉められ、生地は灰色の埃でびっしりおおわれている。その結果、光がまったく透過せず、カーテンはもはや壁も同然になっている。

その一角には、すでにふたりが到着したときのための準備がしてある。懐中電灯の光で、床に大きなキャンバス地のシートが敷いてあるのが見える。その上に木の椅子とスツールが一脚ずつ、灯油ランタンがふたつ置いてある。

マージは鞄を床におろすと、またがさごそと中身を掻きまわしてマッチをひと箱取り出し、ふたつのランタンに火を灯す。それらの光のおかげで大広間はかなり明るくなり、現われた巨大な空間は、何もないせいでいっそう広々として見える。かつては肘掛け椅子や、鉢植えの植物や、いそがしく歩きまわる宿泊客であふれていたはずの場所が、いまはだだっ広いだけのがらんとした空間になっている。

右手には、フロントデスクが埃をかぶったまま放置されている。その後ろの壁は、かかっていた絵をはずした跡がむきだしになっている。左手にはラウンジがあるが、いまはオーク材のバーカウンターと、テーブル席があったと思しき場所の上にぶらさがるエメラルド色の照明器具のほかは何もない。

フロントデスクとラウンジのもう少し奥まで行くと、山荘の両翼につづく広い廊下が左右に延びている。チャーリーは脱出路を探そうと、それぞれの奥をのぞいてみるが、廊下の入口からむこうは見通せない。ランタンの揺らめく光があっても、ただの真っ暗なトンネルだ。マージは鞄を引っかきまわすのにうんざりしたらしく、残りの中身をキャンバス地のシートの上にガラガラと空ける。クロロフォルムの瓶と、それを染みこませるのに使った布はもちろんのこと、もっとたちの悪いものが床にぶちまけられる。

ナイフ。

チャーリーがジョシュを刺したものより大きい。

肉切りナイフだ。

マージはそれを革の鞘から抜き出して、骨まで断ち切れそうな広い刀身と鋭い刃先をむきだしにする。

そして、ジョイント部が可動式になった一挺のプライヤーの横に置く。

それを見てチャーリーの体が強ばり、逃げ出したいという欲求で筋肉がひくひくする。

マージがまだ銃をかまえていることなど問題ではない。駆けだすのは不可能だということも、たとえ可能だったとしてもどっちへ逃げればいいのかわからないことも。

ひくひくする体とパニックに陥った脳で考えているのは、逃げ出すことだけだ。

いま。

すぐに。

マージがまだ床にしゃがんでいる隙にチャーリーは逃走をはかる。手近な出口へ向かって。

フレンチドアのほうへ。

鍵がかかっていないことを期待して、ぴょんぴょん跳ねていく。かかっていたらガラスを突き破る覚悟で。体当たりするとドアはガタガタと振動するものの、あかない。もう一度肩から体当たりすると、ガラスが一枚ぽんとはずれ、外の地面に落ちて割れる。

ガラスのはずれた正方形の穴から、石畳の歩道と、水を抜かれたプール、薪のように積みあげられたラウンジチェアが見える。歩道が山荘のほかの部分に通じているのかどうかはわからないが、そんなことはどうでもいい。どこであれここよりはましだ。

チャーリーはもう一度ドアに体当たりしようとするが、その前にマージが駆けつけてくる。マージはチャーリーのコートの襟をぐいと後ろへ引っぱり、彼女を床に放り出す。

シートの敷かれた床に頭をぶつけて、チャーリーは猛烈な痛みに襲われる。視野に白点がちかちかと浮かんできて、のしかかってくるマージの姿がぼやける。マージは意外なほど力があり、ぎょっとするほど重い。

マージがクロロフォルムを布に染みこませ、鼻と口に押しつけてくるのが、白点を透かして見える。

白点がさらに増え、

集まり、

広がる。

まもなくクロロフォルムの魔術がかかり、白のほか何も見えなくなる。マージはチャーリーが完全に意識を失うほど長くは布を押しつけていない。ぐったりさせるだけだ。

チャーリーはぼろ人形のように床を引きずられていく。持ちあげられて椅子に座らされるのがわかる。倒れないように、体を椅子の背にロープでさらにぐるぐると縛りつけられる。白点が夜明けの星のようにひとつずつ消えはじめ、ふたたびものがはっきりと見えるようになったときには、完全に椅子に縛りつけられている。

マージが銃をプライヤーに持ち替えて前に立つ。

チャーリーの胸に恐怖が溶岩のように広がる。

「誰なのあなた、なんでこんなことをするの？」

「言ったでしょ。話をするためよ」マージは答える。

「なんの？」

マージはチャーリーの前にあるスツールに腰をおろす。マージにはかぼそい体に似合わない厳しさがある。それは彼女の顎つきにも、唇に刻みこまれた苦々しげな皺にも、暗い眼にも表われている。

「あたしゃね、孫娘の話をしたいんだ」

午前二時

グランダムの車内――夜

運転は――本物の本格的な運転は――彼を途方もなく消耗させる。〈山のオアシス山荘〉の入口までたどりついたときにはもう、彼は汗と痛みにまみれたぼろ雑巾になっている。〝O〟の字の脱落した看板の前でひと休みしていると、暖かいベッドと、冷たいビールと、強力な鎮痛剤以外、何も欲しくなくなる。

それでも彼は運転を再開する。事態が気にくわないからだ。そもそもマージは彼に、チャーリーとは話をしたいだけだと言っていた。だが、話をするだけならポコノ山地のホテルの廃墟(はいきょ)まで連れてくる必要はない。あのダイナーでできたはずだ。

かりにほかの場所のほうが話しやすいとしても、なぜチャーリーのボーイフレンドがこっそりあとを尾ける必要を感じているのか、そこがわからない。ボルボは一分前に、マージに気づかれないようヘッドライトを消したままその看板の前を通過していた。

何かほかのことが起きているのだ。何が起きているのかなんとしても突きとめなくてはならない。彼はそう感じている。

そうする義務がチャーリーに対してあると。

チャーリーがここにいるのは、彼の嘘とごまかしと作り話のせいなのだから。どれも自慢できることではない。すべて仕事の一環だった。それが少なくとも自分を正当化するための言い訳だった。だが、実際には正当な部分など何ひとつなかった。それを承知で彼は眼をつぶっていた。

なぜならこれはちょろい仕事だったからだ。

ちょろい仕事——マージは彼にそう言った。いきなり電話してきて、知人からあんたの名前を聞いた、スクラントンで警官をしているその人のお兄さんがあんたを強く推薦してくれたと。

「取り逃がした男はまだひとりもいませんよ」と彼は言った。

「女はどう？」マージは訊いた。

「女は山ほど取り逃がしてます」と、惨めなデート歴を冗談にしようとして彼は答えた。

マージはそれを面白いと思わなかったらしい。

「この娘は若いの。二十歳。厄介な相手じゃないはず。やれると思う？」

「おれがやるのは逃亡犯をとっつかまえることだけです。法執行機関の依頼で。あんたの話はなんだか誘拐みたいに聞こえますね」

「あたしはエスコートだと思ってるけど」

そこでマージが金額を提示しなければ、彼は電話を切っていただろう。二万ドル。半分は前金として振り込み、残りは当人の引き渡し時に支払う。情けないことに、それを聞いてはとても断われなかった。夏のあいだじゅう商売は暇で、預金口座は空っぽになっていた。車のローンは支払いが一か月遅れていたし、このまま仕事がはいってこなければ、月末には家賃の支払いも滞る。

「詳細を教えてください」彼は言った。

マージは自分の孫娘が連続殺人犯の手にかかって殺されたことを、まがまがしい細部を省略せず彼に伝えた。刺されたこと。歯を引っこ抜かれたこと。死体は畑に捨てられたこと。

「正義が行なわれるのをあたしは見届けられない。生きてるあいだには。ただし、ある人物と話ができれば事情は変わる」

その人物とはマージの孫娘の親友で、犯人を見かけたくせに、その男のことを何ひとつ思い出せないのだという。

「その娘が嘘をついてると思うんですか？」彼は訊いた。

「誰かが記憶を呼び起こしてやる必要があると思ってるだけ」マージは答えた。

問題は、マージによれば、その娘が人前に出てこなくなったことだという。葬式にも参列しなかったし、電話にも出なくなったらしい。

「あんたにその娘を見つけ出して、あたしのところへ連れてきてもらいたいの」とマージは言った。「マディを殺した男を見つける手がかりになりそうなことを、その娘に思い出させられるかどうかやってみたいから」

めなんだよ」

「それは警察の仕事だと思いませんか？」

マージは鼻で嗤った。「あんたに二万も払うのはね、そういう余計な口出しをさせないた

彼は了承した。あとは知ってのとおりだ。結局のところその仕事はあまりちょろいものではなく、チャーリーは――彼としては舌を巻かずにはいられなかったが――厄介そのものだった。いま彼は〝立入禁止〟の看板を乗りこえて、肉体的にも精神的にもまるで準備のできていない状況にはいりこんでいく。

チャーリーのボーイフレンドと同じように彼も車のヘッドライトを消し、かすかな月明かりを頼りに進んでいく。名案とは言えない。滝の前の橋にさしかかったとき、激痛に襲われて木製の欄干のほうへ進路がそれ、危うく峡谷に転落しそうになる。

橋を通過すると道は登り坂になり、彼はつづら折りの道をゆっくりと山荘まで登っていく。ヘアピンカーブにさしかかるたびに体が大きく傾いて、脇腹の縫い痕がつっぱる。登りきると、山荘の玄関につづく車まわしのすぐ内側にグランダムを駐め、エンジンを切る。キャデラックもチャーリーのボーイフレンドのボルボもそこにある。玄関屋根の下に駐まっているが、車内に人影はない。

車をおりる前に、彼はさきほど脇腹から抜いたステーキナイフをひろいあげる。ここまで来るあいだ、それはずっと助手席の床に落ちていた。まだ血で濡れているので、それを自分のスエットシャツで拭う。

ナイフを手に車をおり、何が待ちかまえているのかわからないまま山荘にはいる。

わかっているのはただひとつ。チャーリーがこんな目に遭っているのは自分のせいだということ。

だからこんどは、チャーリーを救出するのが自分の義務だということだ。

山荘の大広間内——夜

チャーリーはマージを見つめる。混乱した脳の底から理解が湧きあがってくる。どうりでマージが最初にテーブルにやってきたとき、見憶えがあるような気がしたわけだ。前に見たことがあるのだ。直接にではないが、写真で。ボブ・ホープと一緒にポーズを取っている若い美人を。

「あなたが〝ばあば(ミーモー)〟なのね」チャーリーは言う。

「お初にお眼にかかるけど、あんたのことは全部知ってるよ、チャーリー。マディからいろいろと聞いたからね。あんたは利口な娘(こ)だって言ってた。あたしは忠告したんだけどね。〝利口な娘には気をつけるんだよ、ベイビー・ドール。あんたを傷つける方法を知ってるから〟って。そのとおりだった」

でも、チャーリーは利口な娘なんかではない。ことマディに関しては。彼女にべた惚(ぼ)れだった。あの一度をのぞけば。

そしてその一度がすべてを奪った。

一度の過ち。一度の腹立ち。一度の誤解。

それがすべてを変えてしまった。

その結果チャーリーはいま、何をしたいのかさっぱりわからない女にとらえられ、自分はこんな目に遭って当然なのだと考えている。

「本当に残念です」チャーリーは言う。

それは弁解ではない。そんな言葉でマージの気持ちを変えられるとは思わない。自分の持つありったけの誠実さをこめた感情表明にすぎない。

「あたしの孫は死んだの。残念なんて言われても、くその役にも立たない」

「わたしもマディを愛してました」チャーリーは言う。

マージは首を振る。「愛しかたが足りなかったね」

「ジョシュは――というか、ジェイクは。あの人もマディに関係あるんですか？」

「あの男？」マージはそう言いながら、髪の抜けた頭をぼんやりと掻く。「あれはあんたをここへ連れてくるために雇っただけの男。会ったのは今夜が初めて。あの男にはなんの義理もない」

マージはチャーリーのコートの汚れに眼をやる。ジョシュの血のついた手を拭ったところだ。初めはコートの生地の赤色に紛れていたが、いまは乾いてどす黒くなり、罪を暴くように目立っている。それを見たとたんチャーリーの胃がきゅっと縮む。

わたしは罪のない男を刺したのだ。

殺してしまったかもしれない。

身を守るためだったとしても、それはもう関係ない。

わたしは人殺しなのだ。

「ちなみに、あんたの着てるそのコート、元はあたしのだったんだよ」とマージは言う。「マディが十六になったとき、あの娘にあげたの。おかげであんたが店にはいってきたとき、すぐにあんたが誰なのかわかった」

チャーリーはトイレでマージがコートのラベルをチェックしていたのを思い出す。あのときは、かわりのコートが手にはいるかどうか確かめているのだろうと思った。でも、いまはわかる。マージは彼女がまちがいなくチャーリーだということを確認していただけなのだ。

「お返しします」そのコートがマディを思い出す唯一のよすがだというのに、チャーリーは言う。「お返ししたいんです」

「あたしはそれより孫を返してもらいたいね」とマージは言う。「愛する人間を埋葬するのがどんな気分か、あんた知ってる、チャーリー？」

「ええ」

いやというほどよく知っている。同じふたつの棺。ならんだふたつの墓。ふたり分の葬式。そんなものに対処する備えはまったくできておらず、以来、脳の回路が切り替えられてしまった。チャーリーの脳内映画はすべて、あのやりきれないひとときを起源にしている。それはオレンジ色の錠剤をいくらのんでも変わらないだろう。

「あたしは知ってると思ってた」とマージは言う。「夫を埋葬したことがあるし、それはとんでもなくつらい経験だったから。だけどマディを亡くす覚悟なんて、まるでできてなかった。医者と看護婦をのぞけば、あたしがあの娘を最初に抱っこしたの。その話はあの娘から聞いた？　あの娘の父親は――あの穀潰しは――もう姿を消してたから、お産にはあたしが立ち会ったの。おなかから出てきたときは、ギャアギャアいうわけのわからないものだったけど、看護婦があたしの腕の中にそっと置いてくれると、かわいさしか眼にはいらなくなった。暗い世界で、あの娘は光だった。まぶしく輝く光。それが消えちゃった。いきなりふっと」

マージはパチンと指を鳴らし、だだっ広い大広間にその音が銃声のように響きわたる。

「あたしの娘は一時期おかしくなった。それは否定できない。マディが生まれたあとぼろぼろになっちゃったから、子育てはあたしが引き受けた。マディの人生最初の四年間はあたしが母親だったんだ。その手の絆？　それは決して消えない。いつまでも」

マージは肉切りナイフを手に取ると、そこに映る顔が見えるほど近くまでチャーリーに近づける。

「マディが死んだと知ったとき、あたしはこのナイフで心臓を刺されてえぐり出されたみたいな気がした。その痛みときたら。とても耐えられるようなもんじゃなかった」

チャーリーは四日前のことを考える。窪めた手のひらに白い錠剤をあけたこと。それを全部のんだこと。ジーン・ケリーが雨の中でくるくるまわるのを見ているうちに、まぶたが重たくなってきたこと。そのあいだじゅう、これで自分の感じている嫌なことはすべて終わってほしいと願っていたこと。

「わたしもそんなふうに感じました」とチャーリーは言う。「死にたくなりました」

「ふうん、あたしはまさに死ぬんだけどね」とマージは言う。「人生なんてあばずれ女となんなじ。誰が最初にそう言ったか知らないけど、いやはや、うまいこと言ったもんだ。たしかにあばずれだよ。ろくなもんじゃない。なにせあたしが感じたその気持ち？　死んで楽になりたいって気持ち？　そんなものはマディを埋葬した日に消しとんじまったんだから。あの娘が穴の底におろされるのを見てるうちに、あたしの中で何かがぽっきり折れて、かわりに怒りがこみあげてきたんだから。心臓をえぐり出されたあとに、火のついた石炭を押しこまれたみたいにさ。熱かったよ。じりじりと焼けるみたいに。あたしはその痛みを歓迎した。マディに土をかぶせたあと、自分のひとり娘を――たったいま自分のひとり娘を埋葬したばかりの娘を見て、心に誓った。責めを負うべき人間にかならず償いをさしてやる。うちのマディを殺したやつを見つけ出してやる。見つけ出して、そいつがマディにやったみたいに口から歯を引っこ抜いてやるって。そしたらその歯はあたしの宝物になる。なにせそれは証拠なんだから。あたしの孫娘を殺したやつがふさわしい裁きを受けたって証しなんだから」

マージは言葉を切ってチャーリーを見つめる。チャーリーも見つめかえす。自分たちは似た者同士なのだ。悲しみで頭がおかしくなっているのだ。そう気づく。

「皮肉なのは、あたしが生きる目的をもう一度見つけたとたん、医者から電話があって、癌だと告げられたってこと」とマージは言う。「娘は認めようとしなかった。奇跡が起こるかもしれないと言いつづけてる。でも、そんなのはたわごとだ。あたしに奇跡なんか起こりっこない。時間はもうほとんど残ってない。だからあんたをここに連れてきたってわけ」

マージはナイフを置いてプライヤーを手に取り、自分が何をしようとしているかをチャーリーにはっきりと伝える。

復讐だ。

チャーリーがあの眠れぬ夜々に、怒りとオレンジ色の錠剤のせいで眼がさえているときに空想したのと同じような復讐。まさかマディを知っていて愛していた人物のなかに、自分のほかにもそんな復讐を渇望している人間がいるとは思わなかった。

それに、自分がそれを受ける側にいるとも。

とはいえ、理解はできる。チャーリーが自分のせいでマディはあんな目に遭ったのだと考えたのであれば、マージも当然同じように考えたはずだ。チャーリーが罪悪感と悲しみのどん底で命を断とうとしたのであれば、マージもやはりチャーリーの命を断ちたいと思ったはずなのだ。

「わたしを殺すためにここへ連れてきたのね？」

内面では不安が渦巻いているというのに、自分の声が冷静なことにチャーリーは驚く。ジヨシュと一緒にダイナーを出たときにも同じことを感じた。恐怖と覚悟がひとつになったもの。

に。

諦念。

自分はそれに襲われているのだ。ものごとはこんなふうにして終わるのだという苦い悟り

「ちがう」とマージは言う。「情報が欲しくて連れてきたの」

その答えはチャーリーを少しも安心させない。それも、マージが眼の前でプライヤーを、飢えた鳥の嘴（くちばし）のようにひらいたり閉じたりしているとあっては。

「わたしは何も知りません」チャーリーは言う。

「いいえ、知ってる。その場にいたんだから。あたしの孫を殺した男を見たんだから。誰なのか教えてもらうからね」

「知らないんです」

「何か知ってるはずだよ。あんたは見たんだから。自分じゃ見てないと思っててもね。あんたのことはあたし、マディから何もかも聞いてるの。幻覚のことも。そこにないものが見えることがあるって。だけど、マディを殺した男はそこにいたんだから。現実だったんだから。脳は別のものを見てたとしたって、眼はそいつを見たはずだよ。その情報はここのどっかにある」とマージはチャーリーの額をつつく。「いまからそれを話してもらうからね。力ずくでも」

「マディはこんなことを望まないはずです」

マージはまた暗い眼でチャーリーを見る。「かもしれない。だけど、あの娘はもういない

の、あんたのせいでね。じゃ、あの晩あんたが見たことについて、これからいくつか質問をするから。思い出せないと思うことがあっても、あたしが、ま、思い出さしてあげる」

　チャーリーは閉じたりひらいたりしているプライヤーを見つめる。閉じるたびに小さな音を立てる。

　カチッ。

　間。

　カチッ。

「まずは簡単な質問から」とマージは言う。「せいぜい記憶力を働かしてちょうだい。孫が殺された晩、あの娘と一緒にいた？」

「ええ。いました」とチャーリーは答える。

「どこにいたの？」

「バーです。わたしは行きたくなかったんですけど、マディが譲らなかったんです」

「あの娘はどうして譲らなかったの？」とマージは言う。「理由があるんでしょ」

「ひとりで歩いて帰りたくなかったからです」

「なのに結局そうするはめになったんだよね？」とマージは答えをまだ知らないかのように小首を傾げる。

「ええ」とチャーリーは答える。嘘をついてはいけないのはわかっている。この窮地から自分を救ってくれるものがあるとすれば、それは真実しかない。

「なぜそんなことになったの？」

「わたしが先に帰っちゃったからです」

「あの娘をひとりぼっちにしてね」マージはそれを質問の形にしようともしない。事実なのだから。チャーリーがこの二か月のあいだ立ち向かおうとしてきた事実だ。

「後悔してます」とチャーリーはかすれ声で言う。「ものすごく後悔してます。戻ってやりなおせるものなら、やりなおしたいです」

「でも、やりなおせない」とマージは言う。「もう起きちゃったことなんだから、あんたはそれを背負っていかなくちゃなんない。それがいまのあんたの現実」

それはチャーリーにもわかっている。いやというほどわかっているので、いますぐ脳内映画に逃げこみたくなる。憂さを忘れさせてくれる映画が恋しくてたまらなくなる――たとえ自分の頭の中の映画であっても。できることならそれを呼び出して、現在の不安と恐怖と、目前に迫っているはずの痛みから逃れたい。だが、そうはいかないだろう。たとえ頭の中の映写機がまわりだしたとしても、マージがチャーリーを痛めつけようとしている現実は変わらないのだから。

映画はいまのチャーリーを救うことはできない。

「あの娘を置いて帰っちゃう前に、あんた、あの娘になんて言ったの？」マージは訊く。

チャーリーはごくりと唾を呑みこんで時間を稼ぐ。その言葉は口にしたくない。口にしたらマージに何をされるかわからないからではない。それも充分に恐ろしいが、そんな言葉をもう一度聞きたくないからだ。親友に投げつけた最後の言葉を思い出したくないからだ。

「ほら。答えて」とマージは言う。

「警察からもう聞いたでしょ」

「あんたの口から聞きたいの。あんたがマディに言ったとおりの言葉を」

「うる——」チャーリーはまた唾を呑む。喉が締めつけられ、口がからからだ。「うるさいなって言ったんです」

マージは長いこと黙りこむ。静寂だけが大広間の闇の中に濃密に広がる。聞こえるのはプライヤーを閉じたりひらいたりする音だけ。

カチッ。

間。

カチッ。

「その報いとして」とマージはようやく言う。「あたしはあんたの舌を引っこ抜くべきだけど。そしたらあんたは路地にいた男のことをしゃべれなくなっちゃうからね。どんな男だった？」

チャーリーは椅子の上で身をよじる。「こんなことやめてください」

「質問に答えな」マージはそう言いながらプライヤーをひらき、両の先端のあいだをちょうどチャーリーの奥歯の幅ぐらいにする。「そのほうがおたがいに楽だよ」

「よく見なかったんです」チャーリーは言う。

「でも、見たんだよね」

「見たのは空想の産物です。本物とはちがいます」

「同じかもしれない」

「ちがいました」とチャーリーは言う。「映画の登場人物みたいに見えましたから。帽子をかぶってたんです」

マージは身を乗り出してくる。「どんな帽子？」

「中折れ帽です」

「服は？」

チャーリーは眼をつむり、あの晩に見たものを必死で思い出そうとする。自分の脳内映画ではなく、つかみそこねた現実のほうを。だが、まぶたの裏には何も浮かんでこない。見えるものといえば、この二か月間彼女につきまとってきた黒い人影だけだ。

「見てません」

「いいえ、見てるはずだよ」マージの声に怒りがこもる。肌で感じ取れるほどありありとした怒りが。「ほら、思い出して」

「無理です」チャーリーの声は絶望でかすれる。「思い出せません」

「ならあたしが思い出さしてやる」

マージは突進してくる。彼女が近づいてくるとチャーリーは椅子の上で身をもがく。椅子の脚がガタガタと床をたたき、ゆがんでギシギシいう。だが、縛めからは逃れられない。

この状態では。

マージにのしかかられ、手にしたプライヤーをカチカチと開閉されていては。

チャーリーは眼を閉じ、絶体絶命の窮地を逃れようと全体重を左側にかけて椅子を倒そうとする。が、所詮はむだなあがきだ。床に倒れてしまえば、マージにやすやすと歯を引っこ抜かれる。

マージは片手で椅子を押さえると、もう片方の手で躊躇（ちゅうちょ）なくチャーリーの唇のあいだにプライヤーを押しこむ。チャーリーは顔をそむけるが、プライヤーの先が口の端に引っかかり、釣り針にかかった魚のようになる。マージは手をゆるめず、まずプライヤーをひねってから歯にがつんと打ちつける。

チャーリーの肺の中で悲鳴が生まれ、ふくれあがる。悲鳴などあげたくはない。そんなことをしてもむだなのはわかっている。それでも悲鳴はふくれあがり、胸の奥からこみあげてきて喉を通過し、顎をひらく。

その隙間を見つけて、マージはプライヤーをねじこんでくる。

チャーリーはそれをがっちりとくわえ、歯がゴリゴリと金属にこすれる。

マージは柄を広げる。

プライヤーがひらき、チャーリーの顎をジャッキのようにこじあける。

チャーリーはまた悲鳴をあげようとするものの、プライヤーは口の中にはいりこんできてガチガチと開閉し、ついに舌をはさむ。

悲鳴のかわりに別の音がチャーリーの喉からあふれる――奇妙でグロテスクなうめき声が。そのうめき声がつづくなか、マージは刻み目のついたプライヤーの内側を肉に食いこませて舌をぐいぐいと引っぱる。舌が抜けるのではないかと怖くなるほど強く、ぐいぐい、ぐいぐいと。あまりの痛みにチャーリーの視野にふたたび白点が現われ、彼女は自分がまた気を失うのがわかる。こんどはクロロフォルムではなく、痛みのせいで。

プライヤーがずるっと舌からはずれ、口の奥で一本の臼歯をつかむ。マージはそれをぐいと引っぱり、チャーリーはまた野蛮なうめき声を漏らすが、それはすぐに歯のエナメル質がプライヤーで削られる音にかき消される。頭蓋の内側に響きわたるおぞましい音に。

だがそこで、別の物音が聞こえてくる。

遠くから。

山荘のどこかでガラスの割れる音が。

それはマージにも聞こえたらしく、チャーリーの口の中のプライヤーがゆるんで、歯を放す。

するとさらに物音が聞こえてくる。どこかでドアがあく音と、ガラスを踏む音が。

マージは後ろを見る。プライヤーを床に置き、エプロンのポケットから拳銃を取り出す。それから無言で立ちあがり、ランタンをひとつつかんで物音の原因を探りにいく。

痛みに耐え、椅子に縛りつけられ、白点がまだ視野に渦を巻いているチャーリーには、マージが山荘のふたつの翼棟の一方へ姿を消すのを見送ることしかできない。マージの持っているランタンの輝きが、彼女の周囲に光の輪を作っている。マージが光の輪とともに角を曲がって見えなくなって初めて、チャーリーはほかにも誰かがいるのに気づく。

反対側の闇から人影が現われてくる。

ジョシュだ。

その姿を見て、チャーリーの頭にばらばらな思いがいっせいに浮かぶ。ジョシュがそこにいるという驚き。ジョシュが生きているという安堵。仕返しに何をされるのかという不安。ジョシュのスエットシャツの半分は血でごわごわになっている。あとの半分は汗で湿っているようだ。ジョシュはチャーリーのほうへやってくる。刺し傷のせいで、右半身しかうまく動かせない。左半身は後ろに引きずるような格好になっている。それでも、そのぎくしゃくした姿が近づいてくると、チャーリーは身を縮める。

あんなことをしてしまったのだから、最悪を覚悟する。

ところがジョシュは大広間を見わたしてから、こうささやいただけだ。「マージはどこだ？」

チャーリーはマージが姿を消した翼棟のほうへ顎をしゃくる。

ジョシュはチャーリーが怪我をしていないか確かめるように、彼女の両肩に手を置く。

「だいじょうぶか？　どこもやられてないか？」

答えにくい質問だ。プライヤーではさまれたり引っかかれたりした口の中の疼きは、〝やられた〟と告げている。〝マージに怪我をさせられた〟と。だが、このぐらいなら大したことはない。まだ。チャーリーは時間を節約するため——と痛む口を動かさないようにするため——に首を振ってみせる。

「よかった」

ジョシュはそう言うと、ポケットから何かを取り出す。

あのナイフ。

チャーリーがジョシュの脇腹を突き刺したナイフだ。

けれども、チャーリーとちがってジョシュはそれをよい目的で使用し、チャーリーの手首を縛っているロープを切りはじめる。彼女を傷つけないように慎重に、ナイフをごしごしと動かして。チャーリーは自分の見ているものが信じられない。

ジョシュがわたしを助けようとしている。

わたしがジョシュを殺そうとしたまさにそのナイフで。

「きみをここから連れ出す」チャーリーの手首を縛っていたロープがついにほどけ落ちると、ジョシュはそう言う。

それからチャーリーの後ろにまわり、体と椅子をぐるぐる巻きにしているロープをほどこうとしはじめる。

「ごめんなさい」とチャーリーは言い、しゃべると口の中の痛みが和らぐのに気づいてほっとする。「あんなことしちゃってごめんなさい」

「謝らなきゃならないのはおれのほうだ。きみを車に乗せたりしちゃいけなかったんだ。マージはきみと話がしたいだけだと、そう言ったんだ。まさかこんなことをするつもりだとは知らなかった」

「わたしも知らなかった。まさかあなたが――」

「賞金稼ぎだとは、か？　だろうと思ったよ」

「なぜ教えてくれなかったの？」

「言えなかったからさ。きみは逃亡犯じゃないし、これは法執行機関の仕事でもない。どこかの婆さんに雇われて、ただの大学生をど田舎のダイナーまで連れてくるという仕事だ。金が欲しくて引き受けた私的な仕事なんだ。ばれたら免許を取りあげられる」

「じゃ、あなたが車の中で言ったことは全部――」

「きみをなるべく簡単にここへ連れてくるための方便さ」とジョシュは言う。「危害を加えようなんてつもりはさらさらなかった。暴力を使うのは最後の手段だった。だからいろとでっちあげなきゃならなかったんだ。でも、きみの頭をあんなふうに混乱させるなんて、ひどいしうちだったと思ってる。謝るよ」

　普通の状況だったらチャーリーはとても許す気にならなかっただろう。だが、腕を椅子に縛りつけていたロープが膝に落ちてもまだ腹を立てつづけるのは難しい。手が自由になったので、ジョシュは体に巻きついているロープをほどくのはチャーリーにまかせ、自分は前にまわって彼女の足首を縛っているロープをごしごしと切りはじめる。

　ジョシュが一本をほとんど切りおえたとき、チャーリーは彼の背後にランタンの光が現われたのに気づく。

マージだ。

片手に灯油ランタンを、片手に拳銃を持ってキャンバス地のシートの反対側までやってくる。

ジョシュがそこにいるのを――いまにもチャーリーを解放して自分の計画をぶち壊しにしようとしているのを――見るなり、悲しみに疲れたマージの心の内で何かが壊れる。チャーリーにはそれが見える。内面の崩壊が全身を揺るがすのが。

そしてそれが終わる前に、マージは銃を持ちあげ、狙いをつけ、撃つ。

山荘の外――夜

ロビーは危うく正面玄関を使うところだった。へこみのあるキャデラックの後ろにボルボを静かに駐めたあと、彼はこう考えていた。建物に飛びこんでいって、必要とあらばあの老ウェイトレスに組みつき、チャーリーを取りもどそうと。

だが、そこで銃のことを思い出した。

老ウェイトレスが銃を持っていることは知っていた。ダイナーの外でチャーリーの背中に突きつけているのを見たのだから。

チャーリーと一緒に多くの映画を見てきたので、正面玄関からいきなり飛びこんでいく登場人物にはたいてい不幸な結末が待っていることぐらい承知していた。ことに悪役が銃を持っている場合には。手元にある武器といえば、キャデラックのテールライトを割るのに使ったタイヤレバーだけだったので、ロビーは別ルートを使うことにした。

というわけで彼はいま、山荘の右手の森をよじのぼっている。裏口を見つけて中にはいり、こっそりウェイトレスに忍びよろうという計画だ。しかし、建物のこちら側は整備されていない。樹木のびっしり生えた岩だらけの土地が、山荘本体と近くの滝へ流れる急流とのあいだに広がっている。滝はどうどうと水音を立て、ほかの音はいっさい聞こえない。それは彼の近づく音を消してくれるという点ではいいことだが、彼にこっそり近づこうとする者がいた場合にもその音を消してしまうという点では、いいことではない。

闇も味方ではない。ここの木々は大半が針葉樹で、びっしりと茂る枝々が月明かりをさえぎって地面を真っ暗にしている。スニーカーしかはいていないロビーは、さきほど積もった雪でたびたび足を滑らせる。沢から数メートルしか離れていない身には、決していいことではない。一歩まちがえば沢に転落し、その時点で万事休すだ。たしかにロビーはかつて水泳チームの花形だったし、いまはコーチでもあるが、たとえオリンピックの金メダリストでも、いったんこの沢に落ちたら、滝に引きこまれないようにするのは不可能だろう。

右手の早瀬に絶えず気を配りつつ雪と闇の中をもたもたと登りながら、ロビーは考える。ダイナーの外にあった公衆電話で警察に通報したほうが楽だったはずだと。

しかし、ばかげてもいたはずだ。

警察にはすでに一度通報しているが、なんの役にも立たなかった。それに、ダイナーの駐車場で警察が来るのを待っていたら、ウェイトレスがチャーリーをどこへ連れていったのか手がかりすらつかめなかったはずだ。キャデラックを尾行してこなかったら、こんな場所が存在することは絶対にわからなかっただろう。

山荘の裏手にまわりながら、ロビーは心の底では自分の決断が正しかったことに気づいている。あのダイナーで話をまともに聞いてくれるかどうかもわからない警官を待つより、ここに来てよかったのだ。ここなら実際に何かをできる。

だが、慎重にならなければならないことも彼は承知している。行動だけでなく、思考においても。自分は頭のいい男だ。数学教授になるために勉強しているのだから。この難局を切りぬける方法を考え出せる。ゆっくりと着実に進む者。それがつねに競争に勝つのだ。

だが、そのとき山荘の奥で物音がはじける。

銃声だ。

まちがいない。

ごうごうたる滝の轟きでさえ、その音はおおい隠しようがない。

それを聞いたとたんロビーは、ゆっくりと着実に進む者はもはや難局を切りぬけられないことを悟る。

迅速さが必要だ。

だが、それでももう手遅れかもしれない。

山荘の大広間内――夜

がらんとした大広間に銃声が爆竹さながらにけたたましく反響する。

それにつづいて、なま温かい血がチャーリーの顔にびしゃっとかかり、ジョシュがうめく。

小さく。愕然と。

ジョシュは右に傾いで、映画で人が倒れるときとはまるでちがうドスッという音とともに床に倒れる。惨めな音だ。柔らかいけれども大きな。洗濯物の詰まった袋をベッドに投げ出したような音。

見るとジョシュはうつぶせに倒れており、スエットシャツの肩に弾の穴と、広がっていく血の染みが見える。体の下からも血が流れ出し、キャンバス地のシートに染みこんでいく。

チャーリーはあわてて身をかがめ、足首を縛るロープを引っぱる。ジョシュを助けなくてはならない。もう手遅れでなければだが。ジョシュのほうを見ても、彼は身動きもしないし、声も立てない。

シートの反対側にはマージがまだ銃をかまえて立っている。顔は驚きの仮面と化し、自分でも自分のしたことが信じられないようだ。眼の前のジョシュと同じく、マージも片側にぐらりと危なっかしく傾く。

マージはどうにか姿勢を保ったが、ランタンが手から滑り落ちて床で砕ける。

倒れたランタンから灯油がこぼれ、水銀のような流れがシートを這っていく。

それが窓ぎわのカーテンまでたどりつくと、そのあとを火が追いかける。最初はひと筋の青い炎が灯油のつけた道を走る。火がシートに食いこみだすと、炎はオレンジ色に変わり、こんどはみずからシートに道を作りつつ、まもなくカーテンに達する。

火はたちまち燃えうつり、炎が生地を天井へと這いのぼる。ものの数秒ですべてのカーテンが炎に包まれる。一枚が落下し、火と煙と灰のかたまりとなって床に落ちる。

そこから新たな火が燃えあがって、シートに広がる。火はキャンバス地の端まで達すると、こんどは寄木の床に取りかかる。

カーテンがもう一枚落下すると、また一か所に火が燃えひろがり、同じように床に燃えうつる。

それが繰りかえされて、しまいには大広間全体だけでなくその先まで炎に包まれることが、チャーリーにはわかる。それに、火がもうひとつの灯油ランタンに達したら、状況はさらに悪化するはずだということも。

ジョシュのほうを向くと、炎の壁が成長しながら近づいてくるのが見える。

「助けて！」とチャーリーはマージに叫ぶが、マージは炎からあとずさったまま呆然としている。

放心していてチャーリーの声が聞こえないのか、聞くことを拒んでいるのか、どちらかだ。

チャーリーは最後のロープを脚からむしり取り、ジョシュのところへ行く。ジョシュは依然として声も立てず、身じろぎもしない。チャーリーは何も考えずにその両足首をつかむと、彼を引きずって火から遠ざけはじめる。ひと筋の血の跡の残るキャンバス地を、炎が急速にむさぼりつつ、ふたりを追いかけてくる。

まもなくふたりはシートの外に出て、大広間の寄木の床をずるずる横切りはじめる。炎から逃れられたわけではない。それにはほど遠い。でも、離れてはいる。いま大切なのはそれだけだ。

マージもすでに大広間の表側へ移動して、火が燃えひろがるのを苦悩の表情で見つめている。まだ銃を手にし、かまえたままだ。炎を撃とうとしているのだろうか。チャーリーは一瞬そんな非現実的なことを考えるが、そこでマージはくるりと向きを変え、銃をチャーリーに向ける。

チャーリーは両手をあげる。

「お願い。こんなことはやめて。彼を助けなくちゃ」

脇のほうで火が大きくなる。椅子とスツールはいまやどちらも燃え、数分前までチャーリーが座っていた場所で炎が躍っている。カーテンは一枚を残してすべて窓から落下し、ガラスにさらに多くの炎を映して火事をいっそう大きく見せている。煙が朦々（もうもう）と天井に立ちのぼり、むきだしの棟と梁のあたりに集まっている。

それらの材木を見あげてチャーリーは考える——この火事は大きくなる一方だろう。

「お願い」とマージに言う。「わたしを逃がして。わたしたちを逃がして」

チャーリーは一瞬、気持ちが通じたかもしれないと思う。マージはどうすべきか本当に迷っているような顔をする。それどころか腕をおろしはじめ、銃身が下を向く。

だがそのとき、最後のカーテンが吊り棒もろとも落下する。棒の端が窓をたたき割り、そのガラスの砕ける音でマージは考えなおす。チャーリーにはまたしてもそれが見える。内面の新たな崩壊が。

マージは銃をかまえる。

マージが引金を引くのと同時に、チャーリーは誰かに足首をつかまれて引き倒される。倒れるのと同時に弾が頭上を通過する。ほんの数センチ上を。横にジョシュがいる。

まだ生きている。

眼があいている。

口がひらき、ひと言だけ言葉を発する。

「逃げろ」

山荘の内部――夜

チャーリーは最初に眼についた場所へ走る――山荘の暗い翼棟のひとつへ。煙で霞んだ入口を咳きこみながら駆けぬけ、真っ暗な空間が広がる未知の廊下へ飛びこむ。

廊下にはいると、闇の中を足早に進んでいく。まだロープがからみついたままだ。腰に巻きついた一本を後ろになびかせて、彼女は走る。この廊下の先に何があるのかはわからない。炎上する大広間から離れると、何も見えなくなる。直感に裏切られないことを祈りつつ、直感を頼りに進むしかない。

ここも片側の壁には窓が連なり、カーテンがぴたりと閉ざされている。チャーリーが通過するとそれらがさらさらと揺れるのがわかる。いまはまだ無傷だが、炎にとらえられるのも時間の問題だろう。

じきに山荘全体に火がまわるはずだ。

それはまちがいない。

それまでに出口を見つけられるかどうか。それがチャーリーにしてみれば唯一の問題だ。

あるいは、マージに追いつかれるまでに見つけられるかどうかが。立ちどまってマージが山荘のこちら側へ追いかけてきているかどうかを確かめたりはしない。追いかけてきてはいないだろう。来ていれば気配を感じるはずだ。

だからチャーリーは走る。

闇雲に。

両腕を前に突き出し、壁に指を這わせて手探りでドアを探す。

ドアが見つかったのは、廊下が不意に九十度曲がって方向を変えるところで、チャーリーはまっすぐに進みつづけて、壁にではなくスイングドアにぶつかる。

ほかにどこへ行けばいいのかわからず、そのドアを押して別の部屋にはいる。部屋の反対側にあるひと組のドアの隙間から、灰色の光が細く漏れてくる。チャーリーはそちらへ駆けだすが、二、三歩走ったところで、部屋の中央の暗がりに隠れていた何かに激突する。腰をそれにぶつけ、痛みが脇腹を駆けあがる。

チャーリーは立ちどまって状況を把握しようとする。むかいの戸口から漏れてくるほのかな光で、かろうじて周囲の様子がわかる。

そこは厨房だ。レストランにあるような広々とした厨房。大きなガスレンジと、上下にならぶオーブン、三人が立ってはいれるほどの冷蔵庫がある。

チャーリーがぶつかったのは厨房の真ん中にある調理台だ。恐怖で汗ばむ手がステンレスの表面に掌紋を残す。それが消えていくのを見つめていると、物音が聞こえてくる。

近くで。

足音が。

いまチャーリーがはいってきたドアに、迷いのない足取りで近づいてくる。

マージだ。マージしかいない。捜しにきたのだ。そんなことはわかっていなくてはいけなかったのに。簡単に逃げられると思っていた自分が急にばかに思えてくる。

チャーリーは床に伏せて調理台の下に這いこむ。息を殺して耳を澄ましていると、マージが厨房にはいってくる音が聞こえる。靴の底が床にこすれる音が。

キュッ。

近づいてくる。

キュッ。

さらに近づいてくる。

キュッ。

マージの靴が見えてくる。白いスニーカーが。ウェイトレス向けの実用靴だ。左の靴の爪先に血が飛び散っている。

体は逃げろと懇願してくるが、チャーリーはひたすらじっとしている。そのまま物音を立てないようにしていれば、ここには誰もいないと思ってくれるかもしれない。立ち去ってくれるかもしれない。自分は逃げおおせるかもしれない。そう考えている。

だが、マージはまた一歩近づいてくる。

キュウ。

それからもう二歩。

キュウ、キュウ。

いまやチャーリーのすぐ横にいる。血の飛び散ったスニーカーがチャーリーの鼻先から数センチのところにある。腹這いのまま片頰を床に押しつけていると、胸の奥の激しい鼓動が体の下の冷たいタイルの床に響くのがわかる。

マージもそれに気づいているのではないかと不安になる。スニーカーが移動しないからだ。その場にとどまっている。ぞっとするほど近くに。

チャーリーは動かない。

呼吸もしない。

そのままじっとしていると、ようやくスニーカーが動きだす。

キュッ。

キュッ。

キュッ。

そして……静寂。

静寂がさらに一分つづいたあと、チャーリーは思いきって息を吐く。

二分後、動きだす。

頭の中で一秒ずつ時を数え、五分が経過すると調理台の下から這い出す。

膝立ちになって、調理台越しに厨房の残りの部分をのぞこうとする。

最初に眼にはいったのは、左の爪先が血で汚れたひと組のスニーカーだ。

顔をあげると、マージが調理台の上からにんまりとチャーリーを見おろしている。血のしたたるプライヤーを手にして。

「みいつけた」マージは言う。

チャーリーは悲鳴をあげてあとずさり、もう一台の調理台にぶつかる。

新たな痛みの波が体を駆けぬけるのと同時に、チャーリーは調理台が空っぽなのに気づく。

マージなどいない。

誰もいない。

「やめて」とチャーリーはつぶやく。「やめて、やめて、やめて。いまはやめて。お願いだから、いまはやめて」

だが、もう遅い。

もう始まってしまっている。

考えうる最悪の瞬間に、また脳内映画が始まってしまっている。

舞踏室の内部――夜

チャーリーは厨房の反対側にある両開きのドアを突きぬける。

はいったところは舞踏室だ。

どうやら。

鏡張りの壁と、金めっきの回り縁が見える。磨きこまれた床と、その上に吊りさげられた蜘蛛の巣まみれのシャンデリアが。どれも現実ではありえない。それは重々承知している。

部屋のむこう側にある、屋外に出られそうなひと組のフレンチドアも。

チャーリーは急いでそちらへ行く。何もかも消えて別のものに変わるのではないか。そう警戒し、様子をうかがい、不安を抱きつつ。

ダンスフロアの中央、シャンデリアの真下まで来たとき、自分の姿がむかいの壁の鏡に映っているのに気づく。

部屋の反対側の鏡がそれをひろう。

鏡に映る鏡の中の自分。

それがまた元の壁の鏡に映り、またむかいの鏡に映る。

チャーリーは何十という自分の姿を見つめる。それらが自分とまったく同じ動きをするのを。自分の動作を真似るのを。シャンデリアの下で独楽のようにくるくるまわるのを。

チャーリーはぴたりと動きを止める。

ほかのチャーリーも止まる。

マージも舞踏室にはいってきたからだ。

鏡に映るマージが見える。ひとりではなく多数のマージが。全員があの優美で古風な拳銃をチャーリーに向けている。

そして全員が引金を引く。

ひとりのチャーリーが粉々に砕ける。

ふたたび銃声が、こんどは舞踏室のむこう側から轟き、ふたりめのチャーリーが撃たれて、顔に蜘蛛の巣状の亀裂が広がる。

つづいてもうひとりが粉々になる。

そしてもうひとり。

チャーリーはフレンチドアのほうへ駆けだす。

あえぎつつ、
全力で。

それからドアを押しあけて舞踏室の外に出る。

屋外。路地――夜

チャーリーは外によろめき出て、冷たいアスファルトに激しく転倒する。

立ちあがる前にフレンチドアのあいだから、いま脱出してきた舞踏室をのぞく。

マージの姿はない。

舞踏室には誰もいない。

鏡もすべて無傷だ。

映画だったのだ。案の定。

だが、立ちあがって舞踏室に背を向けたとき、心臓が止まりそうになる。

そこはたしかに屋外ではあるものの、思っていたような屋外ではない。

山荘を囲む針葉樹の森ではなく、マディが殺された晩に自分がいたバーの外だと気づく。

店外のゲロとビールのにおいから、店内のザ・キュアーのカバーバンドまで、まさにあのときのままだ。

そしてそこに、その路地の真ん中にマディがいる。チャーリーが最後に見たときと同じように——

黒い人影とともに立っている。

斜めに射しこむ白い光を浴びて。

煙草に火をつけようと顔をうつむけて。

だが、今回はチャーリーのほうを一瞥する。黒い影になった男の肩越しに、まっすぐチャーリーを見る。

そして笑顔を見せる。

すばらしい笑顔を。

マディはスターになれたはずだ。チャーリーにはわかる。マディはスターにふさわしい容姿を持っていた。その美しさは型にはまらず、まばゆいほどで、大きなスクリーンにうってつけだった。でも、マディが本当にスターになったとしたら、それは彼女の個性のおかげだっただろう。マディはしつこくもあればそっけなくもあり、チャーミングでありながらでたらめでもあった。そういう特質に——チャーリーと同じように——惹かれる人々なら、マディを礼賛したことだろう。

いまはもうそれは実現しない。それを見逃した人々をチャーリーは気の毒に思わずにはいられない。世界の大半はマデリン・フォレスターをついに体験することはないのだ。

けれどもチャーリーは体験した。

体験して、愛して、心から恋しがっている。

「ごめんね」とチャーリーはマディが実際にはそこにいないのを承知で言う。マディの姿はただの脳内映画だ。でも、そんなことはかまわない。チャーリーは言わずにはいられない。マディがまだ生きているときに口にしたかった最後の言葉を。「あんたはひどい友達じゃなかった。あんなことを言っちゃってごめん。本気じゃなかった。あんたはすばらしい友達だった。わたしに生きてることを——」

「実感させてあげた？」とマディが言う。

「うん」

それもたんに生きているのではない。映画の中で生きているのだ。それはあらゆる点ではるかにすぐれている。

「わかってるよ」とマディは言う。「ずっとわかってた。最後の瞬間まで」

マディと一緒に立っている男は、チャーリーに背を向け、顔をうつむけ、ライターの炎を手で囲ったまま、時の中で凍りついていて、あいかわらず正体はわからない。たとえチャーリーが、フレームにはいっていく映画監督よろしく近づいていっても、どんな顔をしているのか見ることはできない。いくら近づいても影のままだろう。チャーリーにはそれがわかっている。

だから彼女が見つめるのはマディだ。マディはスポットライトを浴びてきらめいている。あまりにまばゆいので、影になった中折れ帽の人物は霞んで消えてしまう。闇は光に駆逐される。

おかげでマディはひとりになる。滑稽なほど高いハイヒールをはき、バージニア・スリムを指にはさんで立っている。

「あたしが恋しい？」彼女は言う。

チャーリーは涙をこらえながらうなずく。「もちろんだよ」

「なら、ここにいて」

チャーリーもそうしたい。できることなら、なるべく長いあいだこの映画の中で生きていたい。でも、できないのはわかっている。

「あんたは現実じゃない」とマディに言う。「わたしの脳内映画にすぎない」

「でも、そのほうが現実の人生よりよくない？」

「そうだけど。わたしは現実の世界で生きなくちゃいけないの」

「たとえ恐ろしい世界でも？」マディは言う。

「恐ろしい世界ならなおさら」

いまのチャーリーは周囲の状況を完全に把握する必要がある。自分がどこにいるかだけでなく、誰が近くにいるかも。

明瞭さ。

それがこの状況では求められている。自分の命はそれにかかっている。

「だけど、あんたがあたしを見るのはこれが最後になるかもよ」マディは言う。

チャーリーの眼にさらに涙がこみあげてくる。それを押しとどめ、この架空の別れを現実の別れとは正反対のものにしようと決める。

　怒りはなし。

　涙もなし。

　愛と喜びと感謝だけがある別れにしようと。

「だったら思い出に残るものにして」とチャーリーは言う。

　マディは半身にかまえてポーズをとる。片手を腰にあて、反対の手を優雅に伸ばすと、指にはさんだ煙草から紫煙が立ちのぼる。完璧だ。

「なんたるゴミため（ホワット・ア・ダンプ）！」

　マディがそう言うと、チャーリーは微笑んで眼を閉じる。眼をあけたときにはマディは永遠に消えているはずだ。

「わたし、あんたを崇拝すると思う」

屋外。山荘のベランダ——夜

予想どおり、眼をあけたときにはマディは消えている。チャーリーがいるのは路地ではなく、〈山のオアシス山荘〉の外の石畳の通路だ。冷たい夜風に顔をひっぱたかれて、何よりも必要な明瞭さが戻ってくる。

脳内映画は終わったのだ。

ひょっとしたら永久に。

足の下の自然石のおかげで、チャーリーはそこが山荘の裏手のベランダに近いあたりではないかと気づく。似たような歩道を、さきほど大広間のフレンチドアから逃亡しようとしたときに見かけたからだ。その推測を裏づけるように、黒っぽい煙が建物の角をまわって漂ってくる。それとともに、ものが燃えるパチパチ、メリメリ、ポンポンという音も。

歩道を走っていって角を曲がると、煙が濃くなり、ものが燃える音が大きくなる。まもなく、さきほど見かけたのと同じプール・エリアにたどりつくが、様子はだいぶ変わっている。そばの大広間から流れ出てくる煙があたり一面に渦を巻いている。いがらっぽいその煙のむこうにゆらゆらと、窓のならぶ壁が垣間見える。窓のすぐ奥では、大きな炎の舌がいくつも宙をなめている。どうやら火は大広間の残りの部分にも燃えひろがったようだ。炎がフロントデスクを這い、支持材を天井に向かってよじのぼっていく。屋根の一部が崩れて中の床に落下し、火の粉が舞いあがる。熱の壁が押しよせてきて、チャーリーは何歩かあとずさる。

そのとき、そのフレンチドアに気づく。

大半の窓のようにたんに壊れているだけではない。

あいている。

ジョシュがあけたのであってほしいが、別の人間があけたのだろう。

マージが。

外にいる。

このあたりに。

チャーリーは煙の中をあとずさる。歩道の石畳を摺り足で後退していくと、突然、それがすとんと途切れる。

チャーリーは一瞬のあいだ、途切れたコンクリートの縁でゆらゆらしながら両腕をぐるぐるまわし、懸命にバランスを取ろうとする。

だが、片足が滑ってバランスを崩す。

悲鳴が口から漏れるのと同時に彼女はのけぞり、宙を引っかきながら空っぽのプールと思しきものに転落する。眼を閉じて、底にぶつかる衝撃に備えるが、冷たいコンクリートにたたきつけられるのではなく、プールの底にたっぷりとたまった雨水に落ちる。汚れで黒ずんだ、藻でぬるぬるした水が、彼女を呑みこむ。

一瞬、チャーリーは感覚を失い、自分が沈んでいるのか浮いているのかわからなくなる。眼をあけてみるが、真っ暗だ。悲鳴をあげそうになったとたん、口が水とゴミとぬるぬるしたものでいっぱいになる。一部が喉に流れこんできて、彼女はむせる。

底に足をつけて汚水から立ちあがり、肺に到達した水をゲホゲホと吐き出す。

それからあたりを見まわす。

そこはプールの深いほうの端で、チャーリーは一メートル二十センチほどの水の中に立っている。プールの反対側のコンクリート壁には、錆びてはいるがまだしっかりした梯子が取りつけられている。

ドブ水にも似た水の中を、チャーリーはざぶざぶとそちらへ歩いていく。腐った葉があちこちに浮いている。そばには死んだ鼠も一匹。

梯子にたどりつくと、それを一段一段もたもたとのぼりだす。手はひどく濡れているし、スニーカーはひどく滑る。おまけにウールのコートは腐った水をぐっしょり吸いこんで鉛のように重くなり、梯子をよじのぼるチャーリーを引きおろそうとする。

それでも、チャーリーはのぼる。

足が横棒を踏みはずすこと一回。

手が手すりからはずれること二回。

ようやく眼がプールの縁から上に出て、さきほど足の下から消えたのと同じ石畳の歩道が現われる。

川霧のようにプール上に漂う煙も見える。

そしてその煙の中、梯子のてっぺんに立つひと組の白いスニーカーも。

空想の中とはちがってそこに血は付着していないが、チャーリーにはそれがマージのものだということ、こんどは自分の脳内映画ではないことがわかる。

一秒後、冷たい銃口が額に押しつけられるのを感じる。

「あがっといで」とマージは言う。「話はまだ終わってないんだ」

マージは後ろへさがって、梯子をのぼりきったチャーリーが歩道に立てるだけの場所を空ける。ふたりはにらみあう。チャーリーはずぶ濡れで汚水をぽたぽたと垂らし、マージは煙で黒ずんだ顔をしている。

「ジョシュはどこ？」とチャーリーは訊く。

「無事だよ」

「あなたの言葉は信じられない」

マージは肩をすくめる。「あたしゃかまわないけど」

ふたりの横で山荘内から低い轟きがあがる。屋根がまた――こんどはもっと大きく――落下したのだ。足元の歩道が震動し、煙と火の粉がふたりを襲う。その波があまりに濃いので、あたりが見えなくなり、頭がくらくらする。

煙が晴れると、マージがまだむかいに立っているのが見える。銃をこんどはチャーリーの胸に向けている。

「なら、マディはどうなんです？」とチャーリーは最後の脳内映画を思い浮かべながら言う。魅力を全開にしたマディの姿を。「マディのことは大切に思ってるんでしょ？　わたしたちがこんなことをしてるのを見たら、マディは怒りますよ」

マージは何か言いかけるが、思いなおしてまた黙りこむ。チャーリーの言い分には反論のしようがないのだ。事実なのだから。ふたりともそれはわかっている。マディがここにいたら、自分の眼にしたものにむかついているはずだ。

「ほっとくわけにはいかないんだよ。何かしなくちゃならないんだ」マージは銃をチャーリーに向けたまま言う。「あたしは誓ったんだから――」

「恨みを晴らすって？　わたしを傷つけたって恨みは晴れない。それでマディが返ってくるわけじゃない。マディはもういないの。わたしはそれが悔しい。悲しいし、腹立たしいし。でも、何よりもまず、わたしはマディが恋しい。恋しくてたまらない。あなただってそうでしょ」

「そりゃつらいさ」とマージはしゃがれ声で言う。「あの娘がもういないなんて――それはとんでもなくつらいよ」

「わかります」とチャーリーは言う。「わたしもそうですから」

「なのに何ひとつわからない。途方に暮れるよ。あたしゃ誰がうちのマディを殺したのか、どうしても知りたいんだ」

　それはチャーリーとて同じだ。でも、人生というのは往々にしてそうはいかないことも彼女は知っている。人生は映画ではない。映画なら多くの場合、プロットはきちんと蝶結びにされている。けれども現実の世界では、何が両親の事故死の原因だったのかも、誰が親友を殺したのかも、結局わからないかもしれない。そのつらさ、苦しさ、理不尽さに、チャーリーはときどき叫びだしたくなる。でも、それが人生であり、人はみなその人生を生きていかなくてはならないのだ。

「わたしを逃がして」とチャーリーは言う。「逃がしてくれたら、一緒に乗りこえられます」

「それはだめ。悪いけどね。あたしはできるかぎりのことを知らなくちゃなんない。それは全部あんたしだい。あの晩何を見たのか――誰を見たのか――いますぐしゃべるか。それとも、もっとつらい目に遭うか」

　マージは撃鉄を起こす。

　すると、その後ろの煙の中を何かがよぎるのが見える。暗がりを白っぽいものが。

　ロビーだ。

　タイヤレバーを握りしめて煙の中をそろそろと近づいてくる。

　チャーリーの眼がまんまるになり、マージに背後の存在を悟られてしまう。

　マージがふり向くのと同時に、ロビーはタイヤレバーを振りあげてマージの肩に力いっぱいたたきつける。

銃が暴発する。

バンという すさまじい音。

ロビーはうめき声をあげて後ろへよろける。

マージはたちまちくずおれて歩道に倒れ、手から落ちた銃が石畳の上を滑っていく。

チャーリーは駆けよってそれをひろいあげ、体の前に突き出す。銃をかまえたのは生まれて初めてだが、そんなものを手にしているのがいやでたまらない。腕が震え、マージに向ける銃口が定まらない。

そのむこうではロビーが歩道に座りこみ、右手で左肩を押さえている。手の下から血がしたたり落ちてくる。それを見てチャーリーは息を呑む。

「撃たれたの？」

「かすっただけだ」ロビーはそう言って、信じられないという苦笑いを漏らす。だが、その途中で眼を見ひらき、息を呑んで言う。「チャーリー、気をつけろ！」

チャーリーは即座に事態を悟る。マージが迫ってくるのだ。銃を狙っているのだろうと最初は思う。それはあたっているが、チャーリーが予想したのとはちがう形だ。

マージはチャーリーのほうへ這ってくると、銃口から十数センチのところまで額を近づけてようやく止まる。

「やって」つらそうな惨めな顔でチャーリーを見あげて言う。「引金を引いて。お願い。ひと思いに楽にして。どのみちあたしはそうするつもりでいたんだから。今夜。ここで」

チャーリーは銃をぴたりと固定し、マージが今夜引き起こした惨事について考える。マージは報いを受けるべきだ。チャーリーだけでなく、ジョシュとロビーまでこんな目に遭わせたのだから。情報を求めるまちがった努力のせいで。

だが、そこでマディのこと、マディが日曜ごとにミーモーに電話していたことを思い出す。その姿を思い浮かべる。バスローブの上から好んではおっていた翡翠色のシルクのキモノ姿で腰かけ、電話のコードを指に巻きつけて、祖母の言葉に笑っているところを。マディを笑わせたその人がいま、チャーリーの前にひざまずいて、死なせてほしいと懇願していても、そんなことはチャーリーにはとてもできない。

「いやです。マディはそんなことを望まないはずです」

そう言うと、チャーリーは銃をプールに放りこむ。銃はポチャンという音とともに黒い水の底に消える。

マージは何も言わない。銃の沈んだ場所を虚ろな眼で見つめているだけだ。

チャーリーはマージの脇を通りすぎてロビーのところへ行く。ロビーはまだ肩を押さえている。血が袖を伝って肘からしたたり落ちる。

「病院に行かなくちゃ」とチャーリーは言い、手を貸してロビーを立ちあがらせる。

「それよりまず、ここから離れないと」

山荘内でまた崩落の音が轟き、それにつづいてめりめりと材木の裂ける音がする。それが何を意味するのかチャーリーにはわかる。大広間の残りを支えている支持梁がいまにも落下しようとしているのだ。

そうなったときここにいたくはない。

ふたりは建物の裏手沿いを足早に進み、山荘とのあいだにさらに距離を取るため歩道を離れて森にはいる。建物の角を曲がるときが来ると、チャーリーは一瞬だけ足を止めてマージのほうを見る。

マージはプールの横に座りこんだまま、山荘が崩れたらほぼまちがいなく彼女を呑みこむであろう火事を見つめている。

そうなるのはもう数分のうちだ。

だが、マージは怖がっているようには見えない。それどころか、オレンジ色の炎の輝きを浴びた姿は、チャーリーの眼には安らかに見える。マディのことを考えているのかもしれない。マディが見えているのかもしれない。脳内の映画で。

そうであってほしい。

そう心から願っているあいだにも、チャーリーはロビーにコートの袖をつかまれて引っぱられ、ついにマージは視界から消える。

午前三時

山荘の外――夜

ものすごい音だ。

そう思いながらチャーリーはよたよたと森を出て、ロビーとともに彼のボルボへ向かう。

火の咆哮。滝の咆哮。よく似たそのふたつの音――それは耳を聾するばかりで、まるで二頭の獣が戦っているようだ。というか、本当に戦っているように見える。チャーリーの右手には燃える山荘が、左手には泡立つ滝口があり、そのあいだを流れる急流には炎が赤々と映し出されている。

けれど、その騒音のなかでもチャーリーはジョシュのことを考える。

ジョシュはここにいる。ここのどこかに。

「ジョシュを連れてこなくちゃ」

「誰を？」とロビーは言う。

「わたしが車に乗せてもらった人。ここにいるの」

「どこに？」

チャーリーにはわからない。どこにいるのかも、まだ生きているのかも。それに関してはマージが嘘をついたということもありうる。

「彼は撃たれたの」チャーリーは言う。

「ぼくもだよ」とロビーは負傷した肩のほうに顎をしゃくる。「それにもう時間がない」

チャーリーは燃えあがる山荘に眼をやる。炎が屋根を突きぬけて高々と空に指を伸ばし、舞いあがる火の粉がくるくると宙を漂っては、脈打つオレンジ色の紙吹雪のようにその周囲を舞いおりてくる。

ロビーのボルボはマージのキャデラックのすぐ後ろに駐まっている。車の駐まっている正面玄関にはまだ火がおよんでいないとはいえ、山荘が倒壊したらそんなことは関係ない。ロビーの言うとおりだ。

逃げなくてはならない。

いますぐ。

車にたどりつくと、ロビーはボンネットにもたれかかる。

「だいじょうぶ？」とチャーリーは訊くが、だいじょうぶでないのは明らかだ。

「平気だよ」とロビーは言い、チャーリーに車のキーを渡す。「運転はきみがするしかないけどね」

それはチャーリーも想定していたが、彼女自身も最高の状態とは言いがたい。煙のせいで頭はくらくらするし、胸は苦しいいし、炎と滝の音はやかましいいし、失神するのではないかと思う。

　それでも頑張ってロビーを助手席に座らせると、ボルボの前をまわって運転席に滑りこむ。完全に座ったところで、はたと気づく。

　車を運転するのは、両親が事故死する前の日以来だ。

ボルボの車内――夜

四年。

チャーリーが最後に車の運転席に座ってからそれだけの時がたっている。

四年ものあいだ、ハンドルをまわすこともブレーキを踏むこともなかったのだ。

だが、それもいま終わろうとしている。

終わらせるしかない。

チャーリーは咳きこむ。ずきずきするような空咳をして体をふたつに折る。けれども咳をしたおかげで楽になる。最後の煙を吐き出して、静かで穏やかな車の中にいると、意識がはっきりしてくる。まだ衰弱はしているものの、頭はもうくらくらしない。

わたしにはできる。

怖がることはない。

車を運転するのは自転車に乗るのと同じだ。父親はそう教えてくれた。

チャーリーは車を始動させ、息を吹きかえすエンジンの生み出すくぐもった轟きにたじろぐ。それと同時に、山荘の内部からもまた低い轟きが聞こえてくる。横でロビーが言う。

「チャーリー、さっさと逃げよう」

チャーリーはアクセルを踏むが、強く踏みすぎてしまう。ボルボは勢いよく前に飛び出してキャデラックのリアバンパーにぶつかり、ぐらぐらと揺れる。

チャーリーはブレーキを踏み、シフトレバーをリバースに入れてボルボを後退させる。それからもう一度ドライブに入れる。こんどはもう少し慎重にアクセルを踏む。車はそろそろと前進し、チャーリーの操るままにキャデラックをかわして玄関屋根の下から出る。

「もっと遠くへ離れないと」ロビーが言う。

「いまやってるところ」

チャーリーはそのまま車を走らせ、山荘の前の車まわしをぐるりとまわって、滝の下へつづく曲がりくねった道のほうへ向かう。だが、その先はどう行けばいいのかまるでわからない。

「だいたい、いまどこにいるのかな」

チャーリーはまたブレーキを踏み、レバーをパーキングに入れると、地図を探そうとしてロビーの前にあるグラブコンパートメントに手を伸ばす。グラブコンパートメントががくんと口をあけ、小さな箱が転がり出てきてロビーの膝の上に落ちそうになる。

ロビーはそれをつかもうとするが、撃たれた傷のせいで反応が遅れる。そのためチャーリーがそれをつかんで自分のほうへ引きよせる。

指輪ケースだ。

黒い。

蝶番（ちょうつがい）のついた。

婚約指輪が一本だけはいるほどの。

チャーリーの胸に温かいものが広がる。彼女はオリファントを出る前にロビーからプロポーズされるのではないかと思っていた。でも、されなかったので、がっかりするよりもむしろほっとしていた。罪悪感と憂鬱で自分の世界に閉じこもっていて、そんな関わりを持つ覚悟はとてもできていなかった。

けれども、この長く恐ろしい一夜を経験したいまは、自分がまちがっていたのではないかと思う。

「ロビー、わたし――」

「待った！」とロビーは言う。

だが、チャーリーは思わず興奮してしまい、すでにその箱をあけている。軽いきしみとともに蓋を持ちあげると、何かがころころと転がり出てくる。

サイコロだ。

そう思いながら、窪めた手のひらで受けとめる。

象牙色をしたびっくりするほど小さな三つのサイコロ。

それが手のひらでカチカチと音を立てて初めてチャーリーは、その三つが本当はなんなのかに気づく。

　歯だ。

　アンジェラ・ダンリーヴィの歯。

　テイラー・モリソンの歯。

　マディの歯。

「ロビー、こんなものをどうして持ってるの？」

　答えはわかっている。

　ロビーが抜いたのだ。

　アンジェラを殺したあと。

　テイラーを殺したあと。

　マディを殺したあと。

　殺された親友の歯を手のひらに載せたままロビーを見つめていると、胸の内側で何かが消えるのがわかる。

　心臓が。

　それのあった場所が、がらんどうになっている。その空洞の内側で最後の鼓動音がまだ反響している。やがてそれも消え、チャーリーは何も感じなくなる。

　つまり自分は死ぬということだ。チャーリーはそう思う。それは救いではないだろうか。

いい、こんなことに耐えなくてはならないよりは絶対にましだ。

でも、チャーリーは生きつづけている。心臓はなくなったのに、頭がくらくらし、おなかがきりきり痛む。まるで何かが体を食い破って外に出てこようとしているみたいだ。

襲ってきた吐き気は速すぎて止められない。胆汁がこみあげてきて口からあふれ出ると、チャーリーはすぐに前かがみになり、吐物がハンドルからしたたる。

手の甲で口を拭って彼女は言う。「どうして?」

その声はひどく小さい。つぶやきと変わらない。小さすぎてロビーに聞こえたかどうかわからないので、もう一度こんどは大声で言う。

「どうして?」

その言葉は窓に跳ねかえって車内に響きわたる。

だが、ロビーは答えない。口をあけたグラブコンパートメントの中に眼をやり、別の何かをじっと見つめている。チャーリーがその瞬間まで見逃していたもの――

一挺のプライヤーを。

先端に乾いた血がこびりついている。

それを見ているうちに、あの晩のバーの外の光景が眼に浮かんでくる。マディに近づいていくロビーと、親しげな知人の顔を見てにっこり微笑むマディ。ロビーはそばに寄り、顔をうつむけてマディのライターを手で囲う。たまらずチャーリーは眼を閉じて首を振り、その光景を頭からふり払う。

「なんであなただって気づかなかったんだろう」ショックも吐き気も収まらず、消えたはずの心臓が頑固な鼓動を止めてくれるのをなおも待ちながらチャーリーは言う。「わたしがあそこにいたのを知ってた？　あなたを見たのを」

「あとになって知ったよ」とロビーは答える。それならチャーリーも少しは耐えやすくなるだろうといわんばかりに。「でも、そのころにはもう、実際にはぼくを見ていなかったのもわかってた。きみの頭の中じゃ別のことが起こっていたんだと」

チャーリーはその歯を見ているのに耐えられなくなり、ケースに戻して蓋をぱたりと閉める。ケースは手から滑り落ち、彼女は泣き声で言う。「なんでマディだったの？」

「あまりにも生意気だったからさ」とロビーは悪態でもつくようにその言葉を吐き出す。「つねに目立ちたがって。注目を浴びようとして」

「ほかの人たちもそれが理由で殺したの？　目立ちたがり屋だったから？　生意気だったから？」

「いや。自分を特別だと思っていたからだ。注目されて当然だと思って、絶えずそれを求めていたからだよ。でも、あんな連中は特別じゃないんだ、チャーリー。ぼくはもう一年も前から、きみがそれに気づいてくれるのを待ってたんだ。たいていの人間は愚かで、役立たずで、憐れなんだよ。なのに勘ちがいをして、どんな罰を受けても不当だと思うんだ」

チャーリーはぞっとして運転席側のドアに体をぴたりと押しつける。「病気よあなた」

「いや」とロビーは言う。「ぼくはほんとに特別なんだ。きみもね。憶えてるかな、ぼくらが出会った晩のことを。図書館で」

もちろんチャーリーは憶えている。それは自分だけのロマンチック・コメディだった。つまり、実際は記憶にあるものとは異なっていた可能性があるということだ。チャーリーはロビーを見つめて、あの晩自分が出会った男の片鱗でも見つからないものかと探す。

だが、見つからない。

ロビーはまったく見知らぬ男になっている。

「あの晩ぼくはきみを殺そうと思ってたんだ」とロビーは言う。「図書館で一緒に座ってたときも、ダイナーでも、きみを送って帰るあいだも。ずっと、きみを殺すのはどんな気分だろうと考えてた」

その淡々とした口調にチャーリーは鳩尾を殴られたような気分になる。しばらくまともに呼吸ができなくなる。

「なぜ殺さなかったの？」

「きみにはぼくを惹きつけるものがあったからだよ。きみはとても——」

「無邪気だった？」

ロビーは首を振る。「無知だった。きみは映画を見ればそれで自分は賢くなると思ってる。まるで世界がどんなものかわかるみたいに。でも、映画なんか見ても脳がゆがめられるだけだ。世界がどういうものか、きみは何もわかってない」

それはちがう。

世界がどういうものかチャーリーは知っている。

朝出かけていった両親は二度と帰ってこない。

親友と喧嘩をして〝うるさいな〟と言えば、それが親友に言った最後の言葉になってしまい、いつもそばにいてくれたこと、自分を理解してくれたこと、ありのままの自分を愛してくれたことに感謝する機会はもはや訪れない。

この無慈悲で、無情で、残酷な世界をさんざん――彼女の年齢にしてはあまりにもたくさん――見てきたせいで、チャーリーは別の世界に逃げこむことを選んだのだ。自分を傷つけない世界に。

人生は何度もチャーリーを裏切った。

映画は一度も彼女を失望させたことがない。

「ところがダイナーできみは一瞬、完全に放心してた。ほんのつかのまだけど。そのときぼくは悟ったんだ――きみはほかの連中とはちがう。特別だ。ぼくと同じだと」

「わたしはあなたとは全然ちがう」とチャーリーは吐き出すように言う。

何かが彼女をとらえる。

怒り。

マージが語っていたのと同じ種類の、白熱した煮えたぎる怒り。

その怒りのせいで、チャーリーはさきほどのマージと同じように、とんでもないまねをしたくなる。ちがいがあるとすれば、マージはその怒りをまちがった相手に向けた。

いまのチャーリーは、それを正しく用いるチャンスを手にしている。

彼女はシフトレバーをドライブに入れて車を発進させる。

「何をするつもりさ?」ロビーが言う。

「運転」

「どこへ?」

「ここから離れるの」

チャーリーはルームミラーに眼をやる。ロビーの後ろの席に座っているのは彼女の父親だ。

「憶えておけ、制限速度より十キロ以上は絶対に出すなよ」と父親はいかにも偉そうな、生前は我慢がならなかったけれど、いまは懐かしい口調で言う。「それぐらいなら警官もうるさく言わない」

父親は言葉を切って、ルームミラーに映るチャーリーをじっと見つめる。

「しかしときには」と父親は言う。「ときにはぶっ飛ばすしかない局面てのがあるもんだ」

チャーリーはうなずくが、実際には後部席に父親はいない。だが、たとえ脳内映画にすぎないとしても、それはいいアドバイスだ。

父親の声を耳の奥に聞きながら、チャーリーはたんにアクセルを踏むだけではなくいっぱいに踏みこむ。

ボルボの車内——夜

ボルボは後輪をアスファルトできしませてロケット花火のように、曲がりくねった道をくだりはじめる。

最初のカーブが近づいてきても、チャーリーはブレーキを踏まない。それどころかアプローチで車を加速させ、ぎりぎりの瞬間にハンドルを左に切る。

ボルボは尻を横滑りさせながらカーブを曲がると、直線になった道路でふたたび路面をとらえる。

「スピードを落とせ」

そう言うと、ロビーは左手を伸ばしてハンドルをつかむが、チャーリーは即座にその手を払いのける。

「チャーリー、**スピードを落とせ**」

次の急カーブが近づいてくると、チャーリーはまた同じことをして急ハンドルを切り、紙一重のところでそこをすりぬける。

グラブコンパートメントからプライヤーが飛び出して床にガチャンと落ちる。

チャーリーがそれに気を取られたわずかの隙に、ロビーはまたハンドルに飛びついてくる。こんどはしっかりとつかみ、ハンドルをぐいと引っぱる。車は危うく道路から飛び出しそうになる。

チャーリーは右手をハンドルから離して、ロビーのほうへ振る。拳が頬に命中して、ロビーの顔ががくんと横を向く。

「うるさい」と彼女は言う。

ボルボは三つめのカーブに接近する。滝の近くの、石壁のあるカーブだ。高速で近づき、タイヤを鳴らしてカーブに進入すると、滝の轟きに包まれる。ハンドルを切るのがわずかに遅れてボルボの運転席側がガリガリと石壁をこすり、チャーリーの窓の外を火花がよぎる。

助手席でロビーが叫ぶ。「ぼくを殺すつもりか?」

「あなたこそ、わたしを殺すつもりじゃないの?」チャーリーは言う。

ボルボはいま、道の直線部分を猛スピードでくだっており、前方には橋にたどりつく前の最後のカーブがひかえている。ところがチャーリーは減速するどころか、アクセルを踏む。

「教えて、ロビー。あなたのいまの計画はわたしを殺すことでしょ? わたしに正体を知られちゃったんだから。あなたが何をしたか、わたし知ってるんだから」

カーブが近づいてくる。

あと百メートル。

カーブのむこうには樹木が密生しているから、そこへ突っこんだらボルボはばらばらになる。

「認めなさいよ」とチャーリーは言う。

カーブが迫ってくる。

あと五十メートル。

二十五メートル。

「認めろってば！」チャーリーはわめく。「さもないと車ごとあの林に突っこんでやるよ！」

「そうだ！」とロビーは叫び、ダッシュボードをつかんで体を支える。チャーリーはブレーキを踏み、ハンドルをしっかりと握ったまま、ボルボを横滑りさせてコーナーをまわる。

「そうだって何が？」チャーリーは言う。

「きみを殺すつもりだ」

チャーリーはブレーキを踏み、ボルボは急停止する。

ふたたび口をひらいたとき、ロビーの声は不気味なほど穏やかだ。

「ぼくはそんなことをしたくないんだ、チャーリー。それだけはどうしても伝えておきたい。ぼくはきみを愛してる。信じないかもしれないけれど、本当だ。それに、こんなことをしなくちゃならないのも残念だよ。ふたりですばらしい生活を送れたはずなんだから」

チャーリーはロビーを見るのに耐えきれなくなり、フロントガラスのむこうを見つめる。道のすぐ先に滝の前を通過する橋がある。がたのきた短い橋桁が峡谷にかかり、その下を黒い水がたぎり落ちていく。それはチャーリーの体を駆けぬける恐怖に比べればなんということはない。彼女の恐怖はその倍もどす黒くて激しい。

チャーリーはこれまで自分はおびえているとばかり思っていた。ジョシュとともにダイナーを出たとき。マージに拷問されたとき。だがそんなものは、いま感じている恐怖とは比べものにならない。

なぜなら、いまのチャーリーは生きたいと思っているからだ。

本当に生きたいと。

マディが生きたように生きたい。マディがチャーリーに生きさせようとしたように生きたいと。マディにはチャーリーにわかっていないことがわかっていた。この四年間というものチャーリーが自分という惨めな存在に対する観客になっていたことが。

〝映画はわたしの人生〟とチャーリーはジョシュに言った。でも、それは逆でなければいけなかった。こう言えなければいけなかったのだ。〝わたしの人生は映画みたいなの〟と。

それに気づいたいま、チャーリーはそのチャンスをロビーに奪われるのが恐ろしい。

両手でハンドルを握り、車をアイドリングさせたまま、彼女は峡谷にかかる橋を見つめる。

その瞬間、自分はいまみずからの運命を手にしているのだと悟る。

わたしは《エイリアン》のリプリーだ。

《ハロウィン》のローリー・ストロードだ。

《羊たちの沈黙》のクラリス・スターリングだ。

《テルマ&ルイーズ》のテルマでありルイーズだと。

テルマとルイーズは土を蹴立てて最後の反抗をしてみせ、生命を超えた自由を選択する。それは彼女たちの選択であり、ほかの誰のものでもない。

いまその選択をするのはチャーリーだ。ロビーはそこに関与させない。

チャーリーはシートベルトをつかんで胸の前に引きおろし、カチリと装着する。

それから大きくひとつ息を吸う。

そして、アクセルを床まで踏みこむ。

ボルボは一気に走りだし、身を震わせつつ橋へ向かって驀走する。タイヤが悲鳴をあげ、エンジンが悲鳴をあげ、ロビーが悲鳴をあげる。すべてが混じりあって、人間と機械の織りなすひとつの絶叫になる。

車はどすんと橋に載り、轟然と渡りだす。

なかばまで渡ったところでチャーリーは右に急ハンドルを切り、ボルボは木製の橋の欄干へと突っこむ。

一瞬ののち、車は欄干を突き破る。

材木と金属がこすれ、耳をつんざくような音を立てる。

タイヤの下から橋が消え、車は飛翔したように思えるが、実際にはちがう。

橋から飛び出し、弧を描いて下の谷川へと墜落しているのだ。

チャーリーは前に投げ出され、胸がハンドルに押しつけられる寸前にシートベルトのおかげで後ろへ引きもどされる。

けれどもロビーのほうは、ぼろ人形のようにダッシュボードに激突する。

車が水面に落下すると、チャーリーの頭は座席の背にがくんとたたきつけられ、衝撃が体を駆けぬける。押しよせてきた水が車を呑みこむのと同時に、闇もチャーリーを呑みこんで、彼女も車もその下に沈んでいく。

ボルボの車内――夜

フロントガラスのむこうの水。

意識を取りもどしたチャーリーがまず眼にしたのはそれだ。

ガラスを這いあがっていく水の線。線の上には夜空と縞になった星々。下にはボルボのヘッドライトに照らされた暗い水。深さは四、五メートルだろう。チャーリーはそう推測する。ならば前に傾いたボルボは、まもなく底につくだろう。下から水が流れこんできて、すでに膝まで達している。

チャーリーは助手席を見る。

ロビーはまだそこにいて、油断なく警戒している。ダッシュボードにたたきつけられたため、打ち身ができて出血している。顔の半分が大きな赤い痣にふおわれ、右の鼻孔から鼻血が垂れている。

「これがきみのしたかったことか？」とロビーは言う。「ぼくと心中するのが？」

「ちがう。死ぬのはあなただけ」

そう答えると、チャーリーはシートベルトをはずす。車から脱出することに関しては心配していない。どうすればいいかは知っている。車内が水で完全に満たされるまで待つのだ。そうすれば車の側面にかかる水圧が変わるので、ドアをあけて泳ぎ出ればいい。なぜ知っているかといえば、映画で見たからだ。

水はいまや胸まで来ており、なおも上昇している。水嵩（みずかさ）が増えてくると車は不気味なきしみをあげ、ますます前に傾く。ヘッドライトは谷川の底を照らしたあと、ちかちかと瞬いて消える。

その新たな闇の中では、ロビーの曲げた肘が顔に迫ってくるのが見えない。気づいたときにはその肘が鼻梁にたたきこまれている。

強烈な打撃。

痛みの癇癪玉が炸裂（さくれつ）する。

頭が運転席側の窓にたたきつけられる。

眼に星が飛ぶなか、ロビーがのしかかってくる。

「しいっ。すぐに終わるから」

ロビーはそう言うと、チャーリーの髪をつかんで頭を水中に押しこむ。

ボルボの車内——夜

ロビーはチャーリーの頭を水中に押さえつけながらも、こんなまねはしたくないと思っている。チャーリーにはこんなまねをしたくない。水面のすぐ下で、もがいたり、あがいたり、腕を振りまわしたりさせたくないと。

チャーリーは特別な人間だ。まさに自分と同じだ——たとえチャーリー自身はそれを認めようとしなくても。自分たちのような人間はめったにいない。能ある鷹は爪を隠すの譬えどおり、ふだんはその特別さを隠し、仲間の特別な人間にしか見せない。

ロビーはチャーリーもそれを知っていると思っていた。似た者同士だということはわかっているだろうと。

だが、世の中には自分が特別だということに気づかない人間もいる——ロビー自身には縁のない問題だが。彼は幼いころから自分が何者なのか知っていた。天才。スポーツ万能。前途洋々。鏡を見れば自分が特別だということはひと目でわかった。

ところがチャーリーはちがう。自分がどれほど恵まれているかわかっていない。自分がどんな才能を持っているか。現実が耐えがたくなると空想の世界に逃げこめる才能――そんな能力は、世間の人々なら金を払ってでも手に入れたがるだろう。

チャーリーはカーチャとはちがう。カーチャはロビーの近所に住んでいた女の子で、自分ではイケているつもりで歩道を闊歩していたが、実際にはただのゴミだった。カーチャの一家は近所でいちばん貧しく、家はぼろぼろで、両親はしじゅう前庭で怒鳴りあっていた。なのにカーチャは自分をほかの誰よりも上だと思っていて、小太りなのも、肌を露出しすぎなのも、二ブロック離れていてもわかるほどけばけばしい形をしているのも、気にしていなかった。

死体は絶対に発見されないよう森に深く埋めたので、警察はいまだにカーチャは家出をしたのだと考えている。

チャーリーはアンジェラともちがう。アンジェラはあんなバーで働いているくせにロビーに迫ってきた。ロビーがあんなつまらない女と寝たりするはずもないのに。特別な女の子は、タイトなTシャツに超ミニのスカートで男の気を惹いたりする必要はない。自分の電話番号を書いたナプキンをウィンクとともにロビーの膝に落としたりしなくても、彼の眼を惹ける。

アンジェラのシフトが終わると、ロビーはキャンパスまで車で送ると申し出た。殺したあと歯を抜いたのは、カーチャをあれほど深く埋めたのを後悔しており、こんどは思い出になるものが欲しかったからだ。

チャーリーはテイラーともちがう。テイラーはロビーに気のあるところを見せようと、自分の勤める書店でロビーが買った本をばかにして、彼より頭がいいふりをしてみせた。どう見てもそうではないというのに。「あたし、絶対あなたよりたくさん本を読んでる」と、まるであの女の人生にロビーが興味を持ってでもいるかのように言った。特別ではない連中に共通するのは――自分は人に興味を持ってもらえる人間だという思いこみだ。

そこで、ロビーは興味を惹かれたふりをした。勤務時間はまもなく終わるとテイラーがさりげなく言うので、ぶらぶらしながら待っていた。夜が明けるまでには、ふたつめの歯をコレクションに加えていた。

チャーリーはマディとは絶対にちがう。あの目立ちたがり屋とは。初めて会ったときから、ロビーはマディに我慢がならなかった。あの服装も。しゃべりかたも。人目を惹くためならどんなまねでもするところも。

あんなふうにマディを見つけたのはまったくの幸運だった。いつものように街をぶらついて、自分と同じような特別な人間を探しながら、特別ではないその他大勢を蔑んでいたら、バーの店内からすさまじい音楽が聞こえてきたので、あの路地にはいっていった。

するとマディがいたのだ。

けばけばしいハンドバッグを脇にはさんで、ライターをかちかちやっていた。

ひどい晩だ、マディはそう愚痴った。ロビーはまったく関心がなかったが、そこでマディはチャーリーのことを口にした。喧嘩をしたこと、友情を永遠に壊したのではないかと心配していること。

そのときロビーは自分がすべきことを悟った。マディを始末すべきだ。自分がチャーリーを独り占めすべきだと。

ロビーはこの一年でチャーリーを知り、さまざまなことを学び、チャーリーを愛するようにさえなっていた。人生をともにすることまで考えていた。結婚、子供、出世。ともに年を取り、ともに特別になり、誰からもうらやましがられるだろうと。

そう思っていたので、ロビーは命乞いをするマディを躊躇なく殺した。

なのに、そのあげくがこれだ。

いま、ロビーはチャーリーも始末しようとしている。するしかない。生かしておいては危険すぎる。彼の特別さはチャーリーの特別さよりも価値があるのだから。

ささやかな慰めは、歯を手に入れられることだ。チャーリーを偲ぶよすがを。ほかの三人の歯を収めた指輪ケースが、追加の歯を待つかのようにロビーの肩のそばにぷかぷか浮いている。

彼は右腕を伸ばしてチャーリーを水に沈めつづける。背骨をよじって首をひねり、自分の頭は水の上に出している。両脚はシートとダッシュボードに押しつけてしっかりと踏んばっている。

水中のチャーリーが動かなくなる。

もはやもがくことも、あがくことも、腕を振りまわすこともしない。

すっかりおとなしくなっている。

だが、ロビーが手を離そうとしたとき、何か冷たいものがカチリと右手首に巻きつけられる。

下を見ると、そこに手錠の片方の輪がかかっているのが見える。

それからもう一度、魂を引き裂くような深い恐怖とともに、カチリという音を聞く。

ボルボの車内——夜

ジョシュの手錠のことをチャーリーは忘れていたわけではない。頭にはずっとあった。冷たく平らにジーンズの前ポケットにはいっていて、いつ——どのように——使うべきかわからなかっただけだ。

それがようやくわかったのは、ロビーに頭を水に沈められたときだ。

反対の輪をハンドルにカチリとかけた瞬間、待っていてよかったと思う。

水でほぼ満杯になった車内にチャーリーは浮上する。残りの空気はあと二十センチほどだ。それだけあれば首をのけぞらせてしゃべることはできる。

けれども、ロビーはそうはいかない。

手錠のせいで口を水の上に出していられない。水面はいまはロビーの鼻まで来ており、ロビーはあの大きなバンビの眼でチャーリーを見あげている。つい数時間前なら、その表情はチャーリーの心を動かしただろう。でも、いまは見ても怒りしか覚えない。

それでもロビーはチャーリーを見つめて眼で懇願しつづける。明らかにチャーリーが手錠の鍵を持っていると思っているようだ。

だが、それはまちがっている。

たとえ鍵のありかを知っていたとしても、チャーリーは絶対にロビーを自由にしたりはしない。

「それはマディの分」とロビーにまだ声が聞こえるのを承知で彼女は言う。

それから、水中にいるあいだに床からひろっておいたプライヤーを持ちあげてみせる。

「そしてこれはマージの分」

朝

病院内――昼間

病院内は静かだ。看護師も事務員も紅白の縞模様のエプロンドレスを着たボランティアも、みな声をひそめて仕事をしている。といっても、それほどいそがしいわけではない。相談窓口に職員でない人間はほかにひとりしかいない。ドアのそばの椅子にぐったりと座りこんでいる虚ろな眼をした中年の男だ。疲れているだけだといいけれど。チャーリーはそう思うが、そうではなさそうだ。悪い知らせに打ちのめされた人のように見える。自分も同じような顔をしているのではないだろうか。

チャーリーはさきほど、警察署に連れていかれる前に一度ここに来ていた。〈山のオアシス山荘〉から救急車で直行したのだ――同乗しているもうひとりの人物のために猛スピードで。

チャーリーの怪我はどれも軽傷だった。擦り傷と打ち身をのぞけば、ロビーの肘を顔面に受けたときに鼻が折れただけだ。いまは分厚い医療用テープが鼻梁を横断するように貼ってある。最初に鏡を見たとき、誰にともなくこうつぶやかずにはいられなかった。「《チャイナタウン》。ロマン・ポランスキー。一九七四年。主演ジャック・ニコルソン、フェイ・ダナウェイ」

テープを貼ってくれた看護師は《チャイナタウン》を知らなかった。

「見るべきですよ」とチャーリーは言った。「傑作です」

そのあと警察署に連れていかれ、そこで長い受難の一夜について語った——警察には知らせる必要がないと思う部分は割愛して。警察はチャーリーがなぜ山荘にいたのかも、そこがどうして火事になったのかも、ほかの三人がそこで何をしていたのかも、とくに詳しくは知りたがらなかった。彼らの関心はもっぱら、キャンパス・キラーの正体が判明したことと、沈んだボルボの車内でその死体が、ハンドルに手錠でくくりつけられたまま発見されたことに集中していた。

それに関してはチャーリーは事実をごまかさなかった。「正当防衛だったんです」と言い、それはそのとおりだった。

ほぼ。

情報のお返しに警察が教えてくれたところによると、死川街道を車で走っていた人が、山荘が燃えているのに気づいてあのダイナーまで行き、チャーリーが使ったのと同じ公衆電話から九一一番に通報したらしい。そして到着した初期対応班が、山荘へつづく道路の端で、ずぶ濡れで震えているチャーリーを発見したのだという。

結局、チャーリーは最初に発見された人物になった。最後ではなかった。

その最後の人物に会うために、彼女はいま警察署から病院まで車に乗せてきてもらったところだ。体はほぼ乾いていたものの、マディのコートはまだ湿っており、早急にクリーニングに出す必要がある。チャーリー自身も大いにクリーニングの必要がある。髪はどろどろで、プールのゴミがあちこちにくっついているし、体は腐ったものの中を転げまわった濡れ犬のようなにおいを発散している。

いま彼女は病室の戸口に立ち、中にはいる前に大きく息を吸って自分を落ちつかせる。

室内のベッドにはマージが横になっており、つい数時間前の十分の一に縮んだように見える。酸素ボンベにつながれていて、透明チューブが鼻の下を通って耳のまわりで輪になっている。

眠っていてくれればいいと思っていたのだが、マージはぱっちりと目覚めて、数個の枕に支えられて体を起こしている。横にはベッドサイドテーブルがあり、手をつけていない朝食が載っている。

「あんた、引金を引くべきだったね」チャーリーが病室にはいっていくと、マージはそう言う。

チャーリーはベッドから一メートルほど離れたところで立ちどまる。「それはどうも。あなたもご機嫌いかが?」

「本気で言ってるんだよ」とマージは言う。「あたしゃどうせここで死ぬんだ。このベッドを一度も離れないかもしれない。医者はそう言ってる」

「お医者さんだってまちがうことはあります」

マージが二か月以上生きながらえてもチャーリーは驚かないだろう。マージにはまだ強靭(きょうじん)さが残っている。そうでなければゆうべを乗り切れなかったはずだ。消防士たちに発見されたときには、山荘はとうに焼け落ちていたものの、マージはまだプールサイドに座りこんでいた。煙を吸いこんだうえ、燃え落ちてきた残骸でII度の火傷を負い、低体温症を発症してはいても、まだぴんぴんしていた。

「警察が来たと思うんですけど」とチャーリーは言う。

「来たよ。あの人たちの話を聞いてあたしゃ腰を抜かしたね。あたしらが山荘に行ったのは思い出にひたるためだったとは知らなかった。あの火事が失火だったたってのも。それにあたしはふたりどころか、ひとりも撃ってないらしいじゃないか」

「そんなことは警察が知らなくたって不都合はありません」チャーリーは言う。

マージは言い返そうとして言葉を探す。何も浮かばないので、すなおにこう言う。「ごめんなさいね。あたしのしたことは——」

「わたしは謝ってもらいに来たんじゃありません」とチャーリーは言う。「それにもちろん、**あなた**の許しを乞うために来たわけでもありません」

マージは興味津々でチャーリーを見あげる。「じゃ、なんのために来たの?」

「これで貸し借りなしだと言うためです」

チャーリーは横のベッドサイドテーブルに近づく。ポケットの底に手を入れて小さな象牙色のものを取り出し、朝食のお盆に載せる。

マージはロビーの歯をしげしげと見つめる。口の両端がにやりと上にあがり、笑みとしか思えないものが浮かぶ。枕に深々ともたれると、マージは眼を閉じて長い満足の吐息を漏らす。

「でかした」

病室内――昼間

最後にチャーリーは、マージの病室から二、三部屋しか離れていない別の病室に立ちよる。マージとはちがってジョシュはぐっすり眠っており、軽い寝息を立てている。

いや、ジョシュではない。

ジェイクだ。

マージは言葉どおり、たしかに彼を安全な場所に移動させていた。大広間から引きずり出して、キャデラックの後部席に乗せたのだ。正面玄関の屋根が山荘の残りとともに崩れ落ちたとき、キャデラックの屋根はへこんだものの、つぶれはしなかった。チャーリーが救急車に乗せられているとき、ふたりの消防士が、車内で意識を失っている彼を発見した。ジョシュは彼女のすぐ横に乗せられた。チャーリーは病院に着くまでずっと彼の手を握っていた。

いまチャーリーはジョシュのベッドの横に座って、眠っている彼を見つめている。ジョシュが眼を覚ますと、彼の眼はまさにシネマティックと表現するほかないような形でゆっくりとひらく。そしてチャーリーを見ると、ジョシュは彼女に脇腹を刺されたにもかかわらず、にっこりと微笑む。痛みもその百万ワットの笑みを曇らせることはできない。

「きみはおれを刺した」ジョシュは言う。

「あなたはわたしを誘拐した」

「助けようともしたんだぞ」

チャーリーは感謝のしるしにうなずく。「そうね」

ジョシュはうめきながら起きあがろうとする。体の大部分は包帯でぐるぐる巻きにされている。刺されたところ。撃たれたところ。ほかにも、チャーリーがジョシュの乗っているキャデラックに誤って追突したときの傷があるかもしれない。

「《ミイラ再生》。一九三二年。ボリス・カーロフ」とチャーリーは言う。

「その名前は聞いたことがあるぞ」とジョシュは言う。「どこかの映画オタクが、その男は《虹を掴む男》にも出てたと言ってたな」

チャーリーはにやりとする。「その映画オタクって、きっとすごく賢い娘だね」

「たしかに」とジョシュは言う。「だけどほんとに賢けりゃ、こんなところでぐずぐずしてるはずがない」

「わたしはただ、助けてくれたお礼を言いに立ちよっただけ」喉の奥に何かがこみあげてくる。チャーリーはそれをぐっと呑みこむ。「助けてもらうような……資格があったかどうかわからないけど」

「あったさ」とジョシュは言う。「きみは自分にそう厳しくなるのをやめるべきだ」

「そうね」チャーリーはちょっと考える。「あなたは別の仕事を探すべきだよ」

ジョシュは傷が痛みだすほど笑う。脇腹を押さえて言う。「たしかに。お抱え運転手なんか向いてるかもな。ハリウッドに引っ越して、映画スターの運転手にでもなるか」

「なかなかいい計画だと思うよ」

「運転と言えば」と、ジョシュはベッド脇のナイトスタンドにきちんとたたんで置かれている自分の服を示す。クリーニング店が血痕を落とし忘れたまま持ってきたばかりのように見える。「ジーンズの右の前ポケットを探ってみてくれ。きみに渡したいものがはいってる」

言われたとおりポケットに手を突っこんでみると、車のキーがひと組はいっている。プラスチックのタブをつかんでそれを引っぱり出すと、キーがチャラチャラとその下にぶらさがる。

「きみのものだ」ジョシュは言う。

「あなたの車なんかもらえない」

「だけど、どうにかしてオハイオに帰らなくちゃならないだろ。それに、車は貸すだけだ。家に帰ってお祖母さんとしばらく一緒に過ごしたら、返しにきてくれよ。おれはどうせまだここにいるはずだからさ」ジョシュは脇腹に手を触れる。「そうしたらひょっとすると、ま、わからないけど、一緒に映画でも見にいけるかもしれない」

チャーリーはキーに指を巻きつける。考えているしるしだ。ジョシュの車を借りることだけではなく、すべてのことを。ひとつには、ジョシュに借りがあると思うからだ。ジョシュはチャーリーがあんなことをしたというのに、チャーリーを救出しにきてくれた。それは認めて感謝しなければならない。

それに、いまのこのジョシュが好きだということもある。ゆうべ、長い奇妙な旅のあいだに何度かちらりと垣間見たジョシュが。疑惑はすべて消えたのだから、本当のジョシュに会うのも楽しいかもしれない。

でも、大本にあるのは、夜を生き延びた彼女がこれまでになく孤独になったという事実だ。マディはもういない。

ロビーももういない。

いまの彼女はこれまで以上に新しい友人を必要としている。

「そうね」とキーをコートのポケットにしまって言う。「その映画をわたしに選ばせてくれるのならね」

山荘の外——昼間

グランダムは〈山のオアシス山荘〉が建っていた尾根の下に駐められたままなので、取りにいくにはタクシーを使わなければならない。運転手は親切にもチャーリーの見てくれのことにも悪臭のことにも気づかないふりをしてくれるが、タクシーは山荘の看板のところまでしか行けない。そこから先は警察によって通行止めにされている。

しかたなくあとは歩いていくと、ようやく滝の前の橋までたどりつく。欄干の突き破られた部分に警察のテープが張りわたしてある——明らかに形だけのもので、充分な補修とはいえない。

ボルボはまだ谷川の横の草地に置かれている。ロビーの遺体は数時間前に回収され運び去られていたものの、チャーリーはその車を見ただけでぞっとする。自分がもう少しで死ぬところだったこと、ロビーについて何も知らなかったことを思い出す。

それに、追いつめられれば自分がどんなまねでもすることも。

橋を渡りながらチャーリーは、見逃していた警告のサインがいくつもあったのではないかと考える。きっとあったのだろう。それがなんだったのかわかるまでには何年ものセラピーが必要だろう。

セラピーと、あのオレンジ色の錠剤が。

脳内映画を止めなければならないことはわかっている。人生の一部を夢うつつで過ごすわけにはいかない。それこそがロビーをこれほど盛大に見誤った理由のひとつではないのか。ロビーは現実にしてはあまりにハンサムで、あまりに頭がよく、あまりに完璧だった。欠点はいくつもあったのに、チャーリーは自分に必要な生身のボーイフレンドではなく、自分が望む映画版のボーイフレンドを守りたいがために、その欠点に眼をつぶってしまった。

そこが映画の難しいところだ。映画というのは、すばらしくて、美しくて、驚くべきものではある。でも、現実の人生とはちがう。人生は、映画とはちがう形ですばらしくて、美しくて、驚くべきものだ。

もちろん厄介だし、

こんがらがっているし、

悲しくて、恐ろしくて、楽しくて、いらだたしくて、しかも往々にして退屈でもある。自分が体験したばかりの一夜はむしろ例外なのだ。

チャーリーはグランダムにたどりつく。ドアはロックされていない。運転席に滑りこむと、ジョシュから渡されたキーでエンジンをかける。それから一本のカセットテープを手に取り、カーステレオに挿入する。プレイボタンを押すと、耳になじんだ曲がスピーカーから鳴りひびく。

〈カム・アズ・ユー・アー〉――ありのままのきみで。

曲に合わせて彼女は首を縦に振る。自分を抑えられない。すばらしい曲だ。

演奏がつづき、エンジンがうなり、太陽が山並みの上に昇るなか、

チャーリーはギアを入れ、

グランダムをぶっ飛ばす。

フェイドアウト。

試写室。

午後のなかば。

どこともつかぬ場所。

照明がつくと、場内に散らばるお偉いさんたちの姿が見える。チャーリーはその人たちの半数が誰なのかも、なぜここにいるのかも、いま見た映画をどう思っているのかも知らない。でも、重要な人たちのことは知っている。

監督はタランティーノかぶれで、リサイクルストアのボウリングシャツと一万ドルの腕時計を身につけ、試写のあいだじゅう着色レンズの眼鏡をかけていた。

女優は当時のチャーリーよりいくつか年上だが、はるかにきれいだ。あまりにきれいなので隠しようがない。全編を通じてつねに光り輝いていた。悲しんでいるときも、錯乱しているときも、怒りくるっているときも。チャーリーはそれをうらやむのではなく、現実の自分よりもすてきな美しい自分が存在するようになったことを喜ぶ。世間の人々がそれを見たらきっと、当時のチャーリーは本当にそんなふうだったのだと思ってくれるだろう。

主演男優たちはその逆だ。どちらも正真正銘のティーン・アイドルではあるものの、実在のふたりとは比べものにならない。テレビの人気番組の悪役が、そのキャラクターのままジョシュ役で、別の人気番組の善人役が、それに反してロビー役だ。実物を知っているチャーリーからすれば、どうにも感心できない。

ぱらぱらと拍手があったあと、監督が立ちあがってチャーリーのほうを向き、手をこすりあわせながら笑いかける。温かい笑みのつもりなのだろうが、肉食獣のように見える。チャーリーには心の内がわかる。彼はチャーリーのつらい体験を利用して自分のキャリアを確かなものにしようと考えているのだ。ひょっとしたらそうなるのかもしれない。チャーリーは現代の映画ファンを理解しようとするのをとうのむかしに諦めている。

いまいちばん関心を持っているのは過去を保存することで、それは〈映画芸術科学アカデミー〉の記録保管係という彼女の職務の一部だ。その仕事を彼女は愛している。正真正銘の映画史の門番になるというのは、彼女の理想の仕事だ。アカデミー賞の授賞式にも、はるか後ろの安い席ではあるものの、毎年出席している。だが、仕事から帰宅するときにはすべてを職場に置いてくる。もう脳内映画は見ない。それはいま見たばかりの映画に描かれていた夜に終わったのだ。

「感想は？」と監督が訊く。

気にいったと言ってほしいのだ。それは眼を見ればわかる。着色レンズの奥でもぎらぎらと光っている。

だが、困ったことに、チャーリーは自分の気持ちがわからない。

いま見た映画の問題点は、それが皮肉にも通常ならチャーリーが映画に求めることをすべて実行しているという点だ。人生を美化はしないにしても誇張している。問題は誇張されているのが自分の人生だという点にある。これはあの晩の物語とはいえない。真実の物語とは。だから勝手に変更された点を無視するのに彼女は苦労している。

まず、季節は春だった。寒くもないし、絵のように美しい積雪もないし、赤いコートもなかった。まあ、赤いコートはスクリーンでとても映えるので許してもいいけれど。舞台となる場所も、大半が創作されたり変更されたりしていた。オリファントなどという大学はない――実際の大学がこの作品に関わるのを嫌ったために変更されたのだ。実際の〈スカイライン・グリル〉はダイナーというよりトラック休憩所に近く、フォーマイカのテーブルはくすんだ茶色だったし、ブースはどれもくたびれた客の背中で擦りきれていた。

〈山のオアシス山荘〉のほうは、それがスクリーンに登場したときチャーリーは思わず噴き出しそうになった。滑稽なほどに誇張されていた。美術監督が潤沢な資金とむきだしの材木への偏愛にものをいわせて造ったものだ。実際の山荘は、本館のまわりにプールを中心として馬蹄形にコテージが点在する、態のいいモーテルのようなものにすぎなかった。

だが、なかにはチャーリーの気にいった潤色もある。火事は、実際には起きなかったが、終幕に欠かせない迫力を添えていた。滝も、実際には存在しなかったものの、ボルボが沈む場面ですばらしい背景になっていた。

ちなみに、ボルボが沈んだのは本当だ。ハンドルに手錠がかかるカチリという申し分のない音までですべて。

とはいえ、その映画のなかでチャーリーがいちばん気にいっているのは大詰めだ。ありえたかもしれない結末を見せてくれたのだから。マージは実際には〈山のオアシス山荘〉で死亡した。警察によれば、プールに這いおりて銃を見つけ出し、引金を引いたのだという。

病室での会話は実際にはなかった。

ふたりのあいだで交わされた暗黙の休戦も。

歯を渡すという輝かしい瞬間も。

それらをスクリーンで見ながら、チャーリーはそれが事実であればいいのにと思った。この点については、ハリウッド式のエンディングに文句はない。ないどころか、魅了されている。

映画の魔法。それがありありと感じられる。

マディなら大いに気にいっただろう。

だからチャーリーは監督に笑顔を返して言う。「すばらしかったです」

これでもうチャーリーはお役ご免だ。

試写室は撮影所の中にではなく、繁華街のとあるビルの中にある。なんとも残念だ。仕事で撮影所を訪ねるときがチャーリーは大好きだ。撮影所というのは魔法の場所でもあれば平凡な場所でもある。夢を製造する工場だ。

いまのこの場所のいい点は、外で一台のリンカーン・タウンカーが彼女を待っていることだ。チャーリーは後部席に乗りこむのではなく、助手席に滑りこむ。

「ヘイ」と彼女は言う。

運転手は必殺の笑みを浮かべる。「そっちこそヘイ」

映画のその部分は、まったくありえないことのように思えたかもしれないが、事実だ。ジョシュは本当にチャーリーに車を貸し、チャーリーはそれに乗ってまっすぐオハイオのノーマばあのところへ帰った。二週間後、車を返しにいくと、ジョシュは本当に映画を見にいかないかと誘った。

チャーリーの答えはあっさりしていた。「わたし、映画に誘われたら絶対に断わらないの」

ふたりは出かけ、ジョシュがふたり分のチケット代を払った。

次の晩もふたりは出かけた。こんどはチャーリーがお返しにチケット代を払った。

三本目の映画で、ジョシュはチャーリーが六列目の中央に座るのが好きなのを知った。四本目までに、チャーリーはジョシュがポップコーンにレーズンチョコレートを混ぜるのが好きなのを知った。五本目までに、チャーリーはやっと彼をジェイクと呼べるようになった。

それが六年前のことだ。

「今日はどうだった？」チャーリーは訊く。

「最高だよ」と彼は答える。「シャロン・ストーンを空港まで送ったんだ」

「どんな人だった？」

「ああいうのを〝ヒッチコック・ブロンド〟っていうんだな」

「まさにわたしの聞きたかった答えね」

彼はひと間おいてから、ずっと訊きたくてたまらなかったはずの質問をする。「で、例の映画はどうだった？」

「悪くなかった。傑作じゃないけど、駄作じゃないのは確か。いかにも映画らしい映画。でも、実際の人生のほうが——」とチャーリーは夫の手を取りながら満足の溜息を漏らす。

「実際の人生のほうがずっといい」

エンド・クレジット

小説の執筆を、長く孤独な闇の中のドライブに譬えるのは的はずれではないでしょうが、正確とはいえません。一冊の本を出版するのは集団作業であり、目的地にたどりつくのにわたしは大勢の人々の力を借りています。ここに記して感謝します。

すばらしい編集者であるばかりか、つねに喜びをあたえてくれるマヤ・ジヴに。

わたしがやるべきことをやるのに力を貸してくれた〈ダットン〉のエミリー・キャンダース、ケイティ・テイラー、クリスティン・ボールをはじめ、文字どおり全員に。このようなすばらしい創作の拠(よ)り所を見出すことのできたわたしは、本当に幸運であり、みなさんの熱意と支援に日々感激しています。

驚くべきエージェントにして、エネルギッシュな支援者であり、すばらしい人間でもあるミシェル・ブラワーに。

ビジネス面のことがらを几帳面に管理して、わたしを執筆に専念させてくれた〈エヴィタス・クリエイティヴ・マネジメント〉のみなさんに。

マイク・リヴィオには、まあ、何もかもに。

励ましと支援をあたえてくれ、クレイジーになることもある世界に静かな正常さをもたらしてくれた、リッター家とリヴィオ家のみんなに。

作家が持ちうる最高の第一読者であるサラ・ダットンに。

八〇年代末のポンティアック・グランダムの運転に関してたびかさなる質問に答えてくれたベン・トゥラーノに。

アルフレッド・ヒッチコック、オーソン・ウェルズ、ビリー・ワイルダー、スティーヴン・スピルバーグ、デイヴィッド・フィンチャー、ヴィンセント・ミネリ、ウェス・クレイヴン、ブライアン・デ・パルマ、ウォルト・ディズニー――わたしが作品に影響を受けて何度も立ちかえっている映画制作者のみなさんに。

最後に、本書はたしかに映画へのラブレターではありますが、一方では特定の時代へのラブレターでもあります。一九九一年十一月、わたしはハイスクールの最上級生でした。それはわたしの人生においてとくに多感で、魔法のような、忘れがたい時代でした。最後に少しばかりノスタルジーにひたるのを許してくださるのであれば、当時のわたしにとって特別だった人々に感謝を捧げたいと思います。ジェニー・ビーヴァー、ジェイソン・デイヴィス、クリスティーン・フライ、マータ・マコーミック、マーシャ・マキニー、ジョン・ポール、サラ・ポール、ブライアン・リーディ、ジェフ・リチャー、シーマ・シャー、ケリー・ジョー・ウッドサイド。たくさんの夜間ドライブをありがとう。

解説

三橋曉

こんな映画のワンシーンを、思い浮かべてみてほしい。若い男女を乗せた一台の車が、ハイウェイを行く。窓の外には夜のとばりが下り、たまたま同じ車に乗り合わせて、ぎこちなく言葉を交わす二人の間では、ほどなく話題も尽きてしまう。そこから始まるのは、次のどちらだと思いますか。ロマンスか、それとも殺人か？

無類の映画好きで、大学では映画理論を専攻する本作のヒロインの心に浮かぶのは、後者である。冬も一歩手前のある晩、ニュージャージー州の小さな大学で過ごした三年間の思い出と恋人のロビーを置き去りにして、チャーリーは学寮に別れを告げる。オハイオ州ヤングスタウンをめざす、三つの州にまたがる夜を徹してのドライブは、祖母が待つ故郷への旅だった。

彼女が学生生活を送っていた町では、忘れた頃に犯行を繰り返すキャンパス・キラーの暗躍が、住民を怯(おび)えさせていた。二か月前、連続殺人犯の三人目の犠牲者となったのが、ルームメイトのマディだった。それぞれの事情でおばあちゃん子として育てられた二人は、性格は正反対だがすぐに親友同士となった。しかし事件当夜、バーで喧嘩(けんか)別れしたあと、マディは無惨にも刺し殺されてしまう。自責の念に駆られるチャーリーは、卒業どころか学期の終了も待たず、逃れるように町をあとにする決心をする。

チャーリーを乗せるポンティアック・グランダムのハンドルを握るのは、前日に学生会館の同乗者募集掲示板の前で知り合ったジョシュと名乗る年上のハンサムな男だ。迎えに現れた彼の車に乗り込む段になって、殺人犯が野放しだという事実に改めて気づくと、そこはかとない不安が彼女の心を過ぎる。運転席から抜け目なくこちらを窺うこの男は、いったい何者なのだろう――。

『夜を生き延びろ』は、そんな女子大学生チャーリーが体験する、戦慄の一夜の物語である。

さて、既に『すべてのドアを鎖せ』をお読みの読者は、マンハッタンの由緒ある高層アパートを古城に見立て、そこに迷い込んだか弱きヒロインの数奇な運命を描き、ゴシック・ロマンスという読み物文学の伝統を現代に蘇らせた非凡なストーリーテラーの次の作品を、さぞや待ちかねていたことだろう。本作は原題を*Survive the Night*といい、二〇二一年六月、ニューヨークのダットン社から刊行された。

作者はデビュー当初、本名のトッド・リッターやアラン・フィン名義で作品を発表していたが、ベストセラー作家の仲間入りをしたのはライリー・セイガーを名乗った最初の作品*Final Girls*（二〇一七年）で、〝『ゴーン・ガール』が好きなあなたなら、これも気に入る筈だ〟とのお墨付きをスティーヴン・キングから贈られた。先に邦訳の出た『すべてのドアを鎖せ』が三作目、この『夜を生き延びろ』は五作目の長編小説にあたる。

本作はいきなり映画のシナリオを思わせる〝フェイドイン〟から始まる。すぐにシーンが変わると、主人公が出会ったばかりの見ず知らずの相手と夜の旅に出ようとしていることが読者に明かされる。映画好きはここで、クローデット・コルベールとクラーク・ゲーブル主演の《或る夜の出来事》を思い浮かべ、スクリューボール・コメディーの幕開きを予感するかもしれない。

しかし、州間高速道を西へと向かう小旅行で彼女を待ち受けるのは、ボーイ・ミーツ・ガールの物語とは少し異なる。ドライブはドライブでも《マルホランド・ドライブ》のナオミ・ワッツや《ノクターナル・アニマルズ》のエイミー・アダムスとアイラ・フィッシャーが体験した悪夢の旅に近い。事態が尋常でないことをいやでも意識させる不吉な出来事が序盤から相次ぐ。チャーリーにとって、まさに生き残りを賭けた一夜が始まるのである。

本作には、これでもかというほど数多くの映画のタイトルと出演者名が登場する。作者の半端ない映画中毒者(シネマディクト)ぶりがそこから窺えるが、この『夜を生き延びろ』の基本的なアイデアと直結し、作品のバックボーンとなっているのは、スラッシャー・ムービーと呼ばれる一連のホラー映画だろう。

スラッシャー(切り裂く者、通り魔)という言葉が意味するように、異常者や殺人鬼が犯行を重ねるスリラー映画のことで、一九六〇年代初頭に登場したマイケル・パウエル監督の

《血を吸うカメラ》とアルフレッド・ヒッチコック監督の《サイコ》が原点といわれる。その後《暗闇にベルが鳴る》や《13日の金曜日》などが続き、《ハロウィン》や《スクリーム》など世紀をまたいで近年も続編が作られ続けている人気シリーズもある。

本作に登場するキャンパス・キラーは、映画でいえば卒業記念のダンス・パーティの夜を舞台にした《プロムナイト》や、主人公らの高校時代の罪が因縁となる《ラストサマー》を連想させる。死体から記念品を持ち去るこのシリアルキラーの正体をめぐり、誰が犯人か（フーダニット）？の興味を読者に投げかける一方、わずか三十センチしか離れていない運転席の男こそがその連続殺人犯かもしれないという疑念と恐怖が、主人公を苛（さいな）んでいく。

ただし、作者は助手席のヒロインが恐怖心で揺れ動くさまを刻々と過ぎていく時間とともに克明に描いていくが、だからといって彼女を生まれながらの犠牲者として扱っているわけではない。キャンパス・キラーのようなモンスターが犯行を重ねる背景には、そんな連中を見過ごし、野放しにしている社会にこそ責任があるという考えを胸に宿している。一見臆病で自己嫌悪に陥りがちという弱さはあるが、実は世の中の女性蔑視（ミソジニー）にも屈しない、強い意識の持ち主なのだ。

そんなチャーリーの人生は、映画と切っても切り離せない関係にあるが、彼女の頭の中ではしばしば実生活の現実と映画の虚構が重なり合うという不思議な現象が起きる。自らそれを〝脳内映画〟と呼んでいるが、夢と現実の境界線が曖昧になるという意味では白日夢のようでもあり、幻覚と診断を下す精神科医もいる。危機的な状況に陥った精神のセーフティスイッチの機能もあり、気がつくと目の前の現実は自身の作り上げたフィクションにすり変わっているのである。

作中では、ジェイムズ・サーバーの掌編をもとにダニー・ケイ主演で映画化された《虹を掴む男》が引き合いに出されるが、主人公をライフ誌のネガ係としたベン・スティラー監督・主演の《LIFE!／ライフ》の方をご存じの方も多いだろう。いうなればチャーリーは、ミステリにおける信頼できない語り手の一人であり、映画を例にとれば、《ガス燈》のイングリッド・バーグマンや《恐怖》のスーザン・ストラスバーグ、《ローズマリーの赤ちゃん》のミア・ファローらニューロティック・スリラーのヒロインの末裔ともいえるだろう。

だが、スラッシャー・ムービーからの影響として捉えるなら、チャーリーの場合、《エルム街の悪夢》シリーズやリメイクもある《ジェイコブス・ラダー》から着想を得たとも考えられる。ロバート・イングランドが殺人鬼フレディを演じ、夢と現実を巧みにすり替えながら殺戮を繰り返す前者はあまりに有名だが、本作の脳内映画は、まぶたの裏に映写される一本の映画のようだとヒロイン自らが説明する。不意にやってくるのは厄介だが、負の思考回路を遮断し、時にヒロインを窮地から救う強い味方でもあるのだ。

さて、〝フェイドイン〟で始まったこの物語も、やがて〝フェイドアウト〟で幕を下ろす。しかし、そこにもまた映画狂たる作者ならではの仕掛けが用意されている。エピローグとプロローグが繋がり、そこに浮かび上がるある事実に、読者ははたと膝を打つだろう。さらに、物語の幕が下りた後がまたふるっている。巻末の謝辞を映画ゆかりの「エンド・クレジット」に置き換える洒落(しゃれ)っ気を見せ、本作の舞台裏を覗かせてくれるのだ。

この『夜を生き延びろ』は、感謝祭(サンクスギビング・デイ)も間近の一九九一年十一月十九日夜から翌朝にかけての物語である。ハイスクールの最上級生だったとその時代をふり返る作者は、その秋リリースされたばかりのニルヴァーナの「ネヴァーマインド」の曲をラジオでいやというほど聴いていたティーンエイジャーの一人だったのだろう。

一方でひょっとするとセイガーは、この年公開された《羊たちの沈黙》や《テルマ&ルイーズ》を観に映画館に足を運んだ映画少年だったのではないかとも思う。であれば、一九九一年という時代設定も、また感謝を捧げる相手に家族や編集者、友人らとともに、新旧の映画人たちの名が挙がっていることにも納得がいく。本作のレトロな親しみ易さは、作者自身の原点回帰の物語だからに違いない。

チャーリーの一夜の体験をなぞらえるように、作者は長く孤独な小説の執筆を夜のドライブに譬(たと)えている。しかし、恐怖映画もかくやのスリルに怯え、先の読めないスクリューボールのような展開に翻弄されるチャーリーの旅にも、やがて終止符が打たれる。長い夜のさ中で、ヒロインが得たものと失ったものは何か？　エンドマークの向こうに映し出されるその後の光景を、しっかりと見届けていただきたい。


（みつはし・あきら　ミステリ評論家）

集英社文庫

夜を生き延びろ

2023年 3 月25日　第 1 刷　　定価はカバーに表示してあります。

著　者　ライリー・セイガー
訳　者　鈴木　恵
編　集　株式会社 集英社クリエイティブ
　　　　東京都千代田区神田神保町2-23-1　〒101-0051
　　　　電話　03-3239-3811
発行者　樋口尚也
発行所　株式会社 集英社
　　　　東京都千代田区一ツ橋2-5-10　〒101-8050
　　　　電話　【編集部】03-3230-6095
　　　　　　　【読者係】03-3230-6080
　　　　　　　【販売部】03-3230-6393(書店専用)
印　刷　中央精版印刷株式会社　株式会社美松堂
製　本　中央精版印刷株式会社

フォーマットデザイン　アリヤマデザインストア　　マークデザイン　居山浩二

ISBN978-4-08-760783-3 C0197